Jim Harrison

秋日传奇

Legends of the Fall

[美] 吉姆 · 哈里森 **著**
殷书林 **译**

上海译文出版社

献给盖伊和杰克

目 录

复仇 ······································ 001
独舞男亨 ································ 097
秋日传奇 ································ 187

译后记·································· 273

复仇

复仇如一道美食，不可操之过急。

（古西西里谚语）

第一章

倘若你是一只飞鸟正在从高空降落，你根本无法辨别，那个赤身裸体的男子究竟是死是活。事实上，倒真的有一只飞鸟正在降落，是一只秃鹫。那男子已经不省人事。那只秃鹫落到地面上时，它先是忐忑不安，一边发出低沉沙哑的叫声，从侧面靠近，同时，又目光斜视，瞟向山下远处沟壑里的灌木丛，仿佛它在期待草原狼前来陪伴它。腐肉如何分配并不是按照某个分享者的意图进行的，而是按照人类历史上规则诞生之前就已经确立好的一个既定模式。那只秃鹫刚刚在纳克萨立德加西亚镇的郊外美餐了一顿，吃掉了一条被卡车轧死的响尾蛇。那个小镇远离旅游线路，离诺加利斯大约有一百英里。那群草原狼在一夜觅食之后，不论是否饥饿，它们都会出于好奇，去跟踪秃鹫的降落地点。等到清晨时分，随着气温逐步升高，更多秃鹫会纷至沓来，最终，会有一大群观众来见证那男子的死亡进程。

黎明渐渐变成了白昼，到了半晌午时分，高温已经蒸干了那男子脸上的血迹，凝结了起来。此时，那血迹已经在很大程度上失去了鲜血的铁腥味。现在，那男子在一步步地迈向死亡，与其说是因为他伤痕累累，不如说是因为炎热和脱水。他的一只胳膊因骨折而变形，胸口有一个大乌青块，一处脸颊骨因断裂而内陷，上面起了一个血肿，鼓胀得像一个紫色太阳。他的睾丸由于受到过重击而肿胀了起来。他头部有一处伤口，血流满地，把旁边的沙粒和小鹅卵石都染红了，使他陷入了那种几近致命的昏迷状态。尽管如此，他仍然在不停地呼吸，气息通过一个折断的牙齿时，发出口哨般的声响。当那口哨声特别响亮时，秃鹫们便紧张不安起来。一只母狼领着它刚刚断奶的幼崽们路过那里时，停住了脚步，不过，仅仅驻足了片刻。它厉声对狼崽们嚷嚷，意思是说，人这种走兽通常很危险。在经过一只大公狼时，它点头向它打招呼。那大公狼怀着强烈的好奇心，隐蔽在一个大圆石的背影里，观察着眼前发生的一切。它一直观察着，后来又打起盹来。不过，即使在睡觉时，它也具有一种我们人类所不具备的警觉。它的肚子里已经填饱了矛牙野猪肉，观察这个奄奄一息的男子仅仅是它一路上难得一遇的最有趣的事情。不过，它的观察完全是出于好奇。当那个男子死去后，那公狼就会立刻走开，把死尸留给那群秃鹫。对它而言，那一夜是它守候的一个漫长的不眠之夜，因为头天夜里当那个裸身男子被扔下小汽车时，它就在附近。

傍晚时分，炎热的天气刚刚有一丝相对凉爽时，一位墨西哥农民（墨西哥俚语叫短工）和他的女儿一起沿着山路在行走。他不时走进路边的灌木丛中，捡拾零碎的牧豆树枝当柴火。确切地说，那农夫背着一小捆木柴，弓着背吃力地行走着，他的女儿在阔步前行，一会儿单脚跳，一会儿双脚轮流跳，一会儿又快跑。跑远了，她就停下来，等候她父亲。女儿是他的独生女，他不愿让她去捡木柴，担心她被蝎子蜇着，担心她被毒蛇咬伤。在当地生活的毒蛇是一种珊瑚蛇，虽然它生性胆小、孤僻，并不会主动攻击人，但是，与响尾蛇不同，它在发动攻击之前从不给你任何警告。它只是在被困得走投无路时，或者在被招惹时，才会咬人，而且咬后就迅即逃窜，逃到另一块圆木下或者石头下，去平复它那紧张的神经。他女儿手里拿着一本《圣经》。她在门诺派[①]的传教所里的厨房当帮手，她父亲早就是那里的看护员了。

不一会儿，他女儿开始引吭高歌，歌声惊飞了依然在离马路下方一百码远的秃鹫。不过，反正在夜幕降临之前，它们就将离开那里，飞往它们在大山上筑造的安全栖息地。听到歌声后，那只公狼又退缩了几步，躲进那变得越来越大的阴影里。它辨认出了那父女俩的声音。从七年来的生活经历可以判断，他们对它并不构成任何危险。它已经无数次地观察他们沿路向传教所走去，不过，他们却从来都没有发现过它。夕阳下，惊飞的秃鹫引发了那位父亲的好奇，于是，他加快了步伐。他具有猎人般的好奇心，与那只公狼并不相上下。他依然记得，有一次，他通过跟踪一群盘旋降落的秃鹫，发现了一头刚从悬崖峭壁上摔下的高大的雄鹿。想到这里，他吩咐他女儿在远处等候，他独自小心翼翼地进入马路边上茂密的灌木丛里。他听见一阵急促的呼吸和一声模糊的口哨声，立即打开了一把长长的珍珠柄尖刀。他不发出任何声响，蹑手蹑脚地朝发出口哨声的那个方向走去。他在秃鹫的粪便中间闻到了一丝血腥味。紧接着，他发现了那个男子。他自己吹起口哨，跪下身去号那男子的脉搏。先前，他曾经陪伴那位传教士，经常在山区里长途跋涉，那

① 主要为美国和加拿大的一个新教教派，反对天主教等级制度、服兵役和担任公职。

位传教士除了传教，还是一名医生，因此他也学会了急救方面的基本常识。此时，他站起来，再次吹起口哨，与那位濒临死亡的男子发出的口哨声相呼应，然后朝天空仰望。他身上多半是印第安人血统，因此，他发现那个男子后，他的第一反应是干脆一走了之，目的是为了避免与墨西哥联邦警察发生任何接触。可是，在当时，那位医生是联邦警察的朋友，那农夫又想起了《圣经》中有关善良的撒马利亚人的寓言故事，于是，他回过头，某种程度上像一个宿命论者，俯视着那个遍体鳞伤的男子，仿佛想要说：我会给予帮助，不过，我认为为时已晚。

他从灌木丛里走出来，立即派他女儿火速赶到半英里外山谷下的传教所去报信。他蹲在路上，用刀尖来回拨弄着鹅卵石。亲眼目睹一个伤势如此严重的人已经使他心跳加速，然而，他心里依然冷静地在演练着如何汇报他发现那个受伤男子的经过。年轻时，他不仅是一位猎人，还曾经干过蹩脚的土匪行当，因此，他明白，与政府官员们讲话时，最好是一切从简。

在传教所里，狄勒正坐在那里享用他钟爱的烤猪里脊肉加泡菜和土豆。他的高频收音机被调到了奇瓦瓦[①]的一个马里亚奇音乐台。虽然他是门诺派教徒，而且表面上冠冕堂皇地反对使用收音机，但是，他觉得他应该做些妥协。十年前，他打着速成学习西班牙口语的幌子，来到这个传教所。从那时起，他就开始听墨西哥传统音乐了。他身材魁梧，精神矍铄，经常跟随着音乐大声哼唱，令厨房里的妇人们乐不可支。虽然传教所里既不允许喝酒，也不允许

① 墨西哥北部的州及其首府名称。

抽烟，但是，狄勒有一个未曾明令禁止的恶习，即贪食。每逢星期四夜晚，他都津津有味地品尝着专门为他烹制的猪里脊肉，他认为那是他的美国生活方式中仅存的一点残余。他酷爱墨西哥食物。他的饭量大得出奇，使他在该地区成为传奇人物，家喻户晓。他认为，他所宣扬的那种特别的耶稣基督流派在那个贫困的山区之所以广受欢迎，倒不是说他对宗教不十分虔诚，而是因为他的行医活动和高超医术。他已经不再一年一度回到美国，去度过每年一个月的假期了。要在北达科他州闲坐三十天，为无宗教信仰的人们进行祈祷，令他感到厌倦。与那里相比，狄勒更喜欢这里的异教徒和他们国家的凄美，喜欢他们长期遭受的讥讽和他们所尊奉的前基督教时期的宿命论。每当他创造了一个医疗奇迹时，人们就送给他鸡、猪、乳猪、山羊和羔羊等礼物，以表谢意。他爱吃这些东西。他甚至喜欢他那个怪里怪气的娘娘腔男护士——安东尼奥。那人老是瞎编些理由，开上车，远道前往诺加利斯或者埃莫西约。一年前，传教所总部的总管来访时，曾经询问狄勒，怀疑安东尼奥是不是“有点儿古怪”。狄勒则装聋卖傻，因为他器重安东尼奥，一方面是由于他的厨艺，连传教所里的厨师们都比不上他，还有他唱民谣的唱腔，虽然在民歌中男女声往往是交替轮唱的。

当莫洛的女儿急匆匆地冲进屋内，去报告山上有个受伤男子的消息时，狄勒哀声叹了一口气。莫洛的女儿拖着他的行医箱，把它放到了那辆越野皮卡车上。那辆皮卡车是充当救护车用的，后车厢里装备有帆布顶棚和担架。狄勒跟在后面，手里还端着那锅炖肉。他最爱吃锅底被猪油浸透的泡菜。在大庄园的门廊处，他驻足了片刻，深深地呼吸着黄昏时分空气中的气味：有畜粪和甜苜蓿的气味，被踩碎的花草正在腐烂，被太阳炙烤过的岩石和沙子的气味随着天黑而渐渐变淡。他热爱这个山谷，因为即使在最强烈的阳光照射下，它依然显得幽静宜人，绿树成荫。

到达现场后，莫洛打着手电筒，狄勒把双手往裤子上一抹，擦去手上的油腻，然后，在受伤男子的身体一旁俯下身，嘴里不停祈祷，仔细给他进行检查，对伤情进行诊断，并做出预判。他认为，那男子的性命还有救，不过，头二十四小时将要冒很大风险，因为他的身体脱水太严重了。虽然他的头盖骨没有骨折，但是，从那颤动的眼球处，他看见了击打时的用力之重。狄勒从行医箱里取出笔形电筒，弯下腰，靠近那裸身男子的眼睛，发现眼球上有一个凸起，视神经乳头有水肿，的确是遭受到了一次严重的震荡。接下来，他用双手娴熟地在那受伤男子身体上检查了一遍，确定地说，唯一的骨折发生在肋骨和左手臂。狄勒把双手从伤者的身体下方小心翼翼地伸过去，用双臂把他托抱了起来。莫洛提着行医箱，打着手电在前面带路。

回到诊所后，狄勒忙乎了一夜，莫洛在一旁陪护。狄勒希望安东尼奥也能在场帮忙，可是，他早就找借口溜走了，已经消失得无影无踪了。狄勒被他的这个病人弄得不是一点点迷惑不解。在手电光下检查后，他初步断定，他又收治了一名受重伤的可怜毒贩，在边境地区又发生了一起毒贩间的打斗。此类病人为狄勒提供了一些他遇到的最有趣的病例，对他的日常工作也是一个调剂。他日常救治的病人都是清一色的老年癌症病人，他给他们注射强效杜冷丁，以减轻他们在通向天堂道路上所遭受的痛苦。当那个裸身男子身上的斑斑血迹被擦洗干净之后，他们吃惊地发现，他竟然是一个纯粹的美国佬。他的头发精剪过，镶有价值不菲的金牙，指甲修剪得整整齐齐，身体上有一个明显的日晒分界线，一副健壮的身板。所有这些特点都表明，他不可能是一个毒品走私贩。

临近黎明时分，那人的脉搏情况已经有所好转，对静脉注射液的反应也有了改善，于是，狄勒脸上露出了笑容。他小心翼翼地检查了被击碎的下颌骨，心想，如果那男子希望的话，他将来需要做塑料支架手术，进行整容。莫洛用醋擦洗那男子身上的晒伤处，把加热的止痛布贴敷在那肿胀的睾丸上。尽管他身体已经疲惫不堪，但是，他还在开玩笑说，那差事让安东尼奥去做再合适不过了。那医生不由自主地大笑起来——在此类问题上不可能保持谨小慎微。医生一边包扎着伤者的肋骨，一边唱着西班牙民歌《鸽子》。莫洛在一边随声附和，弥补那首美妙歌曲里的高难度颤音部分。

当东方露出第一道曙光时，莫洛和医生一道，把那位受伤男子转移到了诊所里唯一一间私人病房里。之后，他俩走了出去，走到门廊处。在那里，莫洛的女儿给他们端上了咖啡。狄勒给莫洛使了个眼色，递给他一粒右旋安非他明，他自己也拿了一粒。莫洛看到那个小秘密时，便露出了会心微笑。每逢实施急救期间，由于无法睡觉，他俩便偏爱上了这个小秘方。不过，对莫洛而言，尽管他已经在祈祷室里公开发过誓要戒酒，此时，他倒更喜欢来一杯藏在他床底下的那瓶龙舌兰酒。那医生也有同样想法，与莫洛不谋而合：他成年后仅仅品尝过一次烈酒。很久以前，也就是在他到那个传教所任职的第二年，他的妻子就跟他一刀两断，远走高飞，歇斯底里地解释说，她无法忍受墨西哥的枯燥生活，还说，她已经不再爱他了。狄勒坐在庭院里的泥地里伤心地哭了整整一夜，而那位帮工一直在门廊和庄园里紧张地观察着。就在那个落寞之夜的半夜时分，莫洛给狄勒带来了足足一升的龙舌兰酒，狄勒贪婪地将它一饮而尽。第二天，醉酒的狄勒在泥地里睡了一整天。由于天气炎热，大家轮流给他遮挡脸部，驱赶苍蝇。想起那次痛苦经历，狄勒又露出了一脸苦笑。

此时，第一缕阳光直射到了山顶上的黄褐色山坡上。碎石坡上的那种奇怪、朦胧的棕黄色总是令他想起鹿的肋腹。而今天早上，那鹿的肋腹令他想到了鹿肉排骨。那些猪肉和泡菜还没有完全入味，于是，他决定暂时先放弃它，干脆全部吃当地土家菜。当他听到那只公鸡啼鸣时，他想到了烤鸡。正在他想入非非时，厨师大喊了一声，莫洛和狄勒就立即钻进了厨房。在那里，他们吃起了大碗大碗的牛肚汤和墨西哥玉米馅饼。与那些墨西哥人一样，那医生认为炖牛肚是一种滋补汤。不过，倘若他不喜爱吃这个菜的话，他也不会相信这一点。他是一个具有某些兴趣爱好的人。尽管他骨架大，肌肉发达，但是，随着他的体重渐渐地朝三百磅挺进，他已经意识到，他的兴趣爱好致使他在做慢性自杀。那粒右旋安非他明使他的血液在耳朵里咚咚作响；既然选择了与乡间无处不在的死亡进行斗争，他喜欢死神的挑逗。吃过早饭后，他一边寻访问诊，一边哼唱着爱情歌曲或者死亡小调。他自言自语地说，那位病人从昏迷中苏醒之后，需要吃上一顿美味才能够承受那种疼痛。

那天傍晚，为了要撰写一份关于那位受伤男子的情况汇报，联邦地方巡官赫克托来到传教所巡访。中午时，他在接收到无线电上报道的那则消息的一刹那，他就兴奋起来，立即命令他的助手备好吉普车，准备当天连夜巡访。去走访那位医生就意味着能享用一顿美餐，可以下一个晚上的棋，谈论园艺、政治以及如何饲养动物作美食，还有机会详细地谈谈他的健康状况，因为五十好几的赫克托有点像一个疑心病患者，老是担心他日益衰退的性能力。他尊重那医生的极度宗教化的个性，因此，他在请教有关性能力的医疗问题时，手段非常微妙。他的那种方式使得医生觉得好笑。医生忠告说，他应该减少烟酒，要进行大量运动，锻炼身体。最后，为了逗趣，他建议赫克托，也许他应该忘记他的那位肯奇塔女郎，去更多地关注精神生活。只是在最近，那医生才罕见地感觉到色欲的极其可怕。这发生在他给一个美丽的山区姑娘治疗大腿上的蝎子蜇伤之后。他拼命地祈祷，但是，那似乎无济于事，这把他的思绪带回了他在北达科他州时新婚的那一年。整个一年里，他与年轻妻子纵情于做爱，搞得精疲力竭。

赫克托和他的助手一到达传教所，他们就立即去查看那个受伤男子。他们的意图很明显，就是为了摆脱恼人的细枝末节，以便整个晚上都可以用来享受。当时，那医生禁止他人在伤者身上留下任何指纹，解释说：当伤势好转一些后，他要把所有指纹一道送去。如果别人不再留下任何指纹，他只需要寄去他自己的指纹，不想给任何人招惹麻烦。门诺派教徒之间从来都不相互间打官司，那医生把这一原则应用到了他的行医实践中。他关心人们的灵魂与躯体，深信，无需他的帮助，政府部门有能力履行好它们的职责。赫克托心想：要是能回访一趟来做个调查该有多好，到那时候，医生会劝病人佯装患上了遗忘症，如果他那样选择的话，他可能采取任何可能的手段来规避官僚作风，还能规避严厉的墨西哥刑法。他的助手根据莫洛提供的少得可怜的信息，敷衍了事，撰写了一份报告。然后，他们就离开了，前往山谷下面的一家乡村酒馆，去在当地人面前显摆。赫克托和那位医生则坐下来，开始享用一顿精美的晚餐。赫克托摆出一副疲惫的神态，好像他辛辛苦苦干了一整天活儿似的，而且好像他根本就没有心思去回想这一天。

发现那位受伤男子后的第三天，狄勒开始心生疑虑了。那男子患上了轻度肺炎，而且对青霉素反应迟缓。那医生祈祷说，他千万可别是药物过敏。狄勒不想失去治疗那男子的机会，不愿叫直升机把他送到埃莫西约，送到医疗条件优越的医院去就诊。又过了两天，发热退去了，但是，昏迷状况依旧。于是，狄勒决定，再过两天，假如昏迷状况没有好转的话，他就通过无线电广播叫赫克托。他喜欢以两天为一个单元开展工作，而且他对受伤男子的好奇心如此之强烈，他渴望寻找种种借口来留住他。期限到来之前的前一天夜里，他注意到，莫洛在床杆上挂了一串狼牙项链。毫无疑问，那项链是来自莫洛的母亲。她饲养那些牲畜。由于她既是草药医生，又是巫婆，另一个帮工总是回避她。狄勒经常作讲座，宣传这些老旧迷信的种种危害。不过，此时，他对她的善意示以微笑，认为那是一种爱的表达方式。当狄勒关上灯离开时，他并没有意识到，受伤男子透过他未受伤发青的那个眼皮下的缝隙，在观看着。

没有必要了解有关这位受伤男子的太多信息。他眯缝着眼睛，朝上方看着黑暗以及天花板上发出温和嗡嗡声的橡树扇叶吊扇。他的名字叫考克朗，他听得见柴油发电机发出的突突声，听得见房间里唯一一只蚊子的嗡嗡声，还有，在更远处，医生的收音机里传来的若隐若现的音乐。那音乐如此伤感而浪漫，它似乎把夜弄得像他一样遍体鳞伤。不过，所有眼泪都在过去半昏迷状态的几天里流干了。那几天里，他就像一只装死的动物，试图了解眼前所面临的直接威胁的性质。此时，他知道眼前已经没有直接威胁了，但是，他并没有感到安心，而是感到有一种忐忑不安，仿佛他在莫名的黑暗中悬荡着，而在黑暗之外，整个宇宙继续按照既定规则照常运转，他却没有参与制定规则的份儿。

他已经被毒打得如此狼狈，根本就没有心思去考虑复仇一事了。他认为，自己惨遭毒打一事是一根长线，它从现在、从这个房间一直延伸，通向过去，连接到了他出生的那一天。他大脑并没有像失忆症患者表现出的明显镇定，而是产生了一种新的陌生感。通过这陌生感，他能沿着这根线像点彩画般地回忆起一切，直到返回到令他难以承受的当下。他无法回避任何东西，就像他的胸口无法挣脱一条条绷带一样。他疼痛难忍，无法入眠。明天，他一定要让医生知道他醒过来了，以便他的伤痛能得到及时治疗和缓解。他对自己的狡黠感到几分洋洋自得，那是一种要战胜他知道的任何坎坷的意志。暂时，他已经不再悔恨他是如何从他人生的一个阶段糊里糊涂地陷入到了另一个阶段。他厌倦了他的种种悔恨。那天夜里，他残存的能量是要用来弄清楚那一切究竟是怎么回事。不过，那顶多是一种出自本能的机械性愿望而已。

那个夜晚将是他人生中经历的最漫长的一个夜晚，驱动它的那种能量类似一阵狂暴、寒冷而又清新的风，掠过那一片漆黑的房间。先是那位医生喃喃自语地祈祷，在此之前，一位老太太把一根项链挂在了床杆上，把双手放在他的眼睛上方，然后，一位年轻小伙子伴随着舞蹈演员般的动作，把床单向后拉了拉，来看了看他。接下来好长一段时间里，完全是一片黑暗和寂静，只被百叶窗的一次咔嗒声打断过。在这期间，他眼前浮现出秃鹫脖子上的鲜红肉垂，耳畔仿佛听到了从黄色眼睛的野狼那里传来的吼声。那只秃鹫振翅飞向天空，那匹狼盯着秃鹫。除了这些简单举动，它们两个都令他感到深不可测。他仿佛还听到了他的气息经过一个被撞断的牙齿时发出的口哨般的声响。在此之前，当他躺在汽车后备厢里时，身上血流不止，为了把血从喉咙里吐出去，他痛苦地咳嗽不止。汽车排出的废气和剧烈颠簸几乎令他无法承受。后来，他被高高地扔出去，下落时，身体穿过那个荆棘丛，他的胸口撞击到一块岩石上，接着，又继续翻滚，他的头又撞击到了另一块岩石上。

至于那个受伤男子的背景，没有必要了解太多，因为他的伤势极其严重，足以彻底改变他的人生轨迹。在某种意义上讲，这就像是宗教皈依改变了一位基督徒，就像洗礼仪式开悟了一位佛教徒，虽说是司空见惯，却不失为一种剧变。不过，你可以跳过他这个突如其来的不幸遭遇，了解一下人们喜欢称道的简单事实。这就是在人们的生活变成一潭污水后，为了摆脱困境而自欺欺人时相当乐意使用的一个观点。

在莫洛和他女儿在路边发现他之前的那天上午，他只不过是一具正在死去的肉体，正在经历从白昼到夜晚的死亡过程。然而，在出事的前一天早上，他在一种不寻常的状态下醒来，他认为那种状态就是爱情。他住在图森远郊的一幢相对昂贵的复式公寓楼里。他之所以青睐那地方，是因为私人小院子里长着一棵酸橙树，还有三个泥地网球场。那栋公寓楼归一个纽约人所有，他通过转租，租得了那处住所。那个纽约人的哮喘病已经康复得相当不错了，于是，他回到东部，要在金钱游戏中再试一次运气。

考克朗正处于热恋之中。他清早醒来，一睁开眼睛就立即给恋人打去电话。这种行为通常与年轻人或者傻瓜联系在一起，或者说，穿越到二十年前，与那些三十好几或者四十出头才坠入爱河的人相关。两个情人间匆匆讲了一番话，轻松地在西班牙语与英语之间转换。他俩过一会儿就会公开会面，办理他们的公事，然后，将若无其事地驱车前往那男子租赁的小木屋。小木屋位于墨西哥阿瓜普列塔南部的边境地带，其主要用途是为了捕猎美洲鹑。

他真的没有什么可逃避的。他一边冲着淋浴，一边在想这个问题。在一个人们已经忘记极限是何意义的时代，他到达极限已经有两年了，可谓是一筹莫展。四十一岁，站在镜子前刮胡子时，他已经不再停顿下来，像年轻时那样去孤芳自赏，欣赏自己的好身材，因为现在他的眼睛通常很疲劳，显现出了受巴比妥酸盐安眠药主导而出现的种种迹象。

在客厅里，他用浴巾擦干身子，推开移门，把他的猎犬放了出去。是一只英国塞特犬，名叫“多尔”。接着，他开始了一系列精心编排的半瑜伽功式的伸展练习。他停顿了片刻，去把德彪西的《大海》放进立体声音响里，对着一张大海报微笑。那海报是他用他女儿五年级时的课堂作业画制作的。他回想起当年他驻扎在马德里外的托雷翁的情景，此时，他感到，微笑背后隐藏有一阵痛楚，一种孤独感像一股电流猛然袭上心头。当时，他和他女儿经常在星期天去市场购物，为他们的星期天大餐做准备。她拥有她妈妈那样的一头金发，不管问什么问题，她都喜欢讲西班牙语，深受店员们的喜爱。购物之后，他父女俩会去一家餐馆就餐。他会点上半瓶白葡萄酒，而她呢，会用她那童声西班牙语慢吞吞地说，要一杯橙汁。那些西班牙老头子喜欢看她吃完一盘西班牙风味小吃，议论纷纷地谈论着她的“胃口”的深度，竟能吃下一整条腌制鱿鱼，连触须也一起吃掉，一点都不剩下。如今，她在圣迭戈与她母亲一起生活。他酗酒，嫖女人，总是静不下心来，然而，导致他俩的婚姻破裂的最重要原因是他那次老挝之行。在老挝上空，为躲避巴特寮[①]和越共，他带上一把点七五口径的枪支，留下一名导航员，从他驾驶的“幻影”轰炸机里紧急弹出。他在一艘中国式帆船上与一些友好的渔民一起度过了两个月。从本质上讲，他是反对政治的。现在，那场战争仅仅在噩梦中才会反复出现。从十九岁到三十九岁，他当了二十年的男子汉——一名战斗机飞行员，而现在他却不愿看到飞机。他驾驶着一辆在加利福尼亚酗酒纵情玩乐时购买的破旧的马克四型小轿车，漫无目的地到处转悠。

做完健身操后，他喝了一杯咖啡，检查了他的三个特拉波特牌碳素网球拍。前一天，他在一次俱乐部锦标赛上获得了第二名，仅仅输给了年纪只有他一半大的那个年轻小伙子。那小伙子被认为是亚利桑那州所有职业选手中最有前途的未来之星。目前，他与他的搭档被认为是最受喜爱的双打选手。他之所以选择双打，是因为打双打对他的腿部耐力的要求相对要低一些。昨天，在天气非常炎热

---

① 1950 年建立的老挝左翼民族主义集团。

的情况下，比分打成了七比五、四比六和六比四。即使在他赢下第二局时，他已经意识到他的双腿支撑不了第三局。蒂比已经吩咐他的手下亲信把一盒有“香槟王”之称的唐培里侬香槟酒放在了小汽车里，用胶带在贺卡上贴了一枝白玫瑰。此时，他看了看那枝白玫瑰，那枝他百思不得其解的白玫瑰，又想到了蒂比的妻子米莉亚。

蒂比的真实姓名叫巴尔达萨里·门德斯。像许多墨西哥富豪们一样，他也在美国拥有一套闲置的房产。他们这些富豪是一个小团体，相互间经常到棕榈滩、达拉斯、凤凰城和圣安东尼奥等地，去参加他们举行的派对。他们在不动产领域进行巨额投资。因为他们拥有巨额财富，又具有美洲大陆人的魅力，购买房产是远距离关注并轻松进入各社会圈的最简单的捷径。在他自己家乡举办的一次比赛中，蒂比曾经利用考克朗冒名顶替。考克朗敬佩蒂比有时候所表现出的粗犷和豪放。他总是拒绝蒂比给他的钱款，不过，他接受过去墨西哥城的旅游。在那里，作为双打搭档，他俩在卡米诺皇家酒店举行的一场屋顶球场比赛中欺骗了两个得克萨斯选手。为此，他把三万美元尽收囊中，那笔收入几乎与蒂比在福奎特酒店举办一场二十人的宴会所挥霍的数额相当。

米莉亚。确定球拍上面的网线都完好无损后，他放下那三个球拍。他从皮夹子里拿出那张米莉亚的照片。那是刊发在报纸的社会版面上的一张照片。他端详着她骑在一匹纯种越障马背上那冷峻、纤细的身材。真是明摆着的胡说八道。他已经经历过如此多的爱情争斗，甚至认为爱情几乎与疾病无异。这种观点在早些年代曾经盛极一时，不过，那时候的世界似乎更年轻、更明智。

他躺在地板上，深深地呼吸着，试图预防他大脑里正在形成的淤结。过去，其他飞行员经常产生末日来临的不祥预感，仿佛那空隙已经在他们胸骨下形成，并且开始扩散。对此，他总是嘲笑他们。然而，不久后的一天，他执行任务时差一点丢了性命；一种失去方向的窒息感，一种恐怖的自由落体运动。他听到猎犬多尔在抓挠移门，于是，他就把它放进屋内，给它更换了新鲜的饮用水，然后在放在沙发上它的窝里亲昵地拍了拍它。它一向轻盈，娇柔，有时候还有些胆怯。但是，他惊诧地发现，当他带它到野外捕猎时，它就变成了一台一丝不苟的狩猎机器。

每个人都希望自己的生活中保持一定程度的神秘性，而且无需刻意去做任何事情就能保守其神秘性。在遇到米莉亚之前，他曾经与一位来自科帕斯克里斯蒂的女孩谈过一场短暂的恋爱。当时，那女子刚刚从韦尔斯利大学毕业，然而，那种神秘性不久就烟消云散了，由神秘变成了尔虞我诈。他意识到，他是出于莫名的无聊才“勉强”自己牵涉进那桩恋情的。他花了两年时间，试图掌控退役后的平民生活，因为他从未真正搞懂过海军生活。海军军营就像是那种唠唠叨叨的母亲，而他却像是一个被收养的孤儿。他顺利地履行了自己的职责，它同样善待他。那位得克萨斯女子身材修长，聪颖可爱，但是过于年轻，过于狂热。她就像是一座主动想叫鬼闹的房子。而米莉亚则不同。仅仅大几岁，她已经被闹得愁容满面。他曾经在蒂比家打网球，打了三个多月之后，她才认识他，视他如同普通人一样。后来，他出席了在蒂比家举行的一次晚宴。期间，他喝了过量的葡萄酒。餐后，其他男人们已经开始进行一场高额赌注的台球比赛，而女人们则在谈论那套新款纪梵希时装，在谈论豪斯顿时装已经变得多么陈旧过时。可她发现，他却在她的书房里浏览书籍。

刚到部队服役时，他去过几趟关塔那摩，后来又去了一趟托雷翁。几趟旅行之后，他就能说一口流利的西班牙语了。他无法接受别人说他是傻瓜。小时候，在印第安纳时，他曾拆解过一辆V-8型号的福特车，目的是想看看它是如何运转的，结果，没想到后来就进入海军服役，操控喷气式飞机。他总是感叹，平民百姓是多么严重低估了驾驶喷气式战斗机所需要的智慧。他突击学习西班牙语一事也同样是既彻底又有条不紊。中西部地区就专出孤独的农场男孩儿这一类型的人，他们好奇，想知道一切。在关塔那摩，他便开始好奇地想，为什么人类讲不同的语言，这个问题并没有因为它如此简单而失去魅力。然而，这些在农场里长大的孩子具有一种远见，他认同语言的人造属性这一观点，并且学习西班牙语，把它作为一个检验案例，学习就非常投入，活像一个书呆子。他洞悉中国历法，并且通过阅读小说和诗歌不断提高认识。在他的朋友和同宿舍的室友中间，没有一个人胆敢质疑他，因为他天生就是一个领袖。而且，不论他选择干什么，不论是打普尔台球，还是徒手潜水，还是后来渐渐爱上的网球，他总是最佳，天生具有垄断一切的能力。除此之外，令人嫉妒的是，他比谁都更狂热、更胆大。

他手里拿着一本她的藏书，正在翻阅，此时，这个可爱的小精灵向他走了过来。他手里拿的是一部他熟悉的洛尔卡的作品，是收藏版，薄光纸印刷，在巴塞罗那出版，用真皮装帧的。他对过去三个月里她所表现出来的无动于衷完全困惑不解。当时的形势已经发展到如此地步，以至于他内心紧张，不敢贸然采取进一步“行动”。结果，当他看见她朝他走近时，他似乎失去了他的从容风度和控制力。就连她简单的一瞥，都会令他乱了方寸。而且，前一天在游泳时，她在决定午睡前吃了一大口三明治，他竟然拿了一杯酒来陪她。对此，蒂比耸了耸肩，用那种熟悉的普通肢体语言表示迷惑不解。他感到，作为蒂比的一个朋友，她想当然地认为他是一个商界蠢材，于是，他竭尽全力，微妙地去消除她心中的这一错误观点。当她走近他，来到书橱旁边时，他发现，他与她单独讲话的第一次良机到了。她侧翻了一下他手中的那本书，颠倒着念起书名。然后，她露出微笑，从洛尔卡的诗中吟诵道："我想像苹果一样做梦，远离墓地的喧嚣。"他想，他从来都没有听到过比这更优美的诗句。他眼睛盯着天花板，脸红得像一个天真的小学生，从同一个诗人的诗歌里引用诗句以应对："你的肚子是一场根与根的战斗，/你的嘴唇是一个朦胧的黎明。/在冷淡的玫瑰般的床下/逝者在呻吟，等待着他们的轮次。"

她盯着他看了片刻，他的太阳穴不由自主地突突直跳。她的脸唰地一下红了，转过脸去。他希望说些笑话来缓解一下紧张气氛，但是，却找不到话题。她仰起下巴，仿佛在朝着某个遥远的物体观看。他朝着她的脖子看，心想他能够察觉到一种气味，介于苜蓿和橙子的气味。他一失手，竟然把那本书丢落到了地板上。她大笑一声，便走开了。他囫囵吞枣似的喝下一满杯白兰地。那酒呛了喉咙，呛得他眼泪都流了出来。

那天夜里，当他回到家时，他不由自主地踱起步来。尽管已经服用过安眠药，也喝过酒，他就是无法入眠。天刚蒙蒙亮，他就带着多尔外出，前往沙漠地区，让它捕捉一些美洲鹑。然而，它失去了兴致，因为当时还是八月份，捕猎季还未开禁，因此他并没有随身携带猎枪。它朝一棵牧豆树上的一只小猫头鹰所处的方向看着，故意跟他开玩笑，然后，绕着圈跑个不停。他决定预订一次长途旅行。自从他十八岁那年开始，与女性相处的过程中还从未有过他不曾完全掌控的局面。她令他清晰地回忆起他在巴黎的一个博物馆里看见的由莫迪里阿尼创作的裸体画作。他依然记得，当时他在看一幅油画时，他曾经说过：有个女人我会爱她。真荒唐。他茫然盯着那满地长着丝兰和牧豆树的风景，多尔在他脚旁抓挠，哼哼唧唧地叫着。

驱车返回途中，他头疼得厉害，撕裂般地疼。他把磁带盒里的磁带反反复复换了好几次。他听了吉米·巴菲特的《海盗年过四十》，内心充满自我憎恶。他难得一见地请多尔坐到前排的座位上，拍了拍它的脑袋，心想：他将幸福地再次见到女服务员和空姐。他一向不喜欢富婆。几个月前，他曾跟来自科帕斯克里斯蒂的那个女郎一起去游泳。当时，她忘记取下她手上戴的蒂芙尼手表。他回想起了他小时候在印第安纳州的生活，那块手表足以供养他全家人一年的开销。他们家拥有一个小农场和一个汽车拖拉机修理店。当经济拮据时，他父亲可能用一个旧电瓶去换三只鸡，好在星期日吃顿丰盛的晚餐。他在琢磨，他如此痴迷地爱上一个墨西哥百万富翁的老婆，这究竟是在干什么，说不定蒂比还不只是个百万富翁，因为他拥有一架利尔喷气式飞机，还有一架适合停在较小机场的派珀双引擎科曼奇小型飞机。他决定回到家后给沃内塔打个电话。她在一家牛排店工作，担任女招待，与他同龄，是一个荡妇，曾两度离婚。她曾几次跟他一起去打猎和钓鱼，能很娴熟地在一堆牧豆树木炭上烹饪出美味可口的美洲鹑。当然，她总是讲一些庸俗得不能再庸俗的笑话，她寓所里的四周墙壁上挂满了黑天鹅绒油画，其中一幅是一头斗红了眼的公牛，还有一幅塔希提夕阳图。一天早晨，当他醒来时，发现她在外面车道上为他洗车。为此，他曾跟她生了一场气。

回到家后，他服了两片安眠药，冲了个淋浴，就勉强挣扎着上床睡觉，用枕头把电话盖住了。他一边入睡，一边微笑，想到了他收到的他父亲寄来的一封短信。他给他女儿寄去了他自己的照片，照片里他举着在网球锦标赛上赢得的奖杯。他的妻子已经改嫁给了他的大哥，大哥跟父亲一道远在圣迭戈的一条家庭渔船上工作，以捕金枪鱼为业。他们在他十一二岁时就离开了印第安纳，那一幕至今还使他内心感到忧伤。不过，他父亲在加利福尼亚的生意做得红红火火。在那封短信里，他写道："我看到了照片，拍得很棒。当你哪一天厌倦了穿着裤衩四处奔波时，就回来吧，船上还留有你的位置。爱你的，爸爸。"

然而，下午三点左右，他听到一阵敲门声，就醒了。此时，噩梦又开始了。米莉亚派遣了一个信使前来，送来了精心包装好的一盒书籍，全都是从她书斋里挑选的真皮精装版本，书内的空白边沿留有她做的许多笔记。其中一些是西班牙作家巴罗哈的小说，还有卡米洛·何塞·塞拉的《贝尔纳德·阿尔瓦的家》，弗斯蒂诺·冈萨雷斯的《金发女郎》，还有马卡多、纪廉、奥克塔维奥·帕斯、聂鲁达以及尼卡诺尔·帕拉等诗人的诗集。便条上简单地写着几行字："这些书是我最钟爱的作品中的一部分。我希望你会喜欢。米莉亚。"她还添加了一句诗，作为附言："理解之光/已令我非常审慎。"

他喝了三杯咖啡，在第三杯里还添加了一些白兰地，然后开始查找米莉亚引用的诗句出自何处。他自以为那句诗出自洛尔卡之笔。最终，他在《不忠的妻子》里找到了它。接着，他又倒了一杯咖啡，然后拿起电话，但是，电话那头接电话的只是一个用人，说门德斯先生在梅里达。考克朗不敢直接叫米莉亚接电话。他在客厅里走来走去，头脑昏沉沉的，嘴里不停地骂骂咧咧。此时，他不能仅仅谎称去见蒂比而登门拜访。蒂比的用人似乎个个也都是他的保镖，丝毫没有普通家庭用人身上表现出的那种无精打采的神情。他想入非非，脑海里第一次想象着她裸体时会是什么模样。他破口大骂，把玻璃杯摔到了沙发上方的墙壁上。多尔见此情景，歇斯底里地狂吠起来。他给它喂了一块汉堡肉饼，才使它安静下来。他再次拨通了蒂比家的电话，心里希望或许这次米莉亚会接听电话。可是，电话另一端还是那位用人，仿佛他就蹲在电话机旁似的。无奈之下，他从储枪柜里拿出来一支猎枪，心想他要去打飞靶。但是，紧接着他又把枪放回原处，因为他心里明白：他既没有兴致，也无法专心。他穿上远足长筒靴，心想，晚间到沙漠里来个长距离散步也许会使自己静下心来。

他正准备进入他的小汽车里，突然，米莉亚开车来到他旁边的空地处，停了下来。他被这一幕惊呆了。她说，她并不想打断他的良宵。此刻，他竟然无言以对。她向后捋了捋她的头发，整理了一下脖子上的围巾，对他表现出的一时语塞哈哈大笑起来。他抓住她的一只手，像宫廷里的小丑似的亲吻了一下。她也亲吻了他的手，然后咬了一下，又大笑起来。“我一直想跟你在一起，想了好久好久了。”

整个晚上他俩一直不停地在做爱，但是，九点钟时，她说，为了避免怀疑，她得回家了。他说，可是蒂比现在正在梅里达，而她说，可是我有半打丈夫，谁伤害我，他们就会把谁杀掉。然后，她告诉他，要他离开房间，因为她想给他留一个便条，而且说他只能在第二天早上才能打开看。他站在卫生间里等待，快活地对着镜子做起鬼脸。写完纸条后，她就不辞而别。他听见了关门声，于是就从卫生间冲出来，跑到门外。遗憾的是，他只看见她一头钻进了她那辆白色宝马车里。她挥了挥手，便加速驶去。多尔在门口遇到了他。每当有女人来拜访他时，它总是怀着某种形式的嫉妒，要么睡觉，要么就佯装睡觉。他拆开那张便条，上面仅仅写着，她讨厌说再见，还把“我爱你”三个字重复写了七遍。看完便条，他亲自烹饪了一大块牛排，在炉灶旁得意忘形地唱起歌来。不过，他只吃了半块牛排，把另一半递给了多尔。几个月来，他第一次在夜里睡觉睡得如此香甜。仿佛他的灵魂战胜了一场持续多日、疼痛难忍的智齿疼。

那都是三个星期之前的事了。在他收拾他的网球包时，一种恐惧渗透到了他的全身。那种恐惧感并非是毫无缘由。一天晚上，她把咖啡溅到了自己裸露的乳房上，突然哭了起来。他急忙去给她找药膏涂抹，但是，她挥了挥手，让他走开，说她并没有被烫伤，她之所以如此伤心，只是因为没有什么地方可去。他试图去亲吻咖啡在她雪白的乳房上留下的粉红色斑点，而她却变得狂躁起来，叫他别碰她。她僵硬地坐在那里，两眼紧盯着他看，而他则站在那里，足足呆站了半个钟头。他还从来没有亲眼见过身体如此美丽无比的女人。最终，他俯身跪下，亲吻了她的膝盖。她把他朝她跟前拉。

他急不可耐地告诉她说，一切都已经计划妥当，他将带上他的所有积蓄，他俩将投奔到塞维利亚，那是天底下他最喜爱的城市，没有谁能在那里找到他俩。然而，她却说，如果他再提及此事，她就永远不会再见他了。那天夜里她离开他时，异常冷淡。

当初，他俩在她的轿车旁亲昵时，两人谁都不曾察觉，在一百码之外，一个“用人”倚靠在一棵棕榈树上，正在监视着他俩的一举一动。

当他与他的双打搭档一起喝酒时，得意之中，他坦白了他与米莉亚之间的恋情。他俩的隐私就这样泄露了，而真正的警告也随之而来。他的搭档是他在图森市的唯一朋友和知己，是墨西哥航空公司的飞行员。听到这事，他的搭档即刻就变得一脸苍白。他说，你这个猪脑子，你这个傻瓜，你想想看，为什么蒂比取蒂比这个名字？考克朗不知道这一点，而且对他搭档的反应感到颇为震惊。他的搭档说：“蒂比代表的是蒂伯龙、蒂伯龙、蒂伯龙，意思是鲨鱼。你明天就赶快离开这儿，永远不要再回来了。如果你不走，那个杂种在盛怒之下准会杀了你。你会葬身在沙漠深处。”他打了一下他的朋友，但是，他朋友似乎没有注意到，因为他正在一边给他俩各自斟满一大杯酒，一边还在说，他有关系网，能弄到一个假冒的加密护照，还说，如果需要钱，他会给他。

那是一个丑陋而可怕的晚上，但是，第二天醒来时，他却感到，前一天晚上似乎温馨宜人。尽管如此，他还是顺便向米莉亚提及了此事。米莉亚听后，咯咯大笑，说道，别傻，他不会杀你，他会杀了我，然后就拒绝再提及此事。那只是几天前发生的事情。现在，在锦标赛之后，他俩将足足有三整天时间厮混在一起，因为蒂比此时身在委内瑞拉首都加拉加斯。她精心设计了一个骗局，谎称她要到纽约，去看望她的姐姐，她姐姐是一位常驻纽约的联合国外交官的夫人。锦标赛结束之后，她的私人司机将开车送她到机场，而他将开车在那里迎接她；然后两人将一起离开，前往道格拉斯。那是一个边境小镇，与阿瓜普列塔相对，他俩将在第二天上午抵达那间小木屋。

一切都进展得很顺利，唯独那场网球赛例外。酷热的下午，胶着的比赛无情地拖延着。他在人群中找不到米莉亚的身影。第一局，靠他搭档的优异表现取得了胜利。随后，他俩以六比二输掉了第二局，第三局又开局不利。他的搭档愤怒地瞪了他一眼，他的双腿感到铅一样沉重。他罚球时，观众席中一个妇女站了起来，他便朝她怒吼起来。后来，米莉亚进来了，她不好意思地向他使眼色。此时，他想起了他应该是多幸福啊，于是，闪电般地结束了第三局的比赛。他在淋浴时，蒂比的私人司机走进了更衣室，漫不经心地递给他一个信封，郑重其事地说，蒂比先生想送给他一件礼物。他用浴巾擦干身体后，打开信封，发现里面是一张途经巴黎飞往马德里的单程头等舱机票，还有一百元面值的现金好几千元，还附带着一个便条，上面写道：朋友，我几天前就知道你会赢。他反复检查了那张机票，心想，可能是由于疏忽，返程票给漏掉了。他决定不向米莉亚提及此事。为何要搞砸这个周末呢？他心想。他一边想着，一边极力平静他胃部深处所感到的明显不适。

在前往机场的路上，他中途停了一下，去他的公寓里接多尔，并且拿上他的旅行包。他匆匆喝下了一杯葡萄酒，以试图驱散一阵阵涌上心头的惶恐不安。想起在军队里度过的那些年月，他嘲笑自己。那些年里，他通常以二马赫的速度，在越南、老挝和柬埔寨的上空驾驶战斗机翻转、转向，偶尔在躲避火箭时被吓得尿湿裤子。或者，远离埃格林的海湾上空，当电路起火，大火开始吞噬那架“幻影”战斗机时，他甚至从机舱里被弹射出去。或者，夜间，飞机在航母上着舰时，那一次次险些失误。他的其中一个密友，在东南亚上空执行过上百次任务，都平安无事，可是，在基韦斯特附近的博卡奇卡飞行时却遇难了。他一向认为，退役后的平民生活是完全平安惬意的，而这个新面临的危险，伴随着任何哺乳动物都感觉得到的肾上腺素的旺盛分泌，时而困扰他，时而又令他激动。

快到机场时，由于高峰时段汽车排放的尾气剧增，图森上空的天穹看上去像是被烟雾熏黑了似的，蒙上了一层黄兮兮白茫茫的雾霾。正在播放的一盘磁带卡在了卡座里。当他把它拉出来时，那胶带像意大利面条似的倒满了整个座位。尽管开着空调，但是，车内依然散发出一股臭氧的气味。他期待着跟米莉亚一起旅行，穿越大山。他已经决定途中不在宾馆一站和道格拉斯停留。他俩将在阿瓜普列塔的一家他熟悉的豪华饭店共进晚餐，然后，在夜幕降临前抵达科洛尼亚——马里拉斯附近的那座小木屋。也许，蒂比在道格拉斯有一帮朋友。虽然继续前行令人疲惫，但是，一想到他俩可能在一家宾馆被当场捉奸时，疲惫感也就随之缓解了。他的朋友，那位墨西哥航空公司的飞行员，曾始终认为，蒂比参与了各种形式的金融诈骗活动，其中有合法的和非法的，无所不为，包括在边境大规模走私海洛因。当他星期三回到家时，他将会给在海军情报部工作的一位老朋友打个电话，那朋友会通过华盛顿警方为他展开一场针对蒂比的调查。不过，并不是因为那件事有多么重要。他非常喜欢蒂比，仅仅在三个月时间里，他俩的关系就从最初的相识阶段一下子发展到了近乎朋友的地步。就因为这一点，跟米莉亚在一起的过去三周时间给他带来了一些痛苦，但是，他坠入爱河，无法自拔，而且还把它当作几年来他生活中的头等大事牢牢抓住。事实上，他就如同一个特别敏感的中学生一样，正在害相思病，正在犹豫，他是否敢与他的心上人分享一首诗，在犹豫她是否会嘲笑他。事实上，他确实给她读了那首诗，瞬间，她那种女性特有的浪漫情怀一下子与他的浪漫情怀撞出了火花。他俩爱到了一种神魂颠倒的恍惚状态。无论偷情者处于何种年龄段，在这种状态下，各种感官不可避免地被剥去外皮，再度焕发出青春活力。从中学校园直到退休后的社区里，你都可以看见这种事情时常在发生：那种两个灵魂与肉体极具偶然性的结合，通常，会导致恐怖与不幸，因为如此多先前未知的能量一下子得到了释放。好久好久他都没有体验过这种感受了，就连与这有一丁点类似的感受都没有。他曾经真真切切地迷恋过五六个女性，包括最早的那位马德里的电视女演员和最近的那位得克萨斯女大学生。这其中并不包括他的婚姻，因为那种婚姻谈不上是婚姻，顶多算是一种亲昵的陪伴关系。她原本是关岛军事基地的一名护士，出身于印第安纳的一家农场。他俩之所以结为夫妻，几乎只有一个原因，即怀旧。

在布兰尼夫机场的入口处，他顺手给一个搬运工塞了十美元，让他留意一下他的小汽车，然后径直走到了贵宾候机厅。米莉亚坐在那里，嘴里抿着饮料，衣着剪裁考究、时髦，美丽动人。他喝了一杯苏联红牌马爹利。她告诉他说，她的骗术天衣无缝，她托运了一个包裹到纽约，里面装满了衣服，作为送给她姐姐的礼物。始料未及的是，他们两个人吸引了周围人们的注意力。他浑身上下晒得清一色的黝黑，体格健壮。如果你不仔细去观察他的眼睛周围，他看上去比他四十一岁的实际年龄要年轻六七岁。他着装随意，但是件件都价值不菲，手腕上还戴着劳力士手表。而她呢，几乎无论走到什么地方，她都是人们关注的焦点，尤其是在观众谙熟世事的大城市里，比如在罗马、伦敦或者巴黎。她出生在墨西哥城，具有危地马拉和巴塞罗那背景，在洛桑和巴黎接受过教育。她二十七岁了。她大部分青春年华都用在致力于使自己成为一个冷淡、中性和有品位的人，因此，一个富有激情、才华横溢的女性就在这种追求之中被毁灭了。她的身材比他略微矮小一点，大约五英尺八，拥有一种几乎惊人的魅力，就连她那些日常生活中再平常不过的举动，比如，在布兰尼夫机场的贵宾候机厅里坐下，或是点上一根香烟，或是翻看杂志，等等，都会吸引许多双眼睛聚焦到她身上。即使在此时此刻，有一位体格粗壮、年龄较大的男子，提着一个小牛皮制作的公文包，不时地从他手中的《福布斯》杂志页面背后窥视她。那男子是蒂比在墨西哥城外的一个助理，她并没有认出那人。当他俩离开时，他若无其事地跟踪着，打了一个民用电台电话，然后在高速公路第一个出口匝道摆脱了他俩。

在车里，她心情舒畅，快活得像一个小女孩儿。她一边在重新卷回脱落的磁带，一边给他唱着他爱听的瓜达拉哈拉民歌。出了城区之后，她从后座上取过她的旅行包，脱下穿在身上的那套正式场合穿的巴黎世家名牌套装，换上了一套休闲连衣裙夏装。他说，每小时七十英里的速度，看着她穿着内衣坐在那里，他抵挡不住诱惑。可是，她说，亲爱的，没有人强求你忍受着。于是，他调转方向，把车开到了沙漠地带的一条仅有两道车辙的小路上。临近黄昏时，他俩开始趴在小汽车的引擎盖上亲昵做爱。大约在四百码远的地方，一名男子站在一个圆形土丘上，正在用一架蔡司牌望远镜秘密监视着。他倚靠在一辆不知是谁的皮卡车上。看着米莉亚的双腿反反复复一起一落，又紧紧夹住那男人，他自叹弗如。他从座椅上的一个冷藏箱里拿出来一罐墨西哥啤酒，罐体散发出的冷气在热空气中摇摆不定，歪曲了透过望远镜看到的风景，他就像那热气一样蠢蠢欲动。

他自忖道，倘若蒂伯龙在场的话，他准会从座椅下抽出步枪，毙掉他俩，就如同猎人射杀一头野鹿或者一只野山羊一样。与此同时，他观看着他俩完成做爱的整个过程。她笑口大开，他几乎能听见她的笑声。做完爱之后，她转着圈跳舞，那男人扑通倒在地上并且大叫了一声。此时，窥视者咒骂了一声。他把望远镜放下片刻，心里在想：他不能指责那个外国佬的品味，可她确实给人一种视觉享受，他仅仅从远处看见过她一次，当时，蒂伯龙去杜兰戈看望他的老母亲，在那里待了一周时间。

回到车里，她说，她感觉自己活像是一个风流妓女，因为她浑身是汗，汗涔涔的头发粘在了太阳穴上。不知有多少年了，她一向只乘飞机旅行。这次开车旅行，感觉太美妙了。此时，他已经开始怀疑四分之一英里外的那辆皮卡车，心想他俩停车之前他已经看到过它。但是，那辆皮卡在班森就转弯变道了。直到他俩穿过墓碑镇，他才停止担忧。此时，她已经闭上眼睛，认为那个镇起了那么糟糕的一个名字。他回想起了他十岁那年，为他的一匹爱马做墓碑的事。那匹马被带刺铁丝网缠住了，伤得非常严重，他父亲无奈之下将它射杀了。他在一块巨石上用油漆写道："苏茜之墓，生于1943年，殁于1946年，此处安葬着杰·考克朗曾经拥有并钟爱的一匹优秀的摩根母马，他为它的离去深表哀悼。"碑文的最后一部分是他从郡县政府的报纸上的讣告里抄袭的，那报纸在个人专栏版面刊发纪念文章和悼文。

七点钟时，他俩抵达了道格拉斯，在那里购买了一些补给品，然后又驱车越过边境，进入了阿瓜普列塔。在阿瓜普列塔，他从一个马鞍师那里给她买了一个手袋。晚餐时，他俩吃了虾汤和烤小山羊肉，厨师用油、咖喱和新鲜百里香调过味的一块小山羊后腿肉。他喜爱墨西哥，向她询问有关杜兰戈的情况，即蒂比的家乡，位于马德雷山脉。她说，杜兰戈低俗得不得了，是一个经营牧场和矿产开采的中心，旅游指南书籍上从来都只字不提它，那正是她如此喜欢它的原因。蒂比在那里拥有一座农场，而且他已经受到邀请，几个月后去那里打猎。米莉亚说，它看上去像蒙大拿，或者像西班牙的加泰罗尼亚或者卡斯蒂利亚的一些地区，还说农场里有许多美洲鹑和野生火鸡。蒂比已经建造了一个红土网球场，他使她因为那个球场而狂发脾气，以至于她拒绝再打网球。于是，在从墨西哥城引进的一位职业网球手的帮助下，他已经在他的手下保镖中培训出了几个好手。

黄昏将尽时分，他俩抵近了那个小木屋。他们小心翼翼地沿着山上的一条仅有两道车辙的小径行进。途中，他两次停下车，下车去挪走因雷雨时洪水从小溪里冲下来的岩石。他希望能弄到该地区的优质地形图，但是，一张也没有弄到。按照他平时有条不紊的行事方法，他已经对墨西哥和墨西哥人有所了解，除了为数不多的几位美国游人之外，他比谁都了解得多。他读过沃尔麦克的《萨帕塔[①]和墨西哥革命》，读过五六本他能弄到的关于近代墨西哥历史的书籍。他依然有些职业武士的样子，就像日本武士一样。警觉谨慎、尽可能全面了解自己身处何地以及为什么，是他行动准则中本能的一部分。同样，他本能上是一个非旁观者，不能忍受让他的当前精力受任何人支配。在部队服役期间，这一点曾使他不受上级军官的欢迎，不过，在一定程度上使他自然而然地成为所有其他人的英雄。在他退役后头两年的平民生活真空期，他不能胜任任何具体工作。而在墨西哥这里，仅仅来访过几次之后，他就在一家山村小酒馆里广为人知，而且颇受欢迎。因为他的卡斯蒂利亚口音，当地人跟他逗趣，做着各种精心幽默的模仿。

当他俩到达那个小木屋时，他一眼就看得出，她喜欢上了它。多尔亢奋起来了，忙着在它的狩猎地周围哼叫着，嗅来嗅去。不过，由于训练有素，它小心翼翼，时刻提防着蝎子和响尾蛇。在最后一缕亮光中，他把车里的货物卸了下来，在小壁炉里生起了火。当她在一旁盯着那炉火，听着一场短暂的阵雨敲打着那铁皮屋顶时，他把那个双人睡袋在床上摊开了。那干柴散发出香味，近乎香水的芳香，于是，她叫他把海绵床垫和睡袋拿到壁炉边。他把煤油灯的灯光调暗了一点，心里在想，他第二天清晨要带她去散步，去一条小山涧在那块岩石处形成的一汪清澈碧绿的水潭的地方。他俩慢腾腾地做着爱，看到炉火摇曳的火光在她身体上投射出的影子上

① 萨帕塔（1879—1919），墨西哥农民革命领袖，发动莫雷洛斯州农民起义。

下晃动时，他惊讶不已。他俩略有醉意，由于室内似乎烟浓又过热，他就把一大块木柴从火炉里取了出来。她打了一会儿盹，他又喝了一杯酒，试图回忆起曾几何时他感到过如此满足，同时又如此生龙活虎，如此完全放松。

现在咱们得回避一下这两位情人，让他们休息。不过，仅仅是片刻而已。让咱们栖息在那个圆木壁炉架台上，一尊冷漠的石眼狮身人头兽，因为最好是长出一双石头眼睛来面对咱们眼前要看到的情形。房间里的温度正渐渐变凉，两位情人相拥在一起以保暖，然后，依然在熟睡中，向对方移动。煤油灯的灯光很暗，炉火的影子已经变得寒冷而微弱。室外，风力在不断加强，像巫师的哀号，在屋檐下呼啸不止。多尔在门旁坐立不宁，不停地嗥叫、哀号，接着，当房门被突然撞开时，它狂吠起来。一支猎枪一枪就夺去了那条猎犬的性命，顿时，室内一片蓝焰。三个男子冲进了那小木屋，其中一人是个彪形大汉。他们向那对情人猛扑过去。那个彪形大汉用西班牙语大声叫嚷着，一边掐住考克朗的脖子，令他难以呼吸，此时，考克朗嚎叫起来。米莉亚被抓住了双臂，她立刻便晕倒了，紧紧地被一个男子抱着，那人就是咱们先前看到的用望远镜监视他们的那个男子。蒂比后退几步，把油灯灯光调大。他用茶几上的一壶水浇醒了那对情人。他的两只眼睛瞪得比平时大得多，嘴也张着，虽然他一语不发。那个彪形大汉紧紧搂着考克朗，目的是要让他亲眼目睹蒂比从口袋里取出一个剃须刀片，娴熟地沿着米莉亚的嘴唇割出了一道口子，这就是自古以来皮条客对付任性女子的报复方式。被割裂的双唇永远难以完美地缝合起来，尤其是伤情延误时间过长之后。毫无疑问，米莉亚的伤情必定会长时间延误。蒂比点了点头。该轮到考克朗了。那个彪形汉把他提起，顶在壁炉上，开始用重拳击打他。米莉亚再次昏迷过去，但是，蒂比一只手拎着她的一只耳朵，另一只手迫使她睁开眼睛。当考克朗昏过去时，他想，他看见米莉亚的耳朵被蒂比的那只手揪掉了。蒂比用皮靴狠狠踹了考克朗的裆部，然后，便去洗手了。那位较矮小的男子给米莉亚注射了一针，然后，他俩就被拖到了停在小路远处的一辆豪华轿车旁，装进了后备厢里。蒂比坐在那辆车里，气喘吁吁，大声自言自语说，也许，他俩在后备厢里做爱。那彪形汉和小矮个忙着把整个小木屋全部浇上了煤油。他俩又把考克朗的小轿车朝后倒退，顶住了房门。然后，小矮个把一根点燃的火柴扔进了那小木屋。当他俩沿着那条小路朝下行走时，熊熊燃烧的小木屋映照出了他俩的剪影。到杜兰戈还有很长时间的车程，当他们颠簸着沿着小径朝公路上行驶时，蒂比靠在座位上，喝着一瓶苏格兰威士忌。在后视镜里，他隐约看见了那辆小汽车的爆炸场面。大约在公路上行驶了三十英里后，离主高速路还相距很远时，他们停下车，把其中一人扔进了树丛里。

第二章

这个突如其来的变故，类似于在梦中梦到你身处另一个星球上，与咱们的地球仅仅模糊地相似，然后在眩晕状态中醒来时，却发现你真的就在那个星球上。它如同永恒的幻觉一样奇怪，以至于他认为他自己的现实每时每刻都在与他渐行渐远，不断减少，最终所剩无几，仅仅偶尔会从他脑海里浮现出一幅画面——他的女儿，一座印第安纳农场前的那条公路，还有他的猎犬。在那个房间里的一个月里，他系统地发掘着记忆，绞尽脑汁地回忆，结果，当他最终准备好离开那个房间时，他有些辨不出那世界就是他受伤前的那个世界。两者的相似点太少，简直不足以把他唤回到现实中。在夜里，当那些画面浮现在他眼前时，他感觉不到他与它们之间有任何牵连，因此，那些画面又匆匆消失了。起初，他认为那是因为他脑震荡太严重，搅乱了他的记忆，但是，他很快就对寻找种种医学解释失去了兴趣。有一处难以探测的疼痛，他确定其位置，并且把它隔绝起来，而且，为了使自己活下去，他会保护它。当那个形象在脑海里出现时，他透过那模糊了他双眼的猩红血液，再次看见了它：那只猎犬被子弹击中后在房间里拼命挣扎，高声而刺耳的惊叫依然在他耳鼓回荡。他能清晰地、原原本本地再次捕捉到这些画面，就像把一张唱片放在留声机上播放一样清晰。他仅仅隐约记得，他的那只胳膊在受到一次猛烈击打时被折断了，下巴、颧骨和肋骨都凹陷了。对他而言，这些都激发不起他的兴趣，他唯一感兴趣的是另一个人的声音。他能回忆起那人的声音，甚至它会怪异地对他歌唱或低声耳语。

经过那个漫漫长夜之后，第二天早上，他让狄勒知道他已经完全苏醒了。狄勒先给他打了一针杜冷丁来镇痛，并没有试图打探他的底细。狄勒只是问了问是否应该通知什么人，还补充说，他已经脱离危险：那只胳膊和肋骨已经接好了，但是，有一半脸已经伤得一塌糊涂，回到家后他应该求医动手术，不管家在何方。狄勒从墙上取下一面小镜子照给他看，肿胀已经消退，但是，那伤口影响了他的视线，他不得不眯起眼睛才能看见。接着，那医生补充说，几天后，联邦警察局的一位副巡官将会来访，不过，他不必开口说什么，因为他遭遇了脑震荡，这就是规避法律的一个借口。

过了一会儿，一个年轻小伙走了进来，要给他剃胡须，但是，遭到了他的拒绝。那小伙子说，他叫安东尼奥，接着，他又去给考克朗洗澡，他动作娴熟，却令考克朗感到尴尬。安东尼奥说，如果他需要香烟或者其他什么东西的话，他会先借给他钱，等他的钱从美国寄来之后再还给他。安东尼奥大笑起来，急转身转到门口，说，他们从来还没有收治过一个像他这样的患者，送到诊所时如此赤身裸体，仿佛他出生在灌木丛中，被打得皮开肉绽。从这小伙子的话语中，考克朗判断，安东尼奥过于痴狂，不讨人喜欢。接着，他感到不安起来，因为他回忆不起来他是否抽烟。“我不记得我是否抽烟。”他说道。

“那你就别抽了。抽烟使你的嘴巴又苦又难受。就我而言，我喜欢喝酒，不过，只是下班后才喝。我可以偷偷给你搞到烈酒，不过，这里禁止喝酒。”他眨了眨眼，便离开了。

当安东尼奥离开时，考克朗挣扎着从床上爬起来，拖着双脚，小心翼翼地朝窗前走。他胸口疼痛，右手臂上的石膏使他难以保持平衡。到了窗前，他感觉头晕目眩，紧紧地扶着窗台，眼睛盯着自己赤裸的双脚。他喜欢他眼前看到的大农庄后面的景色：那是一个绿色世界，一个巨大的菜园，在灌溉用小沟渠中间隆起成整齐的一畦又一畦；菜园的远方，有一些棚子和畜栏，里面关着一匹大佩尔什马和三匹样子可怜的短程赛马，几只绵羊，一大圈猪和一些奶山羊。一个老妪从一片灌木丛后面悄悄走出来，透过那扇窗子盯着他看，离窗子不足一英尺远。他全然不动声色，她也是如此。接着，她突然露出微笑，他还以微笑，紧接着，她就从视线里消失了。

回到床上后，他感到饥饿难耐。他仔细查看了一下他右手臂上吊针时留下的那个巨大的伤口，从中明白，他曾一直在接受静脉注射。他感觉体内空荡荡的，自己仿佛是一只复活节彩蛋，里面已经用针抽空了。他酣睡了一觉，但是，他在梦中被惊醒了，他梦见自己坐在沙滩上，紧挨着他的小汽车在大笑，抬头看着一位可爱的裸体女郎，她的嘴在流血，非常恐怖。此时，他大声喊叫，喊得他眼睛向外凸出，在被黎明照亮的房间里完全醒来。狄勒、莫洛和安东尼奥都急匆匆跑了过来，狄勒嘴里还在咀嚼着什么食物，手里提着他的药箱。

考克朗不由自主地说："对不起，我刚才打扰你们了。那是一场梦。"狄勒拿着一个皮下注射器走近他，考克朗说："我想要点儿东西吃。"安东尼奥立即去准备食物，狄勒也露出了微笑。他想，那男子挺有礼貌，然后他又回去继续吃晚饭。莫洛身上穿着褪色的绿色工作装，耷拉着胡须和眼睑。

"是我发现了你，原以为你已经死了，"他说，然后，停顿了一下，"我希望你平安无事，你已经摆脱了你的仇敌以及报复，如果那是你所希望的。"

安东尼奥端着一个托盘，经过了正在出门的莫洛。托盘里放着一碗汤、一玻璃杯山羊奶和几个玉米饼。

"初次进食时你必须谨慎一点儿。从你的外貌看，我敢肯定，你是一个聪慧的人，不会相信莫洛所讲的任何骗人的花言巧语。有时候，我想，他和他女儿是两个幽灵，虽然他俩心地都很善良。当你拿到钱后，你也许可以给他俩几美元，作为发现你的酬谢。天哪，我仅仅是一个可怜、孤独的人，致力于医药科学，你不必听我的，但是，如果你希望借我的无线电，告诉我一声，让我做个记录，因为我的英语很棒，或者仅仅念给你听。我希望有朝一日搬到洛杉矶。你到底是从啥地方来的呢？”

“印第安纳。我从印第安纳来。”

一时间，安东尼奥无言以对，接着，他自信地宣称：“我非常了解印第安纳的名声。它靠近佐治亚州，那里常年冲突不断。假如在洛杉矶，你就会感觉舒适些。现在，你应该吃饭和睡觉，明天就开始散步，不然的话，你就会失去你的一副好身材。”

安东尼奥整理好考克朗身后垫的枕头，然后就离开了。考克朗吃了几大口，就倒下酣酣地睡着了，还碰翻了那碗汤。莫洛的女儿来取回托盘时，清理掉了那一片狼藉，替换掉了床上的被褥和床单。考克朗醒来时，吓了一跳，误以为他看到了青春年少时的米莉亚。

两周时间了，他坐在门廊，看着八月天里人们的匆匆脚步扬起的阵阵黄色尘土，像云一般。他的络腮胡也长长了。当月的月底，狄勒取了一把凿子和木槌，拆下了他右手臂上的石膏。拆掉石膏后，那手臂看上去又瘦又苍白。天气潮湿时，他的肋骨处依然感觉疼痛。他彬彬有礼，可是非常难以让人接近。那位联邦警察局的副巡官常来常往，由于对考克朗那种令人捉摸不透和冷淡的沉默无计可施，于是，给他颁发了一张旅游卡。最终，他给他的女儿写了一封短信，那是他往常一周一次必做的事情。后来有一天，他解释说，狄勒的越野皮卡车上的定时齿轮脱落了，他会把它修理好。在莫洛的协助下，他的确把它修好了。狄勒保持一种礼貌的距离，晚饭期间，他祈福时把考克朗包括进了祈祷中。他们转弯抹角地谈论着墨西哥历史和科苏梅尔，这两个地方他俩都去过。狄勒并没有不安，他对人类遭受的种种历史磨难再熟悉不过了，但是，与所知的那些历史相比，他更偏爱当前。毕竟，那男子已经开始使自己变得有用，已经到简陋的混凝土块搭建的小教堂参加礼拜仪式，尤其是，他这个人聪明，谙熟各方面东西，只要那始终不针对个人。

九月初，考克朗开始在菜园里卖力地干活。他把畜舍的粪便清理出去，骑在那匹佩尔什马的宽大马背上，在山谷里兜风，那匹马远比莫洛骑的那些刚刚训练出来的马好得多。几年前，狄勒的家乡把那匹佩尔什马送到传教所，作为送给他的礼物。可是，那礼物当时无用武之地，由于他们没有马具，也没有耕地让它耕作，莫洛便决定把它训练成他的坐骑。然而，当他跨上那匹马时，它听到他的命令后，只是在原地打转。而如今，它成了狄勒那个大块头的坐骑，他经常骑着它到卡车无法到达的深山区去接诊。莫洛喜欢考克朗，考克朗甚至帮忙宰杀了一头肉用公牛、两只绵羊和一只山羊，动作非常娴熟。当联邦地方巡官与一位绅士一道再次造访时，他们把那几头牛羊烤着吃了。那位绅士是考克朗的一位朋友。

那位墨航公司的飞行员一见到考克朗，就松了一口气，大笑起来。考克朗礼貌相迎，但是，他认为，他的这位老朋友是他即将实施的计划中的一个潜在的干扰因素。早在他开始在山间跑步和爬山时，他已经开始制订那些应对计划了。当时，他的跑步行为令大家觉得好笑，因为九月份里天气依然炎热。不过，有一位死于癌症的老人，他曾经把龙舌兰酒走私给考克朗，并告诉他说，跑步也许能把他变成一头大山里的雄狮。假如你不是谁的牺牲品，生活就会更美好。那老头子说，他年轻时曾经是一个麦德里斯塔运动的成员，后来，他改变了信仰，忠诚于萨帕塔。射杀他的仇敌是一个正义而正当的乐趣。

考克朗和他的那位来自墨西哥航空公司的朋友坐在餐厅里，喝着咖啡，僵持不语。安东尼奥朝餐厅里窥视，想搞清楚如此重要的一位访客是何方人士。来客故意等待着他的朋友打破沉默。

“你看上去并不像是一直在打网球。”他露出微笑，接着，被考克朗那不解的眼神所困惑，他使出了又一招，“她死了吗？”

“不知道。也许死了吧。我正想弄清楚呢。”

“你很可能会去送死。那医生说了，你险些没命了。也许，我明白你想干什么。但是，我希望你能回到图森去。”

“暂时不会。”

那位飞行员叹息了一声，尴尬地环视了一下房间。某种程度上讲，他自己就是一个浪漫的人，看得出他朋友所经历的与死神的遭遇。他怀疑，蒂比并没有善待米莉亚，并且认为，他必然会对她采取报复行动。

“好的。你必须弄个水落石出。不过，请你接受我的忠告。你现在的样子像一个马夫，一个嬉皮士马夫。保持这副模样。这样，你就不会很引起人们的注意了。把我随身带来的钱拿上，万一需要通路子时能派上用场。”

安东尼奥端进来了更多咖啡，他俩立即中断了谈话，陷入了沉默。等安东尼奥离开后，飞行员接着继续说，他的兄长在墨西哥城的政府部门担任要职，值得信赖。他就是通过他兄长的帮助才找到了考克朗。最好不要再在那个传教所久留，因为蒂比也许会改变主意，能轻而易举地追踪到那里，找到他的下落。飞行员在装有现金的信封上写下了他自己的身份信息，还写下了他兄长的姓名和电话号码。接着，他把一只裤腿向上拉，把长筒靴脱掉一半，露出了装在半个皮套里的一支点二二口径的伯莱塔手枪。他取出那把枪，递给了考克朗。

“这是用来对付那些已经靠你很近的人。假如你闯过了这一关，你一定要去把你的脸整容一下。”他站起身，两人拥抱在一起。考克朗陪他一起走到一辆吉普车跟前，但是，他喉咙哽噎，不知说什么好。

那天下午，他制作了两个信封，分别装进了五百比索，准备给狄勒和莫洛，自己留下了一千比索，还有一大半钱被塞在手枪后面，紧贴他的腿肚。狄勒的情绪激动不已，准备了一个很大的毯布制的旅行包，里面装进了马夫穿的衣服，还有一本西班牙文《圣经》和一瓶止疼药片。他对那些破旧衣服感到愧疚。事实上，它们是已过世马夫们留下的遗物。他们就这一事实开起玩笑，狄勒说，他会被挂念的，会为他祈祷。他并没有去打探考克朗的计划。为了庆祝他的患者的康复，为了给他饯行，也为了满足一下他自己那贪得无厌的胃口，他用低沉而洪亮的声音吩咐厨房工作人员，准备一桌精心制作的酒菜。

晚饭前，考克朗和莫洛坐在门廊里，观看着傍晚时分的阴影缓缓向山下移动。让莫洛收下那笔钱是一件非常困难的事，因为那对他来说是一个不小的数目。莫洛把自己的珍珠手柄尖刀送给了他，还说，那是一把幸运刀，像剃须刀片一样锋利无比，用于割掉那些痛打他之后又把他扔到荒野等死的人的睾丸再好不过了。考克朗说，如果有人来找他，那人应该留下电话留言，由墨西哥城的一个绅士转交给他。莫洛想跟随他一道去，考克朗费了好一番功夫，才说服他不能一同前往。

晚餐时，考克朗选择与莫洛及其女儿和母亲坐在一起。想到他的死而复生，一阵伤感涌上心头。他的这种新生活似乎与他的过去相距一光年之遥，如同杂志上的一篇垃圾文章，平淡而陈腐。唯有他女儿例外。他谨慎到了极致的地步，即使他给他女儿写信时，他也不再写明回信地址了。此时，餐桌上已经摆满了丰盛的佳肴，他正与六个人围坐在餐桌旁，用西班牙语闲聊，断断续续地伴随着收音机里的音乐歌唱。狄勒做出决定，允许考克朗唱歌。在桌子下方，考克朗和莫洛斟满了一杯杯烈酒，那是考克朗两个月来第一次饮酒。狄勒要求每一个人都唱一首歌。莫洛的母亲唱了一首令人昏昏欲睡的印第安歌谣，谁都辨不出她用的是什么语言。她唱完后，室内陷入一片怪异的沉默。但是，之后，安东尼奥唱了一首滑稽小调。接着，那位罹患癌症的老头子使出浑身解数，唱了一首迎春曲。此时离春天尚有六个月之久，在座的每一位都知道他看不到下一个春天了。那老头子唱得太卖力，差点昏迷过去了。莫洛偷偷给他端了一杯烈酒，那杯酒下肚之后，老头子奇迹般地恢复了活力。莫洛不愿唱歌，而是背诵了他曾经学过的《星条旗之歌》的一个版本。出乎意料的是，他的背诵竟然非常滑稽有趣。当轮到考克朗时，他站起身，唱起米莉亚最拿手的那首瓜达拉哈拉民歌。然而，歌唱到一半时，他情不自禁，热泪盈眶，赶忙从房间里奔跑了出去。

幸运的是，处于酒后那种独特的醉醺醺状态，他并不知道他的心上人的确切状况。黎明时分，找寻她的工作即将展开。边境南部的一些男子一股冲动之下誓言要复仇。即使是最强悍的西西里岛人听到这话之后，也会不寒而栗。

蒂比·巴尔达萨里·门德斯出生在库里亚坎，父母极度贫穷。他母亲有一半梅斯卡勒罗-阿帕切族印第安血统，那是一个鲜以谦卑或温顺而著名的部落。到他十四岁时，他已经长成了一个大小伙，聪明机智，极度傲慢，是马萨特兰的一个皮条客。后来，他逐渐离开皮条客行业，开始走私毒品，占据了库里亚坎地区毒品走私的半壁江山。目前，他只是作为总管，间接参与毒品走私，但是，那却是他所持有财产和股份的核心，包括在墨西哥城经营的房地产，在委内瑞拉和里约以及梅里达所经营的度假宾馆，还有一个庞大的、国际性的股票组合。他有两个儿子，一个是医生，另一个是律师。他头两次的婚姻伴侣都是当地人，然而，随着他在世上不断发迹，那两桩婚姻都先后破裂了。米莉亚是难以置信的展品级美女，是他追求多年的女人，最终成为他进入墨西哥上流社交生活的一条途径，一个他曾经完全被拒之门外的社交圈。由于那个在社交方面无可挑剔的米莉亚，他的巨额财富一夜之间被洗白了，这在世界上任何地方都不是什么稀奇事。

他原本希望考克朗成为自己的朋友，但是，他的背叛给了他一个沉重打击。考克朗和米莉亚在最初几次暗中偷情时，还天真地认为他俩的幽会无人知晓。其实，蒂比只是饶恕了他俩罢了。他深知并且理解，一个女人的情感生活是多么变幻莫测，而考克朗又是一个魅力四射的美男子。他曾经通过考克朗的朋友，也就是那个墨航飞行员，含蓄地向他俩发出过警告，而且，在送给他的香槟酒的包装盒、现金和去巴黎的机票上放有一朵白玫瑰。那个傻瓜到底需要多少警告才能明白呢？她电话上安装的窃听器令他怒不可遏，令他羞辱得无地自容。当他听到米莉亚的录音时，他陷入绝望。在录音中，米莉亚告诉她在纽约的姐姐，说起了有关那次她一生中新鲜而最后一次伟大的爱情，她姐姐叫她逃到塞维利亚，而且，她回答说也许她会去那里。此后，蒂比忍无可忍，他集中全部精力去跟踪那对情人，一直跟踪到了那间小木屋，结果令他俩大吃一惊。他憎恨这样做，因为他这个“戴绿帽子的男人”的名声将会在他自己的圈子里被人知晓，而且那名声会传播到库里亚坎，传到墨西哥城，传回图森。那个想法燃起了他心中怒火，他当皮条客时期对女人的厌恶感再度死灰复燃。他不会让任何人知道他突然间感到衰老了，也不会让任何人知道，失去她对他而言就意味着失去一切。他要教训她一顿，而且这教训将伴随并平息关于他戴绿帽子之事的任何流言蜚语。在她离开的前一天，他跟她做了最后一次爱，然后，回到他自己的卧室里，痛哭了一场。他突然间羡慕起他手下的那些单纯的走私贩，羡慕他们的嫖娼和酗酒生活，还有他们快活地一次次击落飞机的那种方式，那些飞机是政府的，来监视他们种植的大麻和罂粟。蒂比原本可以简单了结此事，给厄尔克西洛克打个电话，那位机智多谋、仪态庄重却臭名昭著的杀手。但是，在遇到戴绿帽子这种丑事时，你必须亲自上阵去复仇。他一杯接一杯地喝酒，以激发起心中的怒火，因为他其实已经对这一切厌恶透顶。他希望去巴黎，比如，去雅典娜广场，去大吃大喝，忘掉一切。但是，那将意味着他的傲慢就此终结，意味着除了金钱，他将一无所有。

那辆豪华轿车离开了小木屋那个惨不忍睹的现场后，过了四个小时，蒂比才想试图抹去他那些许遗憾和恐惧。在前往杜兰戈的半路上，他几乎是语无伦次。后来，他叫司机把车停下片刻，在黎明时分的熹微光线下，他查看了一番因药物而镇定下来的米莉亚，并且朝她那血迹斑斑的脸上扇了一记耳光。他之所以这样做，部分原因是为了杀鸡儆猴，因为车里的男人们会传播他复仇这件事。接着，他又惊叫又咆哮："噢，我的爱人，我本想让你给我传宗接代呢，你这个没良心的婊子，你这个无情无义的杂种，既然你想淫荡，那我就成全你，在你死去之前，你每天会被操五十次。"

复仇之事就这样开始了，因为蒂比是一个复仇大师。一连三天，在一间空荡荡的白色房间里，米莉亚被强制服用了安非他明，坐在一个高凳上，而六条响尾蛇在地上来回爬动。当她即将滑落到地上时，她就被强制服下大剂量的海洛因。在两周时间里，剂量与日俱增。后来，一个美容师给她进行了一番化妆，然后，她就被带到了杜兰戈的一家最粗野的妓院。那家妓院的光顾者都是些极度穷酸的牛仔、矿工和痞子之类的人。她的嘴唇和那个撕裂的耳朵经过一个兽医的缝合，已经开始痊愈，但是，她原本完美无瑕的俊俏五官上显现出伤口缝合后留下的红色疤痕，着实令人心碎。尽管如此，她依然是该妓院里最受青睐的妓女。很大程度上是因为大家都知道那个故事，那些嫖客们也都了解女人的种种不忠行为，有真实的，也有杜撰的。还有，米莉亚躺在那粘满泥土的床单上时，她那略显苍白的胴体把他们的欲望激发到了前所未有的水平。然而，快到月底时，出于贪婪，妓院的老鸨犯了致命错误，她减少了给米莉亚服用的海洛因的剂量，一下子减量太大，致使她重新恢复了意识。当一个嫖客正在性虐她之际，她悄悄地从他口袋里拔出一把尖刀，狠狠扎进了那人的脖子。那男子是一个大农场里的工头，那件事成了当地轰动一时的绯闻。蒂比最终做出了妥协，托人把米莉亚送进了一家精神病院。那家精神病院由一帮修女经营管理，服务对象是身患精神病而无药可救的妇女和小女孩。蒂比捐出了一笔巨款，而且许诺，只要她关在那里，他每年都会兑现同样一笔捐款。在这段时间里，蒂比返回到了他所拥有的一家小农场，位于杜兰戈北部的特佩瓦内斯。在他内心深处，他在哀伤，他时而躁狂，时而陷入绝望。在几次躁狂发作时，他奸污了好几个农家小姑娘。他绝望到了如此地步，以至于他希望去那家妓院，然后去那个修道院，试图去找回他曾经拥有过的幸福，尽管它如此短暂。

黎明前，莫洛就醒了。他穿好衣服，然后沿着山坡，一路小跑，跑了一英里路，抵达了传教所。他将开车送他的神秘朋友和"施主"到埃莫西约，去乘坐巴士，或者飞机。具体情况他一无所知。除了联邦官员，谁也不知道那位朋友的名字。考克朗所住的房间毗邻羊舍而建，当莫洛到那里时，考克朗已经整整齐齐地穿好了衣服，行李也收拾完毕，坐在床沿上，仿佛陷入了一种恍惚状态。莫洛在一把椅子上坐下，双手交叉在一起，正在思索。他意识到考克朗此行任务的重要性，希望一道前往，保护他，因为他的这位新朋友似乎太像一个梦游者，无法应对凶杀过程所面临的严峻现实。不一会儿，房门慢慢被打开了，而考克朗闪电般地站起身，拔出了送给他的那把尖刀。不过，那只是一场虚惊。进屋的人是莫洛的母亲，给他们端来了咖啡和甜面包。考克朗迎接她时连忙道歉，解释说，他没有辨别出她的脚步声。这一举动令莫洛感到欣慰，因为一个留心记忆他人脚步声的人不可能是个梦游者。

乘坐那辆老旧越野皮卡到达埃莫西约足足花了半天时间。当他们到达干线公路时，考克朗两个月来第一次看到了川流不息的小汽车，颇感震惊。当他看到一辆悬挂着印第安纳牌照的崭新小汽车疾驶而过时，他蜷缩起来。那辆皮卡发出的噪音太大，无法交谈，因此，考克朗只是胡思乱想。他不想把自己置于莫洛的对立面，因为莫洛就像一只马拉缪特犬，在咬人之前从不出声。莫洛既表现出睡意又极度危险，考克朗足够聪明，意识到那种淳朴和果断是任何一个真正文明化的人所无法企及的。起码，在这个世界上，他还从来没有遇到过这样一个人，甚至怀疑世上是否有第二人。一个星期日，当他骑着那匹佩尔什马到莫洛的土坯小屋时，他感到，他已经开始理解那个人了。在一个梳妆台上，放着一个纪念他亡妻的小小灵位，在艳丽的婚纱照下方，有一个插满谢恩花的花瓶，放在一张泛白的山狮毛皮上，一个银质十字架放在一个泛白的山狮头盖骨与一个草原狼的头盖骨之间。他女儿虽然几乎记不起她妈妈了，但是，她每天都按时更换鲜花。那花瓶放在狄勒给他的那本西班牙文《圣经》上，还是崭新的，因为莫洛并不识字。

此时，坐在皮卡车里，考克朗已经能明智地做出判断，认为他已经调整好心理状态，可以去做他决心要做的事情了：他心中几乎没有任何杂念，唯有一个目标。他几乎不再有其他想法，因此不会妨碍他执行任务。显而易见，对他而言，他的任务就是除掉蒂比，然后找回米莉亚，如果她还活着的话。他心中如此排除了杂念，以至于整个世界开始以一种陌生的方式再次令他快乐起来，因为他心里已经没有任何东西来妨碍那山谷的美景，或者，正因为如此，妨碍他即将接触到的当代世界里的那种猖狂的丑陋。

当他俩到达埃莫西约的郊外时，他告诉莫洛说，他希望吃点东西，然后去一个地方乘坐巴士，不过，不能在市区里乘，因为冒着被人认出的风险绝非明智之举。听到此话，莫洛对他朋友的能力感到更有信心了。

在埃莫西约的遥远一侧，他俩发现了一家路边小酒馆。小酒馆的停车场停满了车辆，它还充当一个南向行驶的公共汽车的车站。在酒馆停车场旁边的一块田地里，一位得克萨斯人正在遛马，一匹不服从命令的短程赛马种马。他俩前去帮忙。考克朗一眼就看出，那位得克萨斯人是一流马夫，但是，他咳嗽得厉害，好像是患有什么疾病，身体已经骨瘦如柴。莫洛把那位得克萨斯人接上车，而考克朗则设法使那匹马镇静了下来，把它牵回了拖车里。那位得克萨斯人一边蹒跚而行，一边开始用西班牙语破口大骂起来，然后倚靠在他的皮卡车上。

“那匹狗娘养的王八蛋真把我气疯了。不过，小伙子，我告诉你们，我现在身体不大舒服，不然的话，我早就把这个混蛋踢死了。混蛋，尽管它价钱很贵，因为它是买来去倒卖的，否则，我他妈的肯定会一发子弹瞄准他妈的它的脑门，不过，我想保持它的良好体型，把它送给买家，因此，我打算把它麻醉了，这样，买主们会认为，他们买到了一匹温顺的良马，然后，我就他妈的离开这个国家，我一入他妈的边境就有麻烦。”

接着，那位得克萨斯人主动提出帮助莫洛和考克朗，他们谈到了运送种马的种种问题。莫洛看得出那男子毫无心计，考克朗古怪地从莫洛那里接上话茬。当考克朗说出一口流利英语时，那位得克萨斯人惊讶不已。

“嘿，朋友，我原以为你是一位他妈的农夫，你知道，就是马夫。你在这个地方也弄得到毒品吗？咱们进去吃饭，我请客。去喝上几杯。”

他们一行三人走进了那家小酒馆。莫洛喝了一杯啤酒，说他该走了，要开车沿着那漫漫长路返回。那位得克萨斯人执意要他留下，但是，莫洛在想，让传教所一整夜都没有救护车不是一件好事。考克朗走出去，去私下里道别——那吵闹的酒馆令他烦躁不安——莫洛似乎显得很尴尬。他递给他一个小包裹。

“我妈要求你戴上这个。她说，它会帮助你消灭你的敌人。我知道你是一个聪明人，但是，把它戴在你衬衫里面并不碍事。”

考克朗打开那个包裹。里面是一串狼牙项链。他骨子里一丁点儿迷信思想都没有，不过，他还是对这一善意之举表示感激。

“告诉她，我会乐意戴上它的。我肯定，它会帮助我。”

回到酒馆，那位得克萨斯人已经喝完烈酒，正在喝淡味啤酒。饭菜已经端上桌了，但是，那位得克萨斯人没有胃口，仅仅吃了一点点儿。他漫无边际地谈论着用卡车从亚利桑那州长途跋涉把种马运送到托雷翁的事情。他负责管理两个富有饲养员之间的交易以及运送马匹，因此，他从中可以得到百分之十的佣金。

“老实说，朋友，我已经他妈的彻底厌倦了这一行当。我自己曾经在范霍恩那边的一个小农场里饲养了好多母马，但是，我老婆跟我离了，我就把这些上等马挥霍在酒和女人身上了。你啥时候路过，顺便停下来到我那里做客，因为我的冰柜里总会有两头鹿在等着你，还有几个过路的漂亮老姑娘。你不是瘾君子，对吗？”

“对，不是。我在躲避国内收入署，你明白这一点。”考克朗对自己编造的借口颇感得意。

“操他娘的。一分钱也不要付给他们。我只用现金进行交易，他们不知道我还活着，朋友。假如他们进入你的家门，你就毙了这帮混蛋。”他停顿了片刻，然后又大喝起来，“如果你不想蹲监狱，那些疯子准会追捕你。千万别让他们把你活捉了。你究竟要去哪儿？”

“去杜兰戈，我想……”

“操，为啥不早说呢。我自己也得去那儿附近走一趟。你可以免费搭个便车。没人想乘坐公共汽车，因为车上每个座位上都有人撒过尿。”

那位得克萨斯人又点了一杯酒。此时，考克朗突然想到，他正要被如愿以偿地转换角色，担当起驾驶工作了，他觉得太好了。那得克萨斯人看上去有五十出头，不过，也很难说，他的生活明显非常艰辛。他是一只傲慢而虚荣的老孔雀，腰上系着一根缀有圆形银饰的皮带，脚上穿着一双托尼·拉玛牌的蟒蛇皮长筒靴。那位得克萨斯男子使了个眼色，提起他的牛仔布外套的翻领，露出了一支寒光四射、锃亮的点四四口径的手枪。

“谁要是去偷我的那匹马，他的脑袋瓜子准会被子弹掀掉。我在一百码距离外能射中停在奔跑中的雄鹿身上的啄木鸟。甚至更远。”

考克朗津津有味地品味着，但是，他限制自己只喝两杯啤酒，心里还想着与莫洛一起喝酒时引起的那阵苍凉感。当他听到门口有一个低沉响亮的声音时，他抬起头，心脏怦怦直跳。他打了个寒噤，出了一身冷汗。那人就是那天夜里他在小木屋里遇到的那个彪形大汉，浑身上下打扮得很体面，身后紧跟着两个邋遢的保镖。那彪形大汉两眼扫视一遍整个酒馆的人，在扫视过考克朗时，并没有注意到什么。考克朗警惕地观察着。

“你是看见鬼了，还是怎么了？”那位得克萨斯人朝考克朗看，然后，又看着那个彪形大汉返回，朝男厕所走去，而他的两个保镖则坐在一张餐桌旁，开始调戏一位女服务员。

“狗娘养的王八蛋。”

“请去启动卡车。过一会儿我就去跟你会合。”考克朗的声音非常严肃而冷静，那位得克萨斯人严肃地点了点头，站立起来，在餐桌上扔下了一百比索。

“我等你，小伙子。小心点儿。”

考克朗迅速移动到男厕所，眼睛保持向下看，微微倾斜地走路，像一个醉醺醺的马夫。在男厕所门口，他把莫洛送给他的尖刀藏在手里，深深地呼吸了一下。那彪形大汉正站在镜子前梳理头发，几乎不屑看考克朗一眼，因为考克朗那身穷人打扮并不被人放在眼里。考克朗把水胡乱地泼在自己脸上，也溅到了那个彪形大汉身上。那人立刻恼羞成怒，举起手臂便要狠揍他所认为的白痴马夫。考克朗弯下腰，假装是要接受挨打，然后尖刀刀尖朝上，双手紧握手柄，竭尽全力，从那彪形大汉的裆部朝上身划去，一直划到他的胸膛，并在此转动了一下，然后，又挥起尖刀，在那人的脖子上割了一圈，露出了颈椎骨。在那人踉跄之际，他踢开一个马桶间，把他推了进去，推得他重重地撞到了马桶上。考克朗匆匆照了照镜子，检查一下身上是否留有血迹，然后咧了咧嘴，不慌不忙地离开了。

那位得克萨斯人已经把卡车和运马拖车开到了酒馆的门前。当考克朗手里拎着狄勒送给他的那个旅行手提包，畏首畏尾地走出酒馆时，那位得克萨斯人的脸上露出了微笑。“一向喜欢胜利者。”在考克朗上车时，那位得克萨斯人对他说道。

“那家伙根本不是对手。”在那位得克萨斯人把车朝高速公路上开去时，考克朗仰靠着坐在座位上，在一堆磁带中间翻来翻去。得克萨斯人想在天黑之前赶到库里亚坎，但是，当时的奥夫雷贡城拥有世界上最好的妓院，也许，他还有精力再去泡个小妞。

到半下午时，考克朗接替那位得克萨斯人，驾车前行，而得克萨斯人吃完午饭就睡觉了，睡了三个钟头的午觉。他在洛斯莫奇斯停下车去加油时，得克萨斯人剧烈地咳嗽起来，咳得喘不过气，就醒了过来。他拉开他的药箱，摇出了五六粒药片，从冰柜里拿出一听啤酒，把药吞服了下去。当考克朗把车重新开上高速公路时，得克萨斯人惊讶不已。很奇怪，考克朗并不担心被警方追踪，因为他知道当地警方会认为那个命案是毒贩间的报复行为，一辆得克萨斯牌照的卡车拖着一匹种马不可能引起警方怀疑。得克萨斯人一屁股坐到座位上，试图深呼吸，脸上露出了微笑。

“天哪，你刚才径直驶过了奥夫雷贡城，我原本想在那里停下来去泡妞呢。你永远无法知道什么时候是你的最后一次机会，况且，看来我已经是命悬一线了。”他停顿下来，听着磁带卡盒里播放的一首维利·奈尔逊的歌曲，“我多年前在圣安东尼奥听过他的歌，他真的看上去像一个鬼头鬼脸的嬉皮士，不过，他的唱功的确不错。”

“希望你感觉好一点儿了。”

“小伙子，假如我能给你列出一张毛病清单就好了，不过，那会使任何人都厌倦之极。在退伍军人医院，因为我是一名正儿八经的退伍老兵，他们对我说，现在我们不知道为什么你还活着，我说，我患重病已经有好多年头了，死不了。我正打算消失，对吧。他们想要我捐出遗体，可是我说，去你妈的，我死后要葬在范霍恩，葬在我妈的坟墓旁边。”

那天夜里，他俩住在马萨特兰外的一个沿海宾馆里。价格很贵，但还算公道。得克萨斯人借给了考克朗一些衣服，说他已经非常靠近南方，不需要那件摘豆工穿的外套了。在房间里，得克萨斯人狼吞虎咽地喝下了一大杯龙舌兰酒，然后说，他准备去找一个女人。当他向一个富有的养马场场主索要他的各种费用时，他们不得不额外给他五百美元，以支付他所解释的所谓“妓女、酒、纹身和毒品”的费用。

晚饭之后，得克萨斯人邀请考克朗陪他一起去妓院，但是，他谢绝了，说他要喂马、遛马，还要给马饮水。

“我觉得你今天过得很棒，去搞个女人也许能放松一下你的心情。”

“不。今天我杀了一个仇人，我不想破坏了我的好心情和快乐。我想躺在床上，回味那感觉有多么美妙。”

得克萨斯人点了点头，然后点上了一支雪茄。他绝不是任何人可愚弄的对象。“我猜想，你是事出有因的。几年前，我一枪打断了一个男子的一只脚，因为他搞了我老婆。为了采取那次行动，我足足准备了一年功夫，不过，现在想到那个杂种的那只空空的靴子，我就想笑。”

得克萨斯人联系了一位服务员，让他叫来了一辆出租车。考克朗回到了宾馆的房间里，照了照镜子，几乎认不出自己是谁了。他在水斗里清洗掉莫洛的尖刀上已经干了的血迹，然后，手指拨弄着那串奇怪的项链。他口哨里吹着那首民歌，在吹一个高音时，感到大脑后部震颤地疼痛。他知道，他才刚刚开始恢复，不能不提防，以免在尝试过程中丢掉性命。令人好奇的是，他是那种飞行员之一，对他们而言，离地面的距离每时每刻都不会消除死亡的威胁：他实在是太善于想象了。他出去遛马，心中郁闷地在想：那位得克萨斯同伴正在以危险方式踉踉跄跄地迈向死亡，他自己明白这一点，却还在继续踩油门。

刚过黎明，他就醒了。他发现，那位得克萨斯同伴还没有返回房间，顿时感到震惊。他在皮卡车里找到了他，一脸灰白，衬衫衣襟上布满了血迹和呕吐物，已经凝结。他检查了一番，看看是否受伤，但是，没有发现任何伤口，接着，他号了号他的脉搏，发现脉搏跳动不规律。他遛马遛了几分钟，心里在发愁下一步该怎么办。回到卡车上，得克萨斯人眯缝着眼睛瞧着他，有气无力地说，他想要一罐啤酒。考克朗从冰柜的温吞水中取出一罐啤酒，看着得克萨斯人把药片吞了下去。

“你得去看医生，朋友。”

得克萨斯人点了点头，然后就睡着了。考克朗找到了通往杜兰戈和托雷翁的40号高速路，然后停下车，喝杯咖啡，来仔细考虑考虑该怎么办。他知道，理智会说，抛弃那个男子，然后继续干他自己的正事。但是，他不忍心那样做，不过，那只是迟早要做的事。他迈步回到卡车旁，此时，得克萨斯人睁开了眼睛。

“我看得出你在想什么。这个糟老头要死在我手里吗？天哪，我怎么处理他呢？我怎么处理他妈的那匹马呢？别担心，就帮我把这匹马送到目的地，我不会让你白跑一趟的。昨天夜里，我对那个妓女说，好好配合，这可能是我一辈子里最后一次了，结果，她配合得相当默契。”他嘟哝了一通，净是诸如此类的话。考克朗盯着窗外看，一脸尴尬，专注地沿着那蜿蜒崎岖的山路朝杜兰戈驶去，而得克萨斯人又进入了沉沉的酣睡中。

在杜兰戈，吃过午饭后，得克萨斯人的精神有点振作起来了，于是，他俩又开车上了路，前往托雷翁。车上的空调已经失灵，驾驶室里闷热难耐。他饶有兴致地谈论着贩马生意，而考克朗则在苦苦思索，发愁到杜兰戈之后怎么办。他想，一旦你驶离旅游区，墨西哥就变成了一个更鲜为人知的地方，几乎处于封建时代，到处都没有指示牌，令人寸步难行。他迫切需要设计出某种伪装，而打扮成贩马商又不行。也许，他可以利用他朋友在墨西哥城的关系，虽然他并不希望那样做。他必须足够机智，既要找到米莉亚，还不能在寻找她的过程中被人谋害。行驶到托雷翁的半路上，得克萨斯人突然抓住他的一只胳膊。见此情形，他大惊失色。

“打伤你脸部的人是那个彪形大汉吗？也许不止他一个？”此

刻，那男子脸红了，反复紧握双拳。“你不必说什么。告诉你实话吧，我是被抛弃之徒，但是，这个国家非常美丽，我从来都不想死在一个丑陋的地方。我曾经梦想我将死在蒙大拿的大林场镇。仅仅把我埋在一块岩石下就行了，因为我不想在死后让他妈的秃鹫把我吃掉。”

不一会，他俩到达了一个富丽堂皇的大农庄。两道大门都有门卫把守，周围有铁丝防护网，就像集中营似的，整整齐齐的花园，一个游泳池，一个红土网球场，一个圆形赛马场，一幢豪华别墅，还有好几个马厩。他俩喝着雪莉酒，等待着那位男爵的到来。得克萨斯人接过装在敞开的雪茄烟盒里的现金，没有清点一下具体数额就把它合上了。

“我希望，在我到家之前这笔钱不要被人打劫了。”那得克萨斯人令人惊讶地用标准的西班牙语说道。

那位爵士大笑起来，用牛津腔英语说：“我对你的忧虑表示理解。”他随手递给得克萨斯人一张他的名片。“谁要是找你麻烦，就向他重复说这个名字。他们会吓得尿湿裤子，像兔子一样仓皇逃跑。”

他俩被领到马厩区域隔壁的一个招待所。在那里，他们被奉上了一顿晚餐和一瓶苏格兰威士忌。夜间，得克萨斯人开始和他母亲通电话，在房间里走来走去，时而大笑，时而哭泣，时而喝酒。他在凌晨三点钟刚过就死去了。考克朗把他调整成一个坐姿，以便僵硬后的尸体能恰好放进那辆皮卡的座位上。天刚蒙蒙亮，他就把得克萨斯人搬上皮卡车，拉下他的斯泰森牌牛仔毡帽，遮住他的眼睛。在外出经过两道大门的途中，他向门卫们连连挥手。走到几英里外之后，他把那个得克萨斯人埋葬在几块岩石下，了却了他的生前愿望。三头奶牛好奇地看了他片刻。考克朗开车直奔墨西哥城，途中只是偶尔短暂小憩了片刻。在返回途中穿过杜兰戈时，他又吹起口哨，吹起米莉亚爱唱的那首小曲，它给他增添了无穷力量。此时，他已经是一个不可战胜的人。他正在赶路。某个人偷走了他的灵魂，他决意要把它夺回来。他用了二十四小时就抵达了墨西哥城，把皮卡车和拖车遗弃在机场里的一个停车场里。他在拖车里换上了那位得克萨斯人留下的最好服装，乘上了一辆出租车，前往卡米诺皇家酒店，一只胳膊下夹着一个雪茄烟盒。

关押米莉亚的那个修道院离杜兰戈大约七英里左右，坐落在十八世纪建造的一个贵族拥有的乡间别墅内。房屋已经濒临破败，但是，从远处看，倒还中看，它令你联想到诺曼底。经过一个解毒过程，她在那家妓院里的一个月期间被强制吸毒染上的毒瘾被戒除了，她被允许走出她的房门，在院子里散步。与她在一起走来走去的患者是一些被认为是举止够好的，才被给予这微小的自由。她的一举一动都受到了一个修女的严密监视，那修女相貌平平、卑鄙自私，脸上还有一绺胡须。对于如此一个利润可观的囚犯，她绝对不会把机会拱手相让给任何人。米莉亚特别憎恶女修道院院长；一个如此出身高贵、受过良好教育的女人，怎么会成为一个吸毒者，还在一家最低档的妓院里当疯狂的妓女，而且还被某个皮条客给严重毁容了。门德斯先生的私人司机转交给她一封信，提出了一个令人心碎的请求，请求她拯救那个可怜女人的灵魂。然而，虽说修道院院长有点儿惟利是图，她本质上还是善良的。一个月之后，她就允许米莉亚从墨西哥城订购一些书籍，虽然她严格审查过那封信件。那些女孩儿们几乎还是儿童，患精神分裂症，接受很多来自修道院其他病友的关怀和照顾。然而，里面有三个患自闭症的小女孩儿，她们被完全孤立，被遗忘在她们无声的黑暗中，因为她们对谁都不理不睬。米莉亚决定把她们当成她自己的特别责任，而且还查找并阅读了相关问题的书籍。她与那三个女孩儿一连多日坐在庭院里，帮助她们穿衣，喂饭，唱歌陪她们入睡，还利用她的机智来试图得到她们的反应。她紧张地按摩嘴唇上的疤痕，它已经痊愈，变成了一条薄薄的坚硬疤痕组织。她内心受到严重创伤，以至于她常常回忆起她童年时期在科苏梅尔岛上度过的一个个夏季。那时候，她和她姐姐天天去游泳，采花，捡贝壳。当她们家里不招待其他客人时，她俩就会陪伴她们的父亲一起，乘着他的休闲渔船，到海湾去捕鱼。她爸爸几年前就去世了，不然的话，他肯定早就过来营救她了。她姐姐年仅十三岁时，她爸爸手下的一个船员奸淫了她。在一次去寻找旗鱼的航行途中，她爸爸就顺便让人把那个船员丢进海里淹死了。虽然她拒绝相信她的情人已经死了，但是，她不敢相信他会来找她。有朝一日，她会离开这个地方，弄清楚她对他所造成的巨大伤害。也许，如果他不嫌弃她嘴唇上的伤疤，他俩会再度成为情人，哪怕是到月亮上重聚也行。经常，在睡梦中，她会失去一切联系，当她再次醒过来，意识到自己还活着时，她就会吃惊，她会双手放在一起，带着被真正惊吓后的惊奇，环顾房间或者庭院。当她的畏惧感变得特别强烈时，她巧妙地寻找各种办法予以摆脱，但是，根本就无法摆脱，最后，她就会去找一个地方，大哭一场，一直哭到她哭够了，镇静下来后，才回去照顾她负责照看的自闭症女童。那些孩子看到她时，没有任何迹象显示她们看见了什么或者听见了什么，像聋哑的幼犬似的。

回到特佩瓦内斯郊外的农场后，蒂比·巴尔达萨里在冥思苦想中度过了整个秋天。从他的早餐餐厅里远眺，他能看见马德雷山脉的科迪勒拉山，但是，那些大山令他想起了关于他的父亲的不良印象。他认为，他父亲远比他高尚，他曾经是尤菲米奥·萨帕塔的密友。萨帕塔是艾米利亚诺的哥哥，在墨西哥大革命时期是一名上尉。蒂比十岁时，父亲因为伤口留下的后遗症和多年的辛苦骑马、酗酒和打仗，积劳成疾，就去世了。在库里亚坎，许多长辈们还时常说起他的父亲。尽管蒂比拥有巨额财富，那些老年人并没有给予他同等的尊敬。尽管蒂比十分精明，他天生就有一种理想主义倾向，年轻时就梦想领导一场荒谬的起义。尽管他事业辉煌，大发横财，但是，他的人生都葬送给了他十九岁时树立的种种梦想。在十九岁那个年纪，我们大家都达到了那种胡说八道的理想主义巅峰期。十九岁是完美士兵的年龄，满腔爱国热情，会毫无怨言地去为国捐躯。十九岁是初出茅庐的诗人在租借的房间里放声歌唱的年龄，乐意承受着他所认为的他内心的上帝的攻击。十九岁是年轻女子纯粹为爱情而结婚的最迟年龄。不一而足。梦是灵魂的追逐者。四十年过去了，蒂比感到自己被逼入了墙角。他觉睡不好，变得粗心大意，身心憔悴。有野狼袭扰羊群时，他明明知道那很可能是一只羸弱的野狼干的坏事，可他却与他农场的工头一起，乘上直升机外出，射杀了三十几只活生生的野狼。米莉亚曾经让他发誓不再猎杀野狼，还给他看了一本该话题的书。他好奇地读完了那本书，郑重做出了承诺。他通常是她怀里的婴儿。她是天底下他所拥有的唯一发泄对象。她把他带回到了十九岁。现在，无论是梦是醒，他依然感觉得到，当那个刀片划破她的双唇，一直碰到她的牙齿时，他的那只手仍在哆嗦。

在卡米诺皇家酒店，考克朗被告知，除了仅剩的一个套间，已经没有空余房间了。无奈之下，他只好登记入住。为了匹配他身上穿的那套衣服，他还装出一副得克萨斯人的语调。当他回想起与蒂比一起赢得网球赛后的那次盛宴时，他想马上离开这个大堂。由于感觉浑身疲惫不堪，心神不宁，他点了一份晚餐和一瓶葡萄酒，让服务员送进客房。他取出别在衣服内侧的那个雪茄烟盒，里面装有支付那匹种马的现金，匆匆冲了个淋浴。不知什么原因，他想，等到吃晚餐时，他会数一数那笔钱，有朝一日，他要去寻找那位得克萨斯人在范霍恩的继承人，也许，把钱给那位养马场场主，虽然他怀疑存在这种可能。他给他朋友的哥哥打了电话，也就是墨西哥航空公司的那位飞行员的哥哥。那人热情地欢迎他到墨西哥城，告诉他说，在电话里谈事情不合适，叮嘱他不要离开房间，还说，他会在半晌午时到访，去给他提供力所能及的帮助。那天夜里，考克朗睡得很香，还把得克萨斯人的那支冷冰冰的点四四口径的手枪放在枕头下面。

黎明时分，他叫了一杯咖啡，坐在阳台上，朝下面的花园里观望，陷入遐想之中，直到第一个人出现。那人是一个园艺工。之后，他回到套房里，去缜密思考他所策划的几套方案，既要复仇又要保全性命，这两种本能都很少能与安全联姻。

那男子身穿淡灰色条纹西装到达了考克朗的房间。起初，考克朗并不喜欢那套西装所体现的温文尔雅，认为温文尔雅只是那位政客精心绘制的用以保护自己的外壳。那男子变得紧张起来，以宾馆房间的名义点了一杯饮料，让服务员送到房间，并要求考克朗尽可能说卡斯蒂利亚语。得到满意回答之后，那男子对考克朗说，他可以给他一个身份和一个帮手去对付蒂比，除此之外，他就无能为力了。那个帮手是他唯一信任的人，是他的一个德高望重的忘年交好友，住在杜兰戈。那男子解释说，他俩在杜兰戈合作过，制作了许多部电影，通常是美国和墨西哥西部片，考克朗可以以一个来自巴塞罗那纺织厂厂主的身份自由活动，要表现出对投资房地产和电影行业饶有兴趣。他打开公文包，给了考克朗几封极具说服力的介绍信，还拿出了一笔现金。不过，考克朗拒绝收下那笔现金，他说他身边有很多钱。那男子又拿出一把点三八口径警用手枪给考克朗，说是他弟弟让他转交的。考克朗大笑起来，他说，他已经全副武装到了极致。那男子变得一脸严肃，递给他一个关于蒂比的文件夹。考克朗又拒绝收下那个文件夹，解释说：他对蒂比的情况已经了如指掌。

“你明白，门德斯先生是你所说的那种已经洗白了的人；我的意思是说，他在政界有权势，他的资金现在已经漂白了。你肯定会死，我弟弟很关心你。我很爱他。但是，我知道，即使穿着这套荒唐的西装，死很可能比受罪要好。在杜兰戈的我的那位朋友还没有发现有关那个女人的任何线索，不过，他正在竭尽全力进行搜寻。”

此时，考克朗对那男子产生了好感，并且试图让他放心，可是，那男子一口气就把他的饮料一饮而尽，扭头朝旁边看着。他说，他已经收到了封信，是一个在传教所工作、名叫莫洛的人寄来的，就是那个开车送考克朗到埃莫西约的人。那天黎明，他们刚出发不久，一个彪形大汉和两个保镖就到了传教所，眼睛里露出一副凶神恶煞相。

“我已经像宰肥猪一样把他杀了。”考克朗说着，咧着嘴微笑。

那男子点了点头，好像是松了一口气。离开前，他要求考克朗先把他的电话号码记在脑子里，然后就把它们销毁掉。他不仅有一个弟弟，还有妻子和孩子，还满怀希望地憧憬着未来呢。

那天，他花了一整个下午进行伪装，把自己打扮得看上去像一个来自巴塞罗那的富商的模样。他取出来几千美元，然后又把那个雪茄烟盒塞进了电视机里面。他购买了几套西装和配套服饰，去理发店做了个新发型，剃掉了胡须，修剪了指甲，还预订了第二天上午飞往杜兰戈的头班航班的机票。他练习外国人讲的那种优雅英语，里面偶尔省掉一个不定冠词。他给他女儿寄去了一封经过反复酝酿后写下的长信，信中说他希望不久就回家，还说他最近有点儿伤心，因为他的猎犬多尔被汽车撞死了。傍晚时分，他整理好了一个崭新且价格不菲的行李箱。他随便吃了顿晚饭，赤裸着身子躺在床上，在一片黑暗里收听着收音机里正播放着的一曲巴赫的协奏曲。

他躺在床上，辗转反侧，无法入眠。他想起了他与米莉亚之间一天晚上在那所公寓里发生的一场口角。那是关于一个愚蠢的文学问题，关于在一部凶杀小说《杜阿尔特的家》中是谁杀了谁的问题。在他喋喋不休时，两人陷入了一场冷战。他知道他在跟荷尔蒙进行争辩。可以这么说，他是在用他的鸡巴煽动他的大脑。他能言善辩，但是，她对他的固执己见步步追问，丝毫不留情面，还提醒他说，语言是表达内心思想的一种便利工具，而不是什么用于威胁人的大棒。尴尬中，他拿起一个枕头朝自己的脸上扇，大声喊叫道，看在上帝的分上，饶了我这个大嘴巴吧。他听见她在一旁大笑。在那枕头下方的黑暗中，他感到她在用嘴温柔地轻吻他的身体。他把那只枕头滑移到他眼睛的上方，看见了她的一只膝盖，感觉到了某种觉醒，一种持续而清晰的感觉，觉得他从来没有朝任何女人的膝盖看过。他的眼睛朝她身体上部移动，直到他看到了米莉亚的全身。一时间，仿佛他是在迷惑不解地看着她，仿佛以前从来就没有见过她似的。他反反复复体验眼前的新鲜感，两眼从她弯曲的脚指头一直扫视到落在他肚皮上的她那乌黑发亮的长发。他对她的爱一下子变得既完整，又可怕，又令他难以承受。后来，他向她提起过这件事，她似乎完全理解。他的心情一下子变得轻松起来，仿佛他是头一次理解了他身外世界的生活现实；很奇怪，那种轻松使他冷静了下来，使得他得以轻松入眠，因为他已经不再担心自己是否睡得着了。他试图使那次经历适应一个语言架构，仿佛生活就是一面布满尘垢的镜子，而无言的爱则把它清洗得干干净净，使生活不仅可以令人承受，而且变成了某种带着渴望和动力去体验过的东西，变成了一种期盼，其快乐并不取决于最终的命运。不过，他很快就放弃了那个念头。

第二天早上，他一觉沉睡竟然睡过头了，睡过了飞机出发时间，但是，他依然沉着冷静，租赁了一架山毛榉飞机，吃过早饭，乘出租车到了机场。那天早上，天气晴朗，阳光明媚。头天夜间短暂下了一场雨，再加上刮起了北风，风雨把墨西哥城上空的那种常见的雾霾空气吹散得一干二净。站在停机坪上，他朝南方的大山望去，那里曾经诞生过一种当今已经失传的宗教。那位飞行员百依百顺，他俩飞入强烈的逆风区，降低飞行高度，俯瞰乡村风光。他们飞过塞拉亚，飞过阿瓜斯特连特斯州，飞过可马达遗址和弗雷斯尼洛矿区，飞过萨卡特卡斯州边境，最终进入杜兰戈省和与之同名的该省的省会。他们比民航航班提早到达机场，因为那个航班中途在瓜达拉哈拉要短暂停留几分钟。一个名叫阿莫多的男子正在那里等候他。

第三章

阿莫多的突然出现霎时间令考克朗迷惑不解。他希望尽可能在墨西哥隐姓埋名。他俩用西班牙语相互寒暄了几句，接着，听到一位妇女在惊叫。惊恐之中，他俩转过身，去看那位妇女究竟出了什么事。考克朗一眼便认出了她，她是一名美国演员兼模特。

"我的猫咪他妈的哪里去了。"她一遍又一遍地惊叫着说，西班牙语中夹杂着英语脏话。慌忙中，行李员急匆匆地翻动着一个个行李箱。"哦，你们这些骚男人很可能吃猫肉。"行李柜台前的其余人也都向后退，个个大惊失色，接着又开始微笑起来。考克朗走近她，并试图让她冷静下来，可是，谁都无法让她冷静下来。过了一会儿，另一辆行李车到了，那只猫被找到了。她打开小笼子，啜泣着说："噢，我亲爱的布奇，我的宝贝，我不会让他们把你吃掉的。"她抬起头朝考克朗看去，面带微笑，但是，阿莫多紧紧抓住他的一只胳膊，拽着他走开了。

在小汽车里，阿莫多用一口带着南方拖腔的英语告诫他，并解释说，他曾经供职于达拉斯警察局。真不可思议，既然考克朗已经如此谨慎地进行了伪装，他竟然还在公共场所采用他先前那种方式讲话。"在这个镇上，这可不是什么儿戏。"

考克朗感到些许沮丧，便连忙道歉，而阿莫多大笑起来。"朋友，我可不想咱俩一起掉脑袋。"接着，他陷入沉默，考克朗朝他看了看，意识到情况不妙，便不想再去追问。座位旁的脚垫上是一支丑陋的锯断了的猎枪，枪托上斑痕累累，已经严重磨损了。仪表盘上那尊圣克里斯托弗的雕像似乎带着柔和的目光向下盯着那支枪，呆呆的粉红嘴唇微微张开，在做赐福祈祷。阿莫多虽然算是中等身材，但是，他体态肥胖，长着粗大的脖子和手臂。看到前方有一头奶牛在慢腾腾地穿越马路时，他便减慢了车速。

"很遗憾地告诉你，你所找的那个女人被关在一家妓院里，已经关进去一个月了，被注射了白粉。现在门德斯先生已经从那家妓院将她转移，把她带走了，目前去向不明。我还没有找到任何线索。"

突然间，考克朗从头到脚浑身都湿了。他凝望着那肥沃葱郁的山谷和远方的棕色高山。他忘记了呼吸，感到头晕目眩，那小汽车似乎飘浮在空中。

"我必须告诉你，你若不小心谨慎，就会像狗一样被射杀。不过，即便小心谨慎，很可能还是要像狗一样被射杀。"

在"总统宾馆"的套房里，阿莫多点了一些食物和饮料。他告诉考克朗说，他已经找到了一座房子，因为宾馆这种地方是公共场所，太公开了，不宜久留。门德斯先生，也就是当地人所知的蒂伯龙，就在他山上的那个牧场里，不过，在杜兰戈有十几个男子受他雇佣。过几天，当那座房子可以入住时，考克朗应该搬到那座房子里，同时，还要以电影和土地投资商的假身份与政府官员们进行一些必要的会面。吃饭期间，他俩都些许放松了一点，阿莫多谈起了墨西哥城的那位墨西哥航空公司的飞行员和他哥哥。那兄弟俩年幼时，他母亲曾经当过他兄弟俩的保姆。随后，阿莫多逐渐陷入沉默，内心在思索，面无表情。

"事情是这样的。一位男子在跟她做爱时，她用刀刺了他。那个男子已经声称要勒死她。因此，她目前面临双重危险。我想，蒂伯龙会把她放在一个谁也无法接触到她的地方，但是，我不知道究竟在哪里。不过，没有我，你务必不要轻举妄动。"

那天黄昏，阿莫多详细讲述了几个可能实施的方案，接受了一大笔现金，以作为获取情报的贿金。之后，他便离开了。考克朗躺在床上，感觉到心里一阵阵地犯恶心，把他震动得连床都在吱吱作响。在一阵盛怒中，他欲哭无泪，紧紧攥握双拳，气得两腿抽筋。他先前太天真，竟然会认为，在过去几个月里随着他的康复，世界也会跟他一起康复起来；他打心底里希望，米莉亚也许会被找到，健康状况还较好，而且，认为他能说服蒂比，尽管那是没有希望的。他和米莉亚将会远走高飞，过上幸福生活，宛若某个悲剧电影的喜剧结局，有情人终成眷属。然而，现在他感到死一般的难受，同时又看不到任何希望。他摸了摸套在小腿肚处的那把微型手枪，然后站起来，把装有点四四口径手枪的皮套挂在肩上。他穿上西装外套，照了照镜子。在仅仅几个月的时间里，他明显衰老了五六岁。他倒了一杯龙舌兰酒，在外面阳台上坐下，抿着那甜与苦交织在一起的液体，观看着九月末的圆月在穿越疾驶的云朵时留下的飞驰的影子。那些影子不间断地掠过宾馆的庭院。那庭院原本是由一个监狱改建而成。皎洁的月光照在后墙上。毫无疑问，囚犯们曾经就在那里排成队，然后被一一枪毙。个中原因太简单，不值得铭记。他想到，蒂比就在月亮方向的远处大山里，接着又想到，是否米莉亚也能看到月亮。事实上，他们仨都在各自的极度痛苦中抬头望着明月，他们都羡慕那月亮，能在天上自由移动，如此远离地球上人世间的各种痛苦。他回想起了在图森的一个炎热夏夜的情景。他关掉电灯，把一个充气床垫拿到阳台上，在月光下做爱。月亮与他俩纠缠在一起的身体都激情四射而又静谧，米莉亚汗涔涔的脖子在月光中泛着光泽。在他们的下方不远处，有一些人在草坪上，坐在一块毯子上喝葡萄酒，静静地收听着收音机里播放的古典音乐。

他坐立不安，便走下楼，到了宾馆的会客厅兼酒吧里。那位女演员兼模特正在与两个制作人模样的人坐在一起，那两个男子穿着熨烫齐整的牛仔衣，佩戴着奢华的印第安首饰，滑稽可笑。考克朗假装没有注意到她，但是，她猛地站起身，抱着她的猫走过来。她一再豪爽地感谢他，感谢他帮她找到了她的猫。考克朗瞥了瞥周围那十几双正在观察着的眼睛，鞠了个躬，用西班牙语说了句客套话，便匆匆离开了。她在那里站了一会儿，感到迷惑不解，然后耸了耸肩。他叫了一杯酒，心里琢磨着那个女人，他如此频繁在杂志上看到过她的照片。正面看上去，她光彩照人，但是，她那冷峻、标致的容貌正变得越来越消瘦和粗糙。她长着一双亮晶晶、可卡因似的眼睛，声音低沉沙哑，听上去像一个令人厌恶的酒吧女郎。

一个不眠之夜之后，阿莫多开车来接他，前去与地方总督和电影委员会的一个成员会面。地方政府的总部设在一个大宫殿里，那座宫殿曾经属于十八世纪的一名公爵所有。考克朗停顿片刻，去看看一些迭戈·里维拉壁画的精彩临摹画，一场彩色宣传画画展，那些画作相当忠实地呈现出了马夫们和耕农们所遭受的种种折磨。电影委员会的头头在大厅里会见了他们，似乎对阿莫多的在场感到很惶恐不安，这一点倒令考克朗得意洋洋，因为他知道最好有一个粗野蛮横的人待在你身边。他与电影人一起礼貌地陪总督喝咖啡时，阿莫多站在大厅里等候着。那总督过分渲染地讲述起他在巴塞罗那的一桩桩往事，令考克朗感到紧张不安。

考克朗和阿莫多被护送着坐进一辆豪华轿车，准备去一个电影拍摄现场。拍摄地建在约翰·韦恩的地产上，他已经在那个地区制作了好几部西部片。正准备出发时，电影人被叫去接电话了，考克朗问阿莫多为什么他令那人如此紧张。阿莫多叫那位司机站到外面去，笑着说，那位电影人是个绅士，而他，可怜的阿莫多，担任好多美国人拥有的大农场和矿井的安保工作，因此，他的手段偶尔有点粗暴。

到了电影拍摄现场，他们奇怪地发现，那里戒备森严。考克朗注意到了庞大的摄制组队伍。他从来都没有想到过，拍摄一部电影竟然需要那么多人，远比你在银幕上看到的人物要多。在驶上山谷的路上，他的注意力被分散了，因为玉米地里的玉米看上去如此茂盛、碧绿，假如你眯上眼睛遮挡住那高山，你会认为你就在印第安纳。他依然记得，当年坐在颠簸的老福特牌拖拉机上播种玉米时是何等枯燥乏味。他哥哥当时在农耕方面比他拿手得多，不过，他很高兴搬到了圣迭戈。印第安纳的农民是成为优秀海军和优秀渔夫的好材料。在他年轻时，他父亲和叔父们远道去密歇根那边钓鱼，返回时已经是疲惫不堪，但是，冷藏柜里却装满了蓝色太阳鱼、巴斯鱼和鳜鱼。搬家之前的最后一次远行捕鱼时，他被带上一同前往，被允许喝削价的 A&P 啤酒，打扑克牌。不过，鉴于他在船上所处的低级别地位，他得清洗鱼虾，每每要洗到深更半夜。

当司机叫了声“眼镜蛇”时，他命令司机把车停下。阿莫多想杀死那条蛇，但是，考克朗不允许，还目送着它爬到路边，钻进干草丛里，在那里它扭动身体钻到了一块岩石下。从前，在托雷翁时，他曾经搭乘 C5A 运输机去内罗毕。中途他们只有二十四小时的短暂停留时间，因此，除了从空中看到的景象，他对非洲的了解其实非常有限。他一整夜都耗在赌博上了，随后，陪伴一个来自埃塞俄比亚的盖拉族妇女，那个族裔以其女性的貌美而著称，具有传奇色彩。不过，第二天上午，他有几个小时要打发，于是，他就乘出租车去参观内罗毕爬行动物博物馆。在那里，他漫步徜徉在熙熙攘攘的游客中间，观赏着装在玻璃笼子中的各种蛇类。他最喜欢的蛇是那条绿眼镜蛇——又细又长，全身透明的绿色，像一根绿色马鞭，它的移动动作突然而敏捷，吓得游客们从笼子前朝后退。他反思起威胁之美：绿眼镜蛇的致命武器拥有一种美，这种美与大灰熊、响尾蛇和槌头双髻鲨的美一样，也许甚至跟他曾驾驶的“幻影”战斗机一样美——一个完全致命的杀手锏。

走到牛圈大门处，两个门卫挥手示意，准许他们继续前行。炎炎天气里，那两个门卫站在扬起的尘土中，弯着腰，正在观看他们丢在蚁穴上的一只蝎子。在栅栏的远处，一匹母马侧着耳朵在观察动静，然后就在滚滚热浪里静静地站着，而它的幼崽在它身旁腾跃。他转过头，去看轿车驶过之后扬起的一团棕色灰尘从那些马匹的上方飘过。这个白痴般的伪装提升了他对复仇的兴致。

考克朗被引荐给一位制片人，那人碰巧从好莱坞过来，要在这里待上几天。那男子身材矮小，穿着一身法国牛仔衣，嘴里叼着一根大雪茄。由于嗅到了那显而易见的金钱的气味，他拥抱住考克朗，发狂似的连续轻拍他的肩膀，像一只暴怒的雪貂，冒着炎炎烈日领着考克朗在峡谷中转悠。那位导演是一位矜持、衣着时髦的英国人，说一口结结巴巴的西班牙语。考克朗向他提各种问题，唯独不问及有关制片人方面的问题。那位女演员兼模特被带了过来，身上还滴着水，头上围着一条毛巾，身上穿着一件轻质白色棉浴衣。他向她鞠躬示礼，亲吻一下她的手，透过浴衣的一处缝隙，他瞥了一眼她那淋湿的肉色内裤后凸起的阴阜。她大声呼喊，要找一个翻译。那位导演听到后，主动提出为她服务。

"这帮傻瓜连续拍摄七遍都把我弄到河里了。我现在样子很狼狈，可是，你知道，这是必要的安全防护。"导演在给她翻译时，她一边在整理衣着。

"不，你看上去令人垂涎欲滴。"

听到那句话的翻译时，她发出刺耳的大笑。"告诉他，我愿意成为如此丰盛晚宴的一道菜。"

几百码远处，在一棵高大的棉白杨树下，一辆皮卡停在一辆装载着照明装备的半挂车旁。在皮卡车里，一个男子在通过双筒望远镜监视着拍摄现场。他想知道阿莫多与那个体面的绅士究竟在干什么。那绅士正在朝那个漂亮小姐走过去。他刚刚透过望远镜看到她还在游泳。他把望远镜聚焦到那位绅士身上，盯着他看了好一阵子，然后深深吸了一口气。原来，那绅士就是在沙漠里与米莉亚做爱的那个男子，就是他死去的朋友在小木屋里痛打过的那个男子，就是蒂伯龙老婆的情人。在他慌乱中启动卡车的同时，他长吐一口气，因为他知道，他应该立即向蒂比报告此事。

此刻，蒂比远在特佩瓦内斯附近山区里的一座牧场上的房子里，正坐在他书房里的书桌旁。由于猎杀美洲鹑刚刚回来，他正大汗淋漓。他的那些来自墨西哥城的猎伴们正在餐厅里吃午饭。他将在了结他自己的事务之后，去跟他们一起吃饭。那事件与牧场里的领班有关，他就是米莉亚刺伤的那位。那领班在苦苦哀求，蒂比正在吸墨垫板上用一支钢笔插在扳机护圈里，不停地转动着一把点三五七口径的手枪。

“自打你是个毛孩儿时，我就认识你了。现在你那张大嘴夸下海口说，你要勒死我老婆，因为她刺伤了你。我不指责你，但是，你忘记了她是谁的老婆了。我原本要杀了你……”蒂比停顿下来，用手枪瞄准，扣动扳机，击锤咔嗒一声击到空枪膛，那人连忙尖叫起来，跪在地上苦苦求饶。“不过，我不会杀你。明天之前离开这里，前去梅里达。永远不要再回来。这上面是一个人的名字，他会给你一份工作。”蒂比在一张纸条上潦草写下了一个名字，那男子试图要说什么，但是，蒂比举手示意，让他闭嘴。“带上这把手枪，这是给你的礼物。它会帮你管住你的那张臭嘴。”那男子碎步疾跑，慌忙离开了，裤裆处露出一个深色圆圈印迹，原来，他被吓得尿湿了裤子。随后，蒂比带着微笑，加入到他朋友中一起吃饭。“我听说，今年秋天我的肉牛长势特别好。”

经过一段相对愉快的间歇期之后，米莉亚的兴趣减退了。那些自闭症儿童没有任何反应；即使她渗透到她们的大脑里，也得不到一丁点儿回应。她们紧挨着她坐在长凳上，发出鬼一般的呻吟。她想，她对她们而言，如同是一张照片之于一个动物，也就是说，她是一个无法理解的影子，无论是记忆还是感官都不能带来一个主动回应。她吃不下饭，因痛苦而变得消瘦，面色蜡黄。见此情形，女修道院院长对她的这位有利可图的病员感到忧心忡忡，她不理解米莉亚正在像上个世纪所称的那样“日渐憔悴”，而且，由于因爱和失去爱之后所带来的痛苦造成的真空，导致她患上了那种特殊的自闭症，她变得越来越自闭。结果，她彻夜失眠，几近绝望；她夜夜都极度地清醒，就像那些处于重度神经衰弱边缘的人，就像癌症病房里的临终病人，药物已经缓解了他们的疼痛，使他们进入了一种非定域恐惧的状态。他们想起了十岁那年看到的一棵鲜花盛开的大树，在那里度过一个孤独的下午。那棵树将带着清晰的痛楚再次浮现在他们眼前，这样，他们也许能再次闻到他们曾经在草丛里随意摘下的一朵木兰花的花香。

蒂比正在床上一边品味一杯睡前酒，一边看一周前的《华尔街日报》。突然，他的心腹开车进入了庭院。那么晚登门来访通常意味着有什么坏消息，于是，他懊恼地扔下手中的报纸。

那人走进他的卧室，后面跟着蒂比的獒犬。并非偶然，蒂比为佐餐而喂养了一群绿头鸭，一个星期前，一位年轻农夫试图偷盗一只绿头鸭时，那头獒犬咬掉了他的一只手。要是在稍早些日子发生这种事，蒂比会认为那是正义的。然而，事后，他一整天都在考虑要杀掉那只老狗，接着又放弃了这一想法；后来，一天傍晚，他骑上他的那匹上等阿拉伯母马，来到了那位农夫的简陋棚屋，登门道歉。在农夫的妻子给他沏药茶期间，蒂比把那位受惊吓的农夫的两个孩子抱在怀里，坐在他的大腿上，悬垂着双脚。他送给小男孩一把价值不菲的折叠刀，又把他脖子上戴的一个精致小巧的金十字架送给了那女孩儿。他告诉那农夫，每个月的第一天到特佩瓦内斯的银行去一趟，一百美元会在那里等着他领取。他还说，第二天，一些人会来到农夫家，会把他一家人搬到一个条件好得多的住所，与他的牧场上的工人一起生活。那农夫是一个出色的马夫，他将被寄予厚望，负责看管牧场上的小马驹。蒂比已经开始为他对他妻子的所作所为进行间接的赎罪，尽管她也犯下了重重罪孽。

站在床旁边的那男子依然记得那天夜里的情景：他紧紧抓住蒂比的妻子的两只胳膊，当她慢慢滑落到地上时，他松开了双手，手上沾着她的斑斑血迹。还好，蒂伯龙并不知晓他反复多次逛过那家妓院，还给那个女人尝受了他自己特有的性折磨，以至于即使在她受海洛因麻醉的状态下，她也畏惧他的出现。

他尽可能简要地向蒂比汇报了那个消息，而蒂伯龙反应冷淡，这令他感到惊讶。他补充说，也许就是那个美国佬杀了那位彪形大汉，他们亲切地称他为“大象”。

“毫无疑问。仔细监视他。他永远不会找到她，如果他靠近我，咱们就杀了他。”

那男子离开后，蒂比又倒了一杯酒，注意力又分散到了对往事的回忆中。他回忆起了他和考克朗一起打网球和打飞靶的快乐时光。在考克朗的指导下，他几乎成了一名优秀反手击球手。他穿着真丝睡衣站在那里，本该想着去杀死那个背叛者，却想着像网球这种荒唐的事情，他感到很愚蠢。当然，他必须要杀死考克朗，除非他回到美国去。也许，无论如何，他都要杀掉他，之后，把米莉亚毒死，把往事一笔勾销，然后过上一种类似于改过自新的新生活。不过，他认为重新开始新生活同样是一个荒唐想法。木已成舟，无法挽回，他们三个人谁都不会被他们的记忆所宽恕。与此同时，他会让他这位昔日好友在寻找他的心上人的过程中，徒劳无果，让他身心受尽折磨。

在杜兰戈的南郊，阿莫多已经为考克朗临时租赁了一幢占地面积广阔的豪华别墅。里面有一个游泳池，一个可爱的雕塑，各个房间都有一个精致的砖结构穹顶，带有许多壁炉，还有一间设备齐全的厨房。阿莫多的妹妹在厨房负责做饭。另外，阿莫多还雇用了来自山区的另一个亲戚，一个体型高大、消瘦的男子，让他担任门卫。这样一来，他就可以睡上个安稳觉，还能到镇上打探消息。

然而，糟糕的雨季已经开始了。考克朗感到很难在紧张的压力之下不垮掉。白天天气闷热，就连傍晚时也没有一丝风，于是，他什么都不做，只是坐在露台上，喝着卡塔布兰卡葡萄酒，观看着各种昆虫在朵朵白云的衬托下翩翩飞舞。在云层之下，秃鹰们懒洋洋地在空中盘旋，好像是在空中梦游似的。那朵朵云彩是世界上最美丽的彩霞。阿莫多告诉他说，科学家们都大老远赶到杜兰戈，来研究那里的彩霞，而考克朗不假思索地信以为真。他盯着彩云看，直到它们进入到他的梦乡。在梦里，它们加速、翻滚、飞驰而过，就像先前它们从他的喷气式战斗机前方疾速掠过那样。

显然，阿莫多在寻找米莉亚的过程中遇到了挫折，还厌恶去接受这一现实，尽管他知道考克朗理解这一点。阿莫多与蒂伯龙相识已有十年之久，但只是点头之交。他认为，蒂伯龙是一个具有超凡智力和品位的大师级罪犯。他从不羡慕蒂伯龙的财富，因为在美国人中间有许多富有的傻瓜，他受雇负责保护他们的财产。然而，他有一点儿嫉妒那家伙在管理大笔交易方面的超凡能力，以至于他不再敢小看他肮脏的过去。对阿莫多而言，寻找米莉亚这件事就是体现蒂伯龙的机智的又一个实例：那女人好像已经从地球上消失了，好像完全从人间蒸发了。被消灭了。被抹去了。在所有可靠的关系中，阿莫多没有找到一丁点儿消息，也没有发现一丝证据，无从去追踪她的下落。假如她被扔进某个深不可测的废弃矿井里，或者与一袋石块捆在一起被投进了大山里的某个湖底，阿莫多并不会对此感到惊讶。一天午夜，当他俩喝得醉醺醺的时候，他把这些可能都告诉了考克朗，考克朗只是点了点头，冷淡地表示认同。

考克朗访问的伪装很快就一无是处了。他俩已经访问了那个地区所有可去的待售农场，听到了来自电影委员会成员的每一个想象得到的关于杜兰戈地区的种种优势的招商辞令，走访了所有拟古式样的电影拍摄场地，也走访了弄得湿漉漉的逼真的电影拍摄场地。

不过，那充其量是一个令人提心吊胆的走过场，其间，他认识了过去拍摄的老电影，伴随那些电影背后的历史从一个特别的渠道呈现了出来。他俩参加过电影从业者在其中一个拍摄地举办的一场疯狂的鸡尾酒派对，现场搭建了一个奢侈的自助餐桌，还有一个马里亚奇乐队为之助兴。餐桌上的酒水不停地流转，一些农民怀着无比好奇站在远处观看着，出于礼貌，始终保持着一定距离。那位女演员兼模特对考克朗的冷漠表示出愤怒，她认为，他一定是佯装出来的。派对结束后，在开车回家的路上，考克朗愁眉苦脸地提议他俩去特佩瓦内斯，用阿莫多藏在车里的三十点零六口径的鲁格猎枪，来个出其不意，把蒂比送上西天。考克朗说，看他妈的那个混蛋半个脑袋被炸成碎片，在空中弹挣、空翻，肯定好玩。

“那样的话，你就永远找不到米莉亚了。”阿莫多说。

“朋友，你说得对。我只是在发挥我的想象力而已。我并不想击毙他，当我在瞄准镜里的十字准星上看到他时。我想带她远走高飞。就这个要求。简单明了。”

“假如她还活着。”

“我劝你不要提及那种可能。”

“对不起，朋友。”接着，阿莫多笑他在吃自助餐时所做的一件事：他把一只没有碰过刀叉的烤乳猪藏在他的胳膊下，把它送给了站在篱笆外面的一个老头子。那老头儿将会度过一个快乐之夜，却也要忍受消化不良之苦。

几天后，阿莫多说，有传言说蒂比不断在杜兰戈出现。他俩坐在游泳池边，一边喝咖啡，一边试图策划补充行动方案。最后一笔赌金已经付给了妓院的前老板娘，她被追踪到马萨特兰，但是，徒劳无果。她编造了一个故事，致使他俩大老远急匆匆地赶到萨卡特卡斯，按图索骥，却发现那是一处龌龊不堪的猪圈。那次出行的情景依然不停地点点滴滴反反复复出现在脑海，仿佛是一个半喜剧式梦魇，仿佛是在贫民窟的一条小街上执行的一次便衣反恐行动。

当他俩最终找到了那家妓院时，考克朗再也无法抑制住愤怒情绪。阿莫多把老板娘和两个皮条客控制在一个灯光昏暗的楼内走廊里，而考克朗娴熟地如一阵旋风，踢开五六扇门，这样，他瞄准那些嫖客的手枪具有了超乎手枪本身的一种恐怖：其主人已经红了眼，完全怒不可遏。当他抵达最后那扇门时，他相信，米莉亚肯定就在里面。他一脚踢开门，发现那妓女正脸朝下被一个胖男子压在身下。那男子惊慌失措，被考克朗从床上拎起来，扔到一个墙角里。那妓女已经处于昏迷状态。考克朗转过她的头，露出一个印第安妇女的呆滞的脸庞，四十几岁。见此情景，他嚎叫起来，从房间里夺门而出。他开始袭击皮条客们，直到阿莫多制止了他。直到此时，阿莫多才恍然大悟，他俩被耍了。在返回途中，他一肚子气，一言不发，不停地喝酒，这对他来说是一种罕见情况。考克朗坐着，一只脚放在仪表盘上，按摩着他的脚和脚踝，内心充满痛苦，包括一种挫败感，不管它是多么短暂，但是，它已经侵入了他的骨髓。在这种状态下，他已经决定从阿莫多身边潜逃出去，独自驾车到特佩瓦内斯，去干掉蒂比。就在当天晚上，蒂比已经给一个农家女进行了一番装扮，给她穿上了米莉亚的连衣裙，然后，恶狠狠地把她从房子里扔了出去。他的醉酒状态和悔恨使他无法入眠，在渐亏的月亮下，他在他的地产周围徘徊，许久之后，他才把自己裹进一条毛毯里，与他的猎犬一起入睡。在内心深处，阿莫多正在谋划如何捉拿蒂伯龙手下保镖中的头目，也就是“大象”死后顶替他的那个人。不过，那将是绝境中的最后一搏，是铤而走险的一步棋。阿莫多具有一种拉丁人的耐心，而考克朗却丝毫不具备这一点。阿莫多会让仇恨随着岁月流逝，耐心等待多年，直到时机成熟才消除它们给自己带来的负担。然而，目前他需要争取更多时间。

“你一定要请那个漂亮的女演员过来吃顿晚饭。这样的话，镇上所有人就会认为，你仅仅是又一个西班牙浪荡公子，试图发泄一下性欲而已。”阿莫多感到这个主意不无道理。

考克朗仰望着天空中被风拉长了的卷云，联想到，那景象肯定像是在鲸鱼骨架里的情形。虽然他奇怪地感到自己毫无性欲，但是，他还是赞同了阿莫多出的那个点子。在他宰掉那个彪形大汉半个小时后，他正驾驶着那位得克萨斯人的皮卡车在公路上行驶时，看到一个女孩站在路边的一棵树下，他曾即刻感到一阵想占有她的欲望，但是，他当时还有点难为情。在越南的岘港，执行完一次任务后，他洗掉身上的臭汗，然后，他去享受与妓女们作乐，而且在跟她们上床前，她们还给他做了一顿饭吃。倘若一丝浪漫的幻想都没有，他感到他在性欲方面已经死亡了。自从他三十岁那年开始，就已经如此。当时他正处于情绪低落期，他发誓，不再与任何一个他不想在早餐时面对面交谈的女人上床。在人的性事方面，他表现出前所未有的世故，却从来没有机会展现出来，直到他遇到了米莉亚。他还未认真思考过，可是，他已经脱离了流行文化中的性冲突，已经走得太远，无法重来。他沉浸在爱情之中，这种爱情远离了一再强调的性生态环境中的艰辛与繁重，因为在那种性生态环境里，恰当的步骤既可能产生一切，也可能毫无结果。对于一个由于某种远远超越了平凡家庭生活的原因而不可避免地与死亡联姻的男子而言，他不想把人生白白浪费在毫无意义的事情上。

而且，正在临近的衰老使他感到了多方面的忧虑。显而易见，米莉亚似乎是令他的生活感到充实的第一杯美酒，也是最后一杯，也是唯一一杯，其他一切只能隐约地使他联想到这一点。假如你做个加减法，就可以发现，没有她的话，一切都化为乌有，但是，有了她，就连那最简单的举动，比如，在沙漠里遛狗，或者，为一顿两个人而不是一个人的饭菜挑选各种食材，都具有了溢于言表的魅力。有一天傍晚，她买了好几种鱼和贝类，准备做一道马拉加海鲜烩，而且他没有忘记给多尔买了一磅新鲜牛肉肉糜，因为它通常对女性客人态度冷漠，用肉糜可以把它诱开。考克朗整个下午都坐在那里，两眼盯着天上的云朵，任凭太阳暴晒，而阿莫多的母亲接二连三地给他端来冰镇饮料和点心，然而，他却任凭饮料和点心去满足苍蝇们贪得无厌的食欲。

阿莫多兴致勃勃地前去邀请那位女演员兼模特过来吃晚饭，途中在一家花店停下车，买了一束玫瑰花，还在一个药品批发商那里停下，购买了他深信一个女演员的药典里理应包括的药品：一些上等品质的大麻，还有高纯度可卡因，这令药品批发商乐不可支。他需要安排这次晚餐以争取时间。他的朋友曾经给他看过那个雪茄烟盒，还给了他五千美元作为礼物，用于购买赛马。阿莫多希望能给他那个小山里的小农场添加一匹赛马。在那里，他饲养了一些牲畜，知道那种生活的闲适和温馨。不过，自从他年轻时起，那种感受只能偶尔才享受得到。

在拍摄地，那位女演员在接受鲜花时，表现出一丝傲慢，但是，她很快就变得温和起来，进入到一种渴望合作的状态。在过去几个星期里，这个男子不时走进走出她的生活，与她在她的行业里遇到的人相比，他如此与众不同，因此，她深深被他吸引了。她答应，她将在约定的时间准时赴约。在当天余下时间的拍摄过程中，她骑在一匹短程赛马的马背上，感到那马背令人不舒适，一直在琢磨她要穿什么衣服去赴约，她该如何表现。

呈上那束鲜花之后，阿莫多扫视四周，眼睛盯了一眼一辆特别的皮卡车。几乎单凭潜意识，他就认出了那辆车的来路——最近，他已经看见过它太多次了。他走近了一点儿，斜着眼瞟了一下，好像是对无聊的电影制作颇感兴趣。他戴上太阳镜，从装载食品卡车的后部取了一杯水，眼神扫过那辆皮卡。他认得出，那人正是蒂伯龙手下保镖的头目，正倚靠在车的后挡板上，佯装出一副正在欣赏山上风景的模样。

那天晚上，那女演员兼模特按时赴约，与考克朗一起共进晚餐，而且在非寻常情况下留下来了。她还带上了她的那只宠物猫。大家都感觉那只猫煞是可爱，唯有阿莫多的母亲例外。阿莫多溜开了，留下他的那位身材高大的堂兄站在柱廊的阴影处放哨。考克朗开始喝酒、吃饭，感到很无聊，仿佛就像在一页一页地翻一本杂志，而真正在想着做别的事情或者等待着要去做别的事情。但是，他在整个晚餐期间一直非常热情，只是在后来他俩试图用各自的母语进行交流时，才变得无聊。她紧张地吞咽着杯子里的葡萄酒，穿着一身白色丝绸紧身连衣裙，坐在那里，态度冷淡，却神采奕奕。

“我不得不跳过这种屁话。我来这儿有机密事务要做。如果你暴露了我的身份，你的喉咙将被割断至颈椎。”他带着平淡的印第安纳口音说道。

她大笑起来，说她还记得他在机场第一次跟她谈话时的情景。此时，他吃惊了。他俩以奇怪的方式成为了朋友，她搬了过来，虽然只字未提她的功利主义目的。对她而言，不主动去询问相当令她愉快。她已经多年没有遇到像他这样一个正直的男子，与她相处竟然不曾试图动手动脚。她给自己拍一张最荒诞而诱人的照片，他唯唯诺诺，就像一个机器人似的惟命是从。他聚精会神地聆听她讲述一件件伤心事，建议她在休息日里静静坐下，仅仅观看云彩。有一次，她从市场上买了一只金丝雀，好让她的猫在她卧室里追逐嬉戏，然而，他却阻止让人送货。结果，她歇斯底里地大发雷霆，也许是因为阿莫多提供的可卡因引起的，直到他带她到别墅后面的田野里散步，她的猫咪平生第一次捉住了一只田鼠。那只猫咬掉了老鼠的头，卧在草地上欢叫；她也乐开了怀，高调宣称：布奇确定无疑是一只散养的猫，根本不是好莱坞那种圈养猫。

考克朗意识到，她是在试探和考验他们所有人的耐心，与其说是在考验他，不如说是在考验阿莫多或者山区来的他的亲戚们或者他母亲，因为他冷淡而紧张，而且相当无知地认为，他的耐心正接近尾声。他用手指拨弄着莫洛的母亲送给他的那串项链，仿佛它根本就不是念珠的作用，而是一个威力无比的护身符，就像在夜间执行任务的士兵那种奇特的壮胆方式，只要他嘴里不停念叨着童年时的祈祷，他就能感到不可战胜。那颗心如此渴望继续活下去，那颗脑袋对死亡的临近感到震惊。那位士兵总是认为，要死的人将会是别人，是他前面的那位士兵或者他身后的那位，或者，理想的是，他认识的人一个都不要死去。

那位女演员兼模特仅仅穿着比基尼短裤在跟阿莫多谈话。他母亲见到这种场面时，她赶忙拿着一件睡袍跑了过去。阿莫多大笑起来，但是，内心里却非常气愤，因为那女人并没有对他母亲表示出更多尊敬。还有，一天深夜，在柱廊下，当考克朗拒绝她陪伴时，她竟然色诱了阿莫多的侄子，当时他正在值班守卫。他快速与她性交，拒绝取下枪支，为此，她还生气了。他善良的叔父每周支付给他的工资比他先前一年赚的钱还要多。第二天，作为报复，她派道具管理员出去又买了三只金丝雀。一整天的拍摄结束后，她偷偷把它们带回那座房子。她穿着内裤，坐在房间里，一边抽烟，一边观看着布奇追逐着那些金丝雀。她还取下了窗帘，让金丝雀找不到任何一个让猫够不到的有利落脚点。然后，她开始哭泣，一连哭了好几个钟头，后来，考克朗听见她的哭声，走进房间，抱住她，说着必要的安慰话，直到她睡着了。他拍掉裤腿上的黄色羽毛，轻轻抚摸那只猫后，便离开了。他明白自己对她太残酷，但是，他也无可奈何，在他自己梦游者似的痛苦折磨状态中，他的情绪低落到了极点。

一天早晨，米莉亚没有醒来。早饭时，有人发现她不在场。监护她的那位修女立即去查看，发现她负责看护的米莉亚正在发高烧，已经烧得昏迷不醒。女修道院院长和她的杂活工驱车前往杜兰戈，去寻求门德斯先生的手下的准许，叫医生前来诊治。然而，她被告知回去等候，令她感到莫名其妙。那男子不仅失去了他的亲密朋友“大象”，而且他的上司已经变得如此心不在焉，整日借酒浇愁，以至于他开始失去他昔日的男子汉气魄。蒂伯龙已经变得衰老了那么多，以至于那男子在为他自己的前途担忧。都是他的那位不忠的妻子惹出来的麻烦。那天夜里在小木屋里就该割断她的喉咙。当时要是叫他杀了她的话，他会乐意去做，虽然他承认他从她的肉体上得到过乐子。他们之间的交谈是在一个名叫“阿祖尔蔚蓝海滩”的海鲜小饭店里进行的。可是，他并不知道倚靠在街对面的那个正在打瞌睡的马夫是阿莫多的侄子。

考克朗和阿莫多得到汇报后，一时感到迷惑不解，但是，紧接着，一切都弄明白了。阿莫多说，那个地区仅有三个修道院。听到这里，考克朗兴奋不已，赶忙跑到卧室里，把点四四口径的手枪扣在肩背皮套中。他吻了吻他的珍爱的念珠，然后把它挂到脖子上。阿莫多跟在他后面，冲上去把他按在门上。

考克朗奋力挣脱，但是，阿莫多紧紧地搂抱着他。他说，他们必须仔细计划，否则米莉亚和他都不会活着离开这个国家，阿莫多也逃脱不了，因为他与考克朗走得很近。蒂伯龙必须得面对，不然，他俩将立即遭到追捕。既然他们了解到了那个修女，就是傻瓜也能找到米莉亚，但是，问题的关键是要找到她，而不是去送死。阿莫多带他经过大厅，走进厨房，在那里他倒了两杯酒，还告诉他母亲，叫她煮一壶浓咖啡。他把他的侄子叫进屋内，告诉他给考克朗换身衣服，而且不要离开他母亲半步。阿莫多一边擦拭着摆放在桌子上的武器，一边在心里演练各种方案。他把火腿、面包和啤酒放进了一个帆布包里。他们出发时，碰巧遇到女演员兼模特下班后开车回来。她停下车，开始对考克朗身上穿的服装评头论足，紧接着看了看他俩的眼神，便住口了。考克朗吻了她的额头向她道别，然后，他俩便上路了。

在特佩瓦内斯的大山里，蒂比已经派遣一架飞机到墨西哥城去接一名俱乐部的医生，那医生在赌博时曾欠下他一大笔赌资。他已经厌恶复仇，厌恶至极，他计划搬到科苏梅尔，到他那家宾馆的顶楼上去住。曾经有三天时间里，他想进入杜兰戈，杀掉考克朗，但是，最终还是放弃了这个念头。他已经厌恶爱与杀人，想念他在巴亚多利德认识的一个特别的玛雅女郎。她是一名小学教师，当科苏梅尔的天气变糟时，她不失为他可以带到巴黎的合适人选。此时，他想要米莉亚活着，否则，他真的会去地狱，或者，至少是继续过着地狱般的生活。在他的保镖跟他谈话时，他认真考虑过把他杀死，这样，就可以把所有人都从那个精神变态狂的威胁中解放出来。他知道，当他再次喝醉时，这阵慷慨也许会消失，因此，他避免喝烈性酒，而是出去打猎，直到天黑才返回。他在壁炉上烤美洲鹑，就像他童年时所做的那样。蹲在壁炉前，用手撕着吃。

开车到特佩瓦内斯的整个行程花了几个小时。大约午夜时分，他俩在一家小酒馆后面停下车，走进一个铁皮搭建的厨房，里面靠一盏油灯照明。他们吃了些晚饭，然后，跟那位厨师攀谈起来。厨师是一个老头子，他是阿莫多的线人，大半印第安血统。从老头子那里得知，近期，蒂伯龙每天清晨很早就外出打猎。他的心腹，绰号为“疯子”的男子，也已经抵达那里，很可能和他在一起。蒂伯龙自己也变得疯狂起来，丧失了理智，竟然在同一家酒馆里与那些害怕他的农夫们一起喝得烂醉。那老头说，蒂伯龙变得如此精神失常，他正在试图弄明白“他是否知道自己是谁”。到了这个地步，一个人就生活在记忆中了。说到这儿，那老头子便大笑起来。那老头说，他做了一辈子骑手之后，已经变成了一个厨师，因为他记得，母亲去世后，他是那么喜欢为他的兄弟姐妹们做饭。阿莫多点了点头，说：在那期间，那老头子变成了一个出色的土匪和嫖客。听到此话，那老头子笑了起来，猛然起身，然后，从他的龙舌兰酒瓶里给他们分别倒了一杯酒。阿莫多拒绝了，向他解释说，他们正在执行一项很严肃的任务。

阿莫多朝上山的一条轧有两道车辙的小路上开去。当那条小路的路况险不可测、不适合轿车通行时，他俩才把车停了下来。两人默默无语，静坐了一个钟头，考克朗一根接着一根地抽烟，听着滚烫的发动机发出的滴答声逐渐消失。阿莫多打开了车载收音机。当在那个海拔高度接收到一个专为卡车司机开设的新奥尔良乡村音乐台时，他俩都乐了。那音乐勾起了考克朗的思乡之情，直到他意识到他已经没有了家。除了米莉亚，他还非常想念他的女儿。他的生活之网已经出现破口，出现了一个个破洞，有些是他自己撕破的，有些是被别人撕破的。他怀疑自己能否从这些破口和破洞中走出去。但是，紧接着，当他一想到米莉亚正被藏匿在某个偏僻的乡间修道院，正耐心地期盼着他把她带到塞维利亚时，他的心便振奋起来。他的脑海里浮现出他与米莉亚一道在欣赏那个古罗马渡槽的情景。也许，他女儿在圣诞季里能来访，过来待上几周，跟他俩一起共享天伦之乐。

阿莫多的话打断了他的思绪。他说，他们必须在黎明前的几小时内穿越很长一段山路。有一个地方地势优越，可以截击蒂伯龙。

那里，山谷越来越狭窄，变成了一个峡谷，而小路则沿着小溪向前延伸。他们只好假定蒂比最近的这些习惯没有任何改变。具体怎么样才能把那家伙搞太平就取决于考克朗了，顶多需要从远距离射出一发子弹。他，阿莫多，将带着他的三十点零六口径的猎枪隐蔽起来。当他们处于居高临下的有利地形时，再与敌手进行谈判应该会容易得多。正当此时，阿莫多猛然转过头，考克朗咔嗒一声关掉了收音机，认为他也听到了什么动静。他俩把车窗摇下，听见了野狼在相互交流时发出的尖叫、吠叫和短暂而颤抖的嚎叫。听到狼嚎，阿莫多讲述了他年轻时发生的一个故事，讲到他当时是如何发现一只躺在溪流边、濒临死亡的老狼。出于怜悯，他举起枪要把它打死，接着，却又把枪放下了，不想中断那只狼生命中的最后几个小时。

“很可惜，你不能轻易就把他击毙了。那是轻而易举的事。可是，那样的话，咱们都要被杀掉。”

“我认为，除非必要，我已经不想杀他了。我倒认为，他知道他是在什么时候被击败了。”

“咱俩谁都不知道咱们是在什么时候被击败了。咱们怎么能期望他知道呢？失去一个女人不是被击败，那只是失去一个女人而已。那种事情在谁身上都会发生。”阿莫多停顿了一下，“我年轻时失去了老婆，但是，那个时候，我是个傻瓜。她没有我那么傻，也就离开了我。”

“我也一样。杀人这行当不会造就好丈夫。我想念我女儿，但是我的前妻如今已经嫁给了我大哥。我是偶然成为她父亲的，现在他才是她的真正父亲。”考克朗停顿下来，去仔细听野狼群的叫声，然后，用手指拨弄起他戴在脖子上的狼牙项链。他感到疼痛，就像为了追求激情而一直追到人类活动的最低区域的男人一样，到了无法返回的地步。但凡是男人都会乘上飞向月球的单程火箭。这种愚蠢存在于基因里，要么作为一次分子变异而存在，要么作为时间上的返祖而存在，返回到了骑士时代，身为一个骑士，他会离开家，去参加“三十年战争”，当他回来步入家门时，他吃惊地发现，没有谁认得出他。那就是他之所以看重他在托雷翁担任年轻飞行员教练的那一年的缘由，尽管当时他似乎心情焦虑，思念家人。然而，随着那一年渐渐成为往事，它却为他的成年阶段提供了唯一一个完整的装饰音符：他老婆是乡村妇女出身，也喜爱散步，在他那几天休假日里，他俩的足迹遍及马德里的老城区和巴塞罗那，还有塞维利亚。有一次，他俩去马拉加住了一周，住在一个海边小旅馆。每天，他俩白天看女儿游泳，夜里畅谈未来，决定把他们数目可观的积蓄全部投资到他父亲的三文鱼渔船上，因为那船急需更换新发动机。那样的话，他从部队退役后，就会得到生意的一份完整股份。那笔债务早就还给他了，但是，他一直让那笔钱躺在圣迭戈的那家银行里闲置着。

阿莫多把他晃醒了，从保温瓶里给他倒了一杯咖啡。收音机里播放着充满深夜里的悔恨、心碎和断肠的音乐。猛然间，他回想起自己在狄勒的传教所里的一幕：那位大胖子男子通宵在为他把脉检查，嘴里不停地喃喃祈祷，哼唱着，直到黎明时分鸟儿们发出第一声清脆的鸣叫。

“要在夜里走很长一段路，不过，我熟悉路线。天气已经太冷了，不会有毒蛇出没，而且，天上还悬挂着大半个月亮。”

他俩下了轿车，考克朗冷得打颤。月光下，咖啡在他的杯子里向上冒着热气。他闻到了阿莫多在他的猎枪上涂抹的动物油所散发出的奇怪气味。在远处，一堵山崖投射出一个巨大的影子，影子的远处，松树林的树梢上闪烁着月光。他把手指放在汽车的引擎盖上，在白霜上留下了一个手印，吹了吹双手，伸手去摸放在温暖的羊皮背心后面的点四四口径的手枪。他身上穿的背心是从阿莫多的侄子那里借来的。他绕过车，走到阿莫多身旁，把一只手放在阿莫多的肩膀上。

“朋友，你瞧。假如这事搞砸了，你首要考虑的是必须保全你的性命。让我死掉是在情理之中。但是，对你则不然。”

“别担心。”阿莫多深深地吐了一口气，看着那气息在冰冷的空气中清晰可见。“昨天夜里，我做了一个梦，梦见我变成了一个长寿老人，你知道，就在我那个小农场上的门廊里，坐在安乐椅上。我相信我的梦。”说完，他大笑起来，“还有我的技能。这是我曾经唯一擅长的东西。”

他俩沿着一条蜿蜒崎岖的牧羊小道，开始了长途跋涉，全然沉默不语。有一会儿，他俩在一个峭壁上停顿下来，去看山下大老远处一条小溪，它银光闪闪地流淌着。他俩还被唰唰穿越小树丛的一头黑尾鹿吓了一跳，然而，狼群的叫声已经渐行渐远了。

他俩提前抵达了预定地点，站在小溪边抽烟。不一会儿，透过峡谷的狭长峡口，从东方露出第一道光亮，好像是地平线上出现的一个淡淡的灰色污点。此时，鸟儿们已经开始从沉睡中醒来，阿莫多走到了离小道十码远的一棵棉白杨树下。

“你就坐在这棵树下。我将隐蔽在山坡上。蒂伯龙会误认为你是一个幽灵。双手朝外翻，保持空手，表明你没有携带武器。相信我。”

“当然。还有什么吩咐？”他俩握了握手，考克朗看着阿莫多麻利地攀爬到了小山上，猎枪在他的背带上不停摆动。当阿莫多停下脚步，转过身时，他挥了挥手。接着，他在那棵树下坐下来，盯着小溪旁边的那一小片草地。他坐在那里，如此安静，时间如此漫长，以至于鸟儿们都走近他，一头母鹿和它的幼崽来到小溪边饮水。他坐在那里，承受着种种痛苦，一直挨到黎明时天气转暖，他不再看得见他呼出的气息。此时，他已经不再想什么了。一只乌鸦从他眼前飞过，侧眼瞥了他一眼，并且发出一阵令人迷惑的惊叫。第一只秃鹫出现在峡谷的凉爽的阴影的上方，翅膀上闪动着金色阳光。他正在观看那只秃鹫，突然，他先是听到远处有马蹄声响。紧接着，蒂比的家犬出现了。是两只英国引路犬，一雄一雌，一路小跑而过。当它俩嗅到考克朗散发出的气味时，突然转过身。雄犬一边低吼，一边朝他靠近，而雌犬则站在小径上，停了下来，充满好奇，兴奋地摇动着尾巴。他朝着那只雄犬嘘了一声，它便一屁股在地上坐下，摇晃着尾巴。他轻轻抚摸那只犬，用手势发出指令，两只犬乖乖地服从了他的指令，一起冲了出去，去寻找美洲鹑。

“疯子”骑马在前面带路，当领头马嗅到了藏在树下的那男子身上散发出来的气味时，立即嘶鸣起来，紧急转身。不过，此时，跟在后面的蒂伯龙已经进入视线。他俩同时都看到了考克朗在茫然地盯着他俩看。“疯子”举起手枪，蒂伯龙举手示意，叫他不要开枪。就在此时，阿莫多的第一发子弹穿过了“疯子”的脑袋，使他从马鞍上猛然摔下。又接连两声枪响，打得他四肢朝天，横尸在草地上。蒂伯龙用缰绳勒住他的马，而已经没有骑手的那匹马飞奔而逃。接着，蒂伯龙跨下了马，并没有回头看一眼那个被击毙的男子。他把他的马拴在一棵树上，深深地叹息。蒂伯龙在考克朗的前面停下脚步，然后，突然间，他挡住阿莫多的视线，从大腿中间，掏出了一把枪，瞄准考克朗，考克朗紧盯着枪管的小小的黑洞洞的枪口。

“也许咱们俩现在都该死。”蒂比低声耳语。

“也许是。”考克朗冷冷地点点头。蒂比眼睛发红，面容憔悴，散发着头天夜里喝下的威士忌的气味。蒂比耸耸肩，抬头仰望，看见林间的树冠上迎来了照进峡谷的第一缕阳光。他轻轻一弹，把手枪扔到了草丛里。

“作为绅士和我曾经的朋友，我要你请求我原谅你把我的老婆从我身边带走了。”

“我请求你原谅我把你的老婆从你身边带走了。”

接着，两个人都站起来，阿莫多也从山坡上跑下来，朝扔在草地上的手枪摇了摇头。他们沿着阿莫多和考克朗夜里行走的路线离开了。在轿车停车处，为了解渴，他们喝了已经被晒得温吞的啤酒，阿莫多和蒂比聊起了那些大山。

中午时，他们到达了那个女修道院。修道院院长对门德斯先生和那两个大汗淋漓的痞子的突然出现感到十分震惊，其中一个竟然是如此尊贵的绅士。她就米莉亚的状况向蒂比表示道歉，并且说，医生正在给她治疗。蒂比把一只胳膊放在她的肩膀上，脸上露出了微笑。

“你听到过什么流言蜚语？ 她是我这位朋友的老婆。你好好照顾他。”

那女人领着他们来到了米莉亚的房间。在那儿，考克朗坐在床沿上，然后依靠着亲吻她受过伤又发烧的嘴唇。医生来到门口，阿莫多和蒂比也在那里站着，看着他俩的脚。

“我怀疑，已经无能为力了。她太虚弱了，不能活动。”

蒂比的脸扭曲了起来。他气愤地说：“快把她治好，不然的话，我就把你的心脏放到你嘴里，你他妈的笨猪。”阿莫多领着蒂比和那个受惊吓的医生走开了。修道院院长在那里站了片刻，然后，跟着他们沿着走廊离去，边走边叹息边祈祷。

考克朗坐在那里，一连坐了一个下午和一整夜——喝咖啡，握着米莉亚的手，抚摸她的额头。当医生来时，他在房间里踱步。天刚蒙蒙亮，她苏醒了，他俩拥抱在一起，默默无语。她睡了一会儿，他坐在椅子上打盹，直到午后的炎热把他热醒。接着，为了缓解她的呼吸，医生给她做了气管切开手术。此间，他不得不克制自己。接下来的一夜一天里，她就在死亡线上挣扎。夜里，他躺在地板上，什么都不愿意想，仔细听她通过那台阿莫多从城里带来的氧气设备发出的刺耳的呼吸声。她呼吸时的停顿时而很长，令人痛心难过，时而急促，断断续续。当他再也忍受不了时，他跑到了庭院里，尖叫起来。第一次听到他的特别声音，修道院的灯都被打开了，病员们都以尖叫回应。阿莫多、蒂比和医生匆匆从他们在厨房里的临时住所跑过来。他跟他们打成一团，最终，阿莫多掐住他的脖子制服了他。蒂比帮助控制住他，医生给他打了一针，让他睡觉。

他在一个陌生房间里的草垫上睡下了。几个钟头后，他醒了过来。他站起身，透过装有安全防护栏的窗子，他瞥见那轮炽热的太阳。他找到厨房，倒了一杯咖啡，阿莫多、蒂比和医生正坐在茶几旁。那医生心情紧张，故意回避考克朗瞥向他的眼神。

后来，在第三天下午，米莉亚苏醒了。他迫不及待地跟她说话，急匆匆地，几乎是语无伦次。她有气无力地对他说，她想出去到花园里走走。他赶忙跑去找医生，医生没能劝服他，只好耸了耸肩，跟着他回到房间里，给米莉亚的喉咙进行了一番包扎。考克朗把她抱到花园里，那里，病人们正在被集合到一起，准备去吃晚饭。那几个自闭症患儿从他俩身旁走过，并没有看他俩一眼，哀号着她们内心深处的哀歌，就像栖身于地球上的嘶哑的小鸟儿，它们的种种痛苦永远不会在地球上得到回应。他紧紧地把她搂在怀里，回忆起当年他在印第安纳的森林里从一个荆棘丛里捡起一只鸟时的感受，那只死鸟给人的感觉是那么轻。他又急匆匆地说个不停，试图靠他话语所提供的力量保持她生命的延续：仿佛他的大脑裂开了，他跳进去，又耙又挖，想发掘出任何他可能保守的秘密，以使她恢复健康。他想起她曾说过，蒂比只会对他的敌人采取报复行为，内心一阵恐惧，于是，他把莫洛的母亲送给他的那串项链挂到了她的脖子上。他编造了一整个宇宙的词语，但是，它们仅仅是词语而已。他为他俩设想出了一个小孩，他俩带着那孩子一起在塞维利亚散步。听到这里，她露出微笑，点头表示满意。黄昏渐渐过渡到了几近天黑，阿莫多不动声色地观察着，身体的一部分隐藏在一根立柱后面。他阻止那位医生走近他俩。半个月亮升起来了，伴着风晕，但是缩小了，一阵狂风把一棵繁花盛开的杏树上的花瓣吹打下来。考克朗继续低语着，接着，随着天完全黑了下来，她唱起了那首他再也熟悉不过的歌曲，她的声音低沉嘶哑，仅仅略微比夏季里远处的嗡嗡蝉叫声响亮一点点。那是她的安魂曲，随着她的魂灵轻柔地向外涌出，像一朵云渐渐散去，她看着他坐在身旁，安然停止了呼吸。此时，天开始下起雨来，他俩头顶上方有一只鸟在树梢上鸣唱起来，仿佛它就是某个玛雅人的魂灵，试图挣扎着要重返人间。

尾　声

一个男子在那棵树下挖掘墓穴，另两个男子在旁观。那男子机械而专注地挖掘着，用斧头砍断树根，用铁镐刨碎岩石，用铁锹铲出沉甸甸的泥土。在炎热的下午，随着他向地下越挖越深，他注意到了土层的大理石纹理和条纹。那个名叫阿莫多的男子坐在一个长凳上，取下了头上戴的阔边帽，压低声音唱着歌。那个名叫蒂伯龙，又叫蒂比和巴尔达萨里·门德斯先生的男子也坐在那个长凳上，双手捧着脸。那个男子拼命地挖掘着，有条不紊，专注而执着。女修道院院长与一个牧师站在一起，从柱廊的下面观看着，牧师略感无聊。受到这个活动的影响，一些病人的注意力分散了，无所事事地来回走动。一个松木棺材摆放在两个锯木架上。棺材上面摆放着一大束野花，在太阳的照射下已经开始打蔫。墓穴挖好后，那男子停顿下来，大汗淋漓，然后，双臂引体向上，跨到墓穴边沿。他跪在一堆泥土旁，坐在长凳上的那两个男子向前移动，在他旁边跪下。牧师和女修道院院长朝前走，那些精神病患者在他俩身后聚集起来。牧师主持了一个简短的悼念仪式，紧接着，跪在长凳前的那两个男子把棺材放进墓穴里。挖墓穴的男子屈身进入墓穴，跪下，亲吻了那束鲜花。然后，他从墓穴里爬上来，拿起铁锹，把一些泥土填入墓穴。泥土落到棺木上发出砰砰声响。他将来也会在他的棺材里听到同样声响。

独舞男亨

第一章

诺德斯特洛姆已经迷恋上独自一人跳舞。他自以为自己神智完全健全，认为每天夜晚一个人跳一段舞是对枯燥的健身操的一种取代。最近，他责备自己如此不折不扣地践行了他对生活的所有平庸认识。对他而言，跳舞是个新鲜事物，它本身具有一种近乎是形而上学式的创新。尽管已经是四十三岁的人了，他的身材依然保持得很好，只是不再出类拔萃而已。不过，最近他感到肌肉出现了某种松弛，感到身体上的曲线已经变得模糊起来。一顿迟到的晚餐之后，他洗好碗碟，便会调暗客厅里的灯光，把足以播放一个钟头的音乐放进立体声音响里。近些日子，他还经常把播放时间增加到了两个钟头。在选择音乐时，他不拘一格，完全取决于他的心情如何，有可能在每个晚上都播放风格迥异的音乐，比如莫里 · 海格的音乐、乔普林的《珍珠》、沙滩男孩的音乐、斯特拉文斯基的《春之祭》、奥蒂斯 · 雷丁的音乐以及“感恩的死者”乐队的音乐。他跳舞的初衷就是要坚持运动，跳出一身大汗，并且切身体验那懒散的身体变得灵活而优雅起来。

其实，诺德斯特洛姆并非是一个跳舞高手。不过，你独自一人跳舞时，谁会在意呢?

他的童年是在威斯康星州度过的。他从小就酷爱运动。他曾经是一位游泳好手，是一位不错的假蝇钓鱼能手和猎鸟高手，是不错的篮球运动员，不错的橄榄球线卫，不错的高尔夫球手，不错的网球手。在这些运动项目中，所有其他项目都已经被他一一放弃了，唯独游泳一项至今还令他魂牵梦绕。也许，游泳就是水中芭蕾，他心里想。在睡莲下游泳时，你经过睡莲，能看见它们纤细的绿色根茎；在架起的圆木下游泳时，你游过一群群太阳鱼和蓝鳃太阳鱼，游过芦苇丛，与扭动的水蛇和小水龟擦肩而过；在小湖里游，在大湖里游，在密歇根湖里游，在农场里的小池塘里游，在小溪里游，在大河里游，在大江里游。在大江里游泳时，你被水流推动着，顺水漂流，煞是惬意；你十九岁那年，夜间独自一人裸泳，你如此孤单，以至于你感觉到好像你在令每一个清醒的瞬间窒息，因为当时你已经离开家，与其说是出于理智，不如说是因为荷尔蒙使然。这些缘由都与抽象的未来和一个人在未来世界的不确定的地位有关。那是一种荒诞的思想，尽管它如此流行，却丝毫也不减其严酷程度。

他平生里初次与舞蹈结缘发生得相当偶然。作为威斯康星大学里获得奖学金的大二学生，他注意到，在课间休息的短短十分钟时间里，他根本不可能走到男子体操馆。然而，在 1956 年那个年代，四个学期的体育课都是必修课。在注册时，他请教了他的田径教练。教练依然记得，秋季学期在他负责任教的单元里，诺德斯特洛姆在半英里跑和铅球项目中都获得了第一名。这一出人意料的成绩使得诺德斯特洛姆从一群无名之辈的大二学生中脱颖而出，至少说暂时是如此。那位田径教练建议他课间奔跑过去，到男子体操馆上课。然而，鉴于校园里人行道上堆满了尚未铲除的积雪，该建议显然不切实际。当时，一位肌肉发达的中年女教师紧挨着那位田径教练，坐在注册办公桌后面，她推荐说，诺德斯特洛姆应该选现代舞这门课，因为该课程在女子体操馆上课，离教学楼仅有几步之遥。于是，诺德斯特洛姆便欣然报了名。报完名离开后，他的脑海里顿时浮想联翩：等学完这门课，他将会跳华尔兹，跳狐步舞，跳桑巴，还会跳伦巴了。作为一名经济学专业的学生，他每周要在统计资料图书馆里泡上三十个小时，根本没有任何社交生活，因此，他深信，这门迫不得已而选择的舞蹈课程将会为他打开一扇通往爱情的浪漫之门。

的确，舞蹈课上传授的内容是玛莎·葛兰姆①的现代舞。这着实令他震惊，几乎令他瘫痪。他是舞蹈班里的唯一一名男生。站在三十名身穿紧身衣的妙龄女生中间，他颇感尴尬，令他感觉两耳轰鸣，口干舌燥。不过，他生性就具有一个特点，凡事要坚持到底。此外，他还不愿意承认自己愚蠢。这两个原因的共同作用驱使他继续留在了舞蹈课堂里。然而，那种瘫痪感觉始终伴随着他。除了敷衍了事地完成热身练习，他不敢移动半步。班级里的女生都是典型的中西部女孩儿，大多数都是矮矮胖胖的，体型欠佳。他担心，她们会认为他是一位“同性恋者”，那是当时寝室里最流行的一个词。上了几周课之后，他才有一丁点开窍，在后排不断变动自己的位置，直到他把自己的位置调整到了班级里最靓丽的那位女孩的正后方。她的芳名叫劳拉，诺德斯特洛姆经常看见她在图书馆里跟她的男朋友一起学习。她的男友是一位瘦长却行动笨拙的篮球明星。

---

① 玛莎·葛兰姆（1894—1991），美国舞蹈家和编舞家，现代舞蹈的创始人之一。

她在课堂上练习时，舞姿柔美，每每令诺德斯特洛姆萌生出朦胧的欲念，想入非非。这种朦胧感给课堂增添了一种梦幻般的氛围。她的舞蹈造型总是会引起他的生理冲动。比如，她做屈身动作时，双臀翘起，紧绷而凸出；她双膝跪地，后仰伸展时，更是柔美迷人，像世上最漂亮的宠物狗，鼻子伸到了身后，足有几英尺远。为了掩盖难以抑制的生理反应，他特意穿上了一件特别紧身的护裆。他仅仅跟她说过一次话。一天下课后，他告诉她不要啃手指关节。她只是朝他瞪了一眼，仿佛怀疑他居心不良，随即便扬长而去。

随着冬季学期转瞬间过度到了春季学期，舞蹈课变得更加令他痛苦不堪，因为天气回暖后，女生们都一一穿上了无腿紧身衣。诺德斯特洛姆认为，他看过杂志广告上刊登的许多泳装模特，但是，劳拉的双腿远比广告模特的腿漂亮。当时人们都说，那位篮球运动员跟她的关系已经是如胶似漆了，这令他嫉恨如仇。她从不转过身来，对视那双紧盯着她臀部的热望的双眼。令人惋惜的是，诺德斯特洛姆可能要挂掉这门课。倘若如此，那就意味着他还得再修一个学期的体育课。他心急如焚。期末考试在五月底的一个炎热的下午举行，考试内容是要求每个学生自己编排，表演一段四到六分钟的舞蹈。复活节假期期间，诺德斯特洛姆的父亲曾经送给了他一瓶烈酒，为他壮胆。此时，他拿起那瓶酒，酣饮了一阵。头一天夜里，为了准备一门经济学课程考试，他服用了一枚绿白相间的右旋安非他明缓释胶囊，在药物的作用下，他熬了整整一夜，进行紧张的突击复习。他觉得，在经济学考试中，自己的表现不错。目前，只剩下唯一一门舞蹈课考试了，考完舞蹈之后，他便可以提着行李箱去车站，乘上长途客车，从麦迪逊前往威斯康星北部地区的莱恩兰德，开始欢度暑假了。等他到了体操馆时，他感觉好像闻到了河边小径沿路看到的那些潮湿、腐烂的丁香花。那些花朵令他想起了体操馆里的气味。烈酒的威力刺激着他的大脑，令他的大脑似乎像他身体一样在出汗。他在纳闷，为什么他在想象中能跳好舞蹈，而当他自我意识到自己的身体不听使唤、缺少风度时，他的身体却始终很僵硬，几乎呆滞了。

体操馆里，只剩下四个女生还没有进行独舞测试。劳拉倚靠在一扇平开窗上，站在阳光照射下留下的长长阴影里，等待着她的轮次。诺德斯特洛姆选择紧挨着那个窗子站着，悄悄地在窥视她。然而，当他发现她在朝他看时，他却转过脸去。他观看着一名身材丰腴的女生伴着一曲现代爵士四重奏中的一个乐章，时而顿足，时而扭动，一边看一边紧张地痴笑。任课老师带着一脸微笑，走到诺德斯特洛姆跟前，说，她想要他仔细观看下一个女生的表演，然后，在他的舞蹈中仅仅对该女生的舞蹈做出相应配合。他先是感到为难，吞吞吐吐，接着，劳拉播放了一盒德彪西音乐的音带，开始以优美舞姿舞蹈起来，表演出伤心欲绝的样子。此时，他点头表示同意。他感到胸骨下有一个硬块出现，并且朝他喉咙口游动，接着，便是必然出现的私处的勃起。为了使勃起消退，他把一只手放在裤袋里，用力压迫，疼痛难忍。等到她表演结束时，他俨然成了一位月球漫步者，双腿如毛绒般轻飘飘的。

事实上，由于他太专注，当他的老师给他蒙上眼罩时，他几乎没有意识到这一点。劳拉从地板上缓缓站起身，她刚刚有气无力地趴在地上，模仿着死亡，柔软、汗湿的紧身衣在她大腿间被绷得紧紧的，把臀部一分为二，臀部上面显露着汗珠的光泽。也就是在此时，他被蒙上了双眼，老师说，那样会使他放松下来。他听到了巴托克的《神奇的满大人》①，音乐声盖过了他自己的呼吸，于是，他伴随着那疯狂的音乐疯狂地舞动了起来。

二十三年过去了，如今，他住在马萨诸塞州布鲁克莱恩市的一座大型公寓里，可是，那件往事似乎依然是他一生中最不平凡的经历。那么长时间过去后，他才再次开始独舞。老师取下了诺德斯特洛姆的眼罩，大笑一声，然后亲吻了他的额头。他看见劳拉站在门旁，然后突然离去。他把脸埋在毛巾里，再一次不由自主地陷入了与生俱来的尴尬之中。那天晚上在寝室里，他与几个相识一起喝酒，竟然喝醉了，错过了班车，第二天又差点儿睡过头，勉强赶上了长途汽车。整个暑假期间，他一边在他父亲的小公司里打工，一边冥思苦想。每年夏天，许多人从大城市里来到威斯康星北部地区的乡村度假。父亲的公司就是专门搭建度假小木屋的。他的家族是以勤俭持家为准则的斯堪的纳维亚人，自从十二岁那年起，诺德斯特洛姆年年暑假都在此打工，他想为上大学攒钱，但是，其真正原因无外乎北方那些严厉的路德教徒们的期望，由于北方通常被大雪围困，因此他们笃信“未雪绸缪”。当别人在打棒球时，他却去学习做辛苦的木工活，学习如何和泥，学习最终如何砌空心砖和实心砖。那个特殊的暑假里，他主动请缨，要求承包所有的粗活累活：挖井，挖地基，卸水泥板和泥沙，还有爬梯子搬运盖房顶用的瓦片。他试图在体力劳动中把他对那女生的迷恋遗忘殆尽。然而，在

① 匈牙利作曲家巴托克为一部哑剧而作的配乐。

他的内心深处，他却幻想着发生一场冲突：他将击败她心仪的那位篮球运动员。当他的考试成绩单送抵他家时，他曾经忐忑不安。然而，他父亲看到他的“现代舞”课程得到了“优秀”时，便兴奋不已，激动地对儿子说：“你必须跳个吉特巴舞给我看看。”

长话短说，将近过了一年之后，诺德斯特洛姆才再次与劳拉取得联系。坦白地说，他缺乏想象力。他总是会盯着学生名单上她的名字和学号而发呆和叹息。他偶尔与同乡的一位女生一起外出，那位女生至少有一种她自己喜爱的时髦淫乱行为。然而，她属于拉拉队员那种类型。通常，当他趴在她身上做爱时，诺德斯特洛姆认为，这种性行为充其量是一种自慰方式。他的思绪则飞到了别处。有一次，在篮球赛场上，他看见劳拉坐在球场对面，而他又不得不离开，他的心情无比沉重。后来，五月中旬的一个星期五下午，为了避雨，他跨进了一家酒吧。那家酒吧是一个女生联谊会和男生联谊会之类的组织经常光顾的地方。当他站在吧台旁时，突然间，他感到有人用湿漉漉的手指捏了一下他的耳朵。

“你从不叫我。我原以为你会叫我呢。”劳拉说。

他惊愕不已。他俩与劳拉的两个“姐妹”一起喝了一会儿。为了克服羞涩，诺德斯特洛姆喝得很快；而当一群运动员加入他们一起后，他喝得更快了。为了决定谁将为一扎扎啤酒埋单，那帮运动员进行了扳手腕比赛。令他们吃惊的是，诺德斯特洛姆一一击败了对手，因为他从小就干体力活，在这个运动项目上训练有素，而且，要擅长此项运动需要力大无比。接着，那些运动员又跟诺德斯特洛姆打赌，说他不可能扳赢每一位进酒吧的人。经过一番比试，他最终被一位波兰裔橄榄球阻截手扳成了平手。此时，劳拉站起身，说她得回家了，要回去为她的约会做准备。诺德斯特洛姆惊愕了，跟着她走到了门口。她用一只胳膊挽着他的腰，说她周末忙得不可开交，也许只有星期天下午有空，三点钟顺便拜访他。

像所有聪明的世间凡人一样，多年之后，诺德斯特洛姆仍在琢磨一个问题，即爱情的偶然性到底有多大。倘若那个星期五没有下雨，结果又会如何呢？这是多么难以捉摸而令人不安的一个想法：由于在威斯康星州的麦迪逊，在五月的一个星期五，老天下雨了，因此，他如愿以偿，娶到了劳拉。那天下午，天下着雨。那场雨仿佛按照具体步骤一步步直接引导着那个星期天下午的一切活动。他俩带着半加仑的加州克利巴里葡萄酒，乘上她的轿车，朝乡间驶去。接着，雨势变小了，天气变得温暖而潮湿。他俩漫步穿过一块林地，走进一片冬小麦麦田里。麦苗郁郁葱葱，已经齐膝盖高了。到了麦田远端的边缘地带时，在她的极力主张下，他摊开了他的雨衣。然后，两人坐下来，开始饮酒。她脚上穿着一双平底休闲鞋，没有穿长筒袜，身着一条棕色丝绸短裙和一件白色无袖罩衫。她坐在那里谈笑风生，而他平生第一次感到自己无比幸运。她的两腿晒得黝黑，因为她春假期间到佛罗里达去度假了。她仰着头，凝望着天空中自由翱翔的沼泽鹰。而他则低头盯着她的双腿。一只苍鹰在环绕麦田的一角飞翔。在她身体后仰，去注视那只飞鹰之际，她身上的短裙向上滑动，短裙走光。他顿时呆若木鸡，想让时间永远定格在那一瞬间，想永远躺在那里，任凭那绿油油的麦苗越长越高，从他的身体穿过。

“你在朝我的大腿看。”她说。

“没有，我没看。”

“如果你说实话，你就可以亲亲我的大腿。”

“我刚才确实是在看。”

他亲吻了她的双腿，直到两个人都一丝不挂。此时，那只鹰栖息在林地里的一棵大树上，它能看见被压倒的绿色麦苗形成的一个不规则圆圈。两个人的身体缠绕在一起，一直缠绵到傍晚时分，直到天又开始下起雨来。男子试图用雨衣为女孩遮挡风雨，可是，她却站了起来，跳了个舞，又喝了一些葡萄酒。

此类简单事件往往能使恋人间的关系持续很长时间。最美妙的事情发生在你身上的时候，你肯定不会拒之门外。后来，她前往加利福尼亚去度暑假。其间，两人鸿雁传情，互相来往了上百封书信。他在校最后一年的秋季学期重新得到了她。他交上了人生中不曾经历的好运。劳拉的父母曾经雄心勃勃，对他俩的婚事表示些许不满意，而他的父母却笑逐颜开。尽管如此，就在刚毕业后的一周，他俩就结婚了。婚后，夫妻俩移居到了加利福尼亚，她在当地一家小公司里任职，为其他公司制作纪录片，他则就职于一家大型石油公司。两人居住在维斯特伍德的一幢复式公寓里，一年后，劳拉产下一个千金。女儿一岁后，劳拉又重新回到原先的工作岗位。他俩的婚姻之所以延续了十八年之久，纯粹是缘于性的神秘。如今，各种媒体表现出强烈消极的低俗化倾向，而且这种倾向无所不包，它肯定表达了我们的一个愿望，即要粉碎我们生活中这最后一个装饰音符。尽管如此，对他俩而言，用“神秘”一词依然贴切。在大四前，过完暑假从加利福尼亚返回途中，他俩大白天在车里做爱；为了追求新奇，他俩站在加油站里的洗手间里做爱；他俩像狗一样躲在路边常青树后做爱，松针粘在膝盖和手掌上；在北达科他州的一次野餐时，在餐桌上做爱；在汽车旅馆的房间地板上做爱；在明尼苏达州的布雷纳达市附近，在寒冷的大雾里，躲在睡袋里做爱；还在威斯康星州的拉克罗斯市的一家名叫“伊甸园之东”的电影院里做爱：

你想睡朱莉·哈里斯吗？
我不知道。从未想过。
你想睡詹姆斯·迪恩吗？
当然。别犯傻。
不过他刚刚死去。

那桩婚姻最终以相当友好的方式画上了休止符。在此之前，他俩的婚姻已经经历了多年的不愉快。他怀疑劳拉有了外遇，而且，她的那个情人原来竟是他家的一位好友，马丁·戈尔德。不论是诺德斯特洛姆还是劳拉，两人在事业上都相当成功，可是，两个人的婚姻生活却不然。作为一名执行制片人，她经常出差，而他在石油公司也收入不菲。他俩唯一的交集是女儿索妮亚。索妮亚是一个身体相当虚弱的孩子，直到她十二岁那年夏天，她才似乎在一夜之间获得了健康和活力。然而，女儿身体的好转似乎消除了他俩之间的唯一共同关切，两人从此都渐渐投入到了各自的事业中，夫妻关系渐渐冷淡了下来。劳拉所在的公司主要制作实地拍摄的影片，凭借专题片和专为电视台制作的电影逐渐打进电视市场。伴随着事业上的成功，劳拉在公司里的地位也变得日益重要。她在事业上成就辉煌，光彩照人。诺德斯特洛姆自己虽然在董事会会议室里表现得泰然自若，但是，无法与劳拉相提并论，因此，他始终对此耿耿于怀，心生妒忌。总体而言，商人，像任何人一样，都是倒霉蛋。诺德斯特洛姆具有那种有教养、聪明而英俊的男子鲜有的优点，从不夸夸其谈。他极度踏实稳重，从不油嘴滑舌，从不故弄玄虚地杜撰一个词以表达“坚持不懈”之意。诺德斯特洛姆在贝弗利幽谷购置了一个漂亮的家，当他岳父看见他的这一劳动果实时，曾经对此赞不绝口。

他俩原本可以在这种僵持状态中一直继续下去，凑合着过一辈子。可是，一天夜里，在吃晚餐时，他们的女儿，带着一个十六岁孩子的那种令人可怕的严肃认真劲，告诉她父母说，他俩都是冷血动物。劳拉只是一笑了之，但是，诺德斯特洛姆却伤透了心：如此含辛茹苦工作了十六年，却被自己的亲生女儿称为冷血动物。不过，紧接着，他还是足够明智，认识到他确实有点像冷血动物，也就是在商界人们熟知的“刽子手”，一个会随时解雇员工的冷血经理。在此特殊时刻之前，他还从未想到过这一点。

那天夜里，经历过晚餐时发生的不愉快之后，诺德斯特洛姆打破了他一向恪守的饮酒戒规。平日里，他限制自己在下班后喝两杯威士忌，晚餐时，喝少许葡萄酒。但是，那天夜里，他喝了许多白兰地，试图用更亲近的关系与他女儿谈心。她愿意倾听，尽管后来他意识到，她只是在强装善意而已。他一直是人们心目中所认为的那种“模范爸爸”，却并非真正了解自己的女儿，而像任何孩子一样，她擅于玩那种表面游戏，尽管让人难以捉摸。两人交谈结束时，他发现，他竟然连续抽了六根香烟，可是，他还是向女儿承诺：如果女儿不再抽烟，大学毕业时就给她买一辆宝马。

接下来，他又与劳拉促膝交谈，谈到自己想找一份不那么费心费力的工作，至少说是一份不同的工作。但是，她一门心思地在为出差做准备，等待司机来接她。她要去乘“红眼航班”飞往纽约，出差两天。他俩站在厨房里交谈，他提出是否可以来一场速战速决式做爱。她说不，那会把衣服弄得一塌糊涂，接着，提出对他进行口交。于是，诺德斯特洛姆便在吃早餐的角落里坐下。不巧的是，口交刚进行到一半，司机就按响了门铃。劳拉亲吻了一下他的额头，便匆匆离开了。其实，那事仅仅做到了一半，不过，诺德斯特洛姆并不介意，因为他是一位模范丈夫，更看重过程，而非结果。此刻，他感到完全孤身一人，一阵强烈的恐惧悄然潜入了他的心头，而且还会与他相伴多年。他想：“假如我这一辈子一直在从事的一切全都错了，那该怎么办呢？”整个夜里，他都坐在客厅里，反反复复思考这一问题。到了黎明时分，他决定，他想逃进现实世界，而非逃离它：他生活中并没有什么特别不受欢迎的东西，也没有特别令人厌恶的东西，只是缺少一点量级和强度而已；他担心自己会在种种幻想中虚度一生，担心自己就像大草原里的一条无名小溪，梦游般地缓缓流入树林远处的一条大河里。

对于一个希望改变自己的人而言，一生中最苦恼的事情莫过于无力改变自己。倘若他不是一个心智异常健全的人，这会令他狂躁，甚至发疯。诺德斯特洛姆明白，从本质上讲，经商就是一个贱买贵卖或者贱产贵卖的过程。早在威斯康星大学学习《经济学101》课程之前，他就被资本主义的那个简单的优越性所吸引：他父亲总是花五千块钱建造三座小木屋，然后以八千块的价格售出；几年之后，三座小木屋的造价上涨到了一万五千，而售价也变成了两万二千。几年后价格上的这一变化可用于说明建筑材料和劳动力成本的提高，还有通货膨胀因素，然而，毫不奇怪，得到的利润分文不少。他父亲没有贪欲，不论诺德斯特洛姆如何劝导，比如说，把规模扩大到每年建造十座小木屋，他都不愿扩大再生产。在石油商圈，情况就复杂得多，原因在于，高额利润源自巧妙规避规则和税收以及欺诈阿拉伯商人。有时候，恰巧相反，他中了阿拉伯商人的圈套，便一笑了之。相当程度上讲，石油生意是基础建设领域里的绅士们独享的游戏。

然而，在客厅里的那个漫漫长夜里，那一切全都毁灭了，尽管那种毒素来势缓慢，就像诺德斯特洛姆希望在他人生中所发生的那些改变一样迟缓。在他三十七岁到四十岁期间，他开始跟他妻子一起去一些剧目和影视摄制组。看到演艺界人群之间相互亲近熟悉的关系，他满怀好奇和钦羡，尽管贪图利润的欲望与石油行业并无二致。娱乐圈里至少存在有一种轻松娱乐感。诺德斯特洛姆已经忘记怎么娱乐了，其实，他从来都没有学会娱乐。为此，他购买了一艘帆船，可是，从纽波特海滩出发竟然没有任何特定的目的地可去。他心血来潮，与女儿一起打网球，斥巨资在房后建造了一个网球场。然而，自从女儿在太阳谷脚踝骨折之后，他俩再也没有打过网球了。他尝试在阿斯彭滑雪；他参加飞靶射击；他与石油业的朋友们一起到科帕斯克里斯蒂附近的一座小岛上，去猎捕美洲鹑，差一点被响尾蛇咬伤了。蛇咬事件如此历历在目，一连几个月里，他都心有余悸。当时，为了去捡回一只被打死的鹌鹑，他把手伸到一个木豆树丛下。他听到了那蛇发出的奇怪声响，但是，由于他以前从未听到过那种声音，反应迟缓了，结果，那条蛇张开大口，猛冲向前，对他发起攻击。幸运的是，那条蛇在攻击时仅仅蹭过他的衬衫袖口。他理了个新发型。他去卡波圣卢卡斯钓马林鱼，在那里，他还为自己买了一只银戒指。他购买了一架照相机。他开始阅读各种传记，又看了几部小说。一个无聊的晚上，趁劳拉不在家时，他女儿为他卷了一支大麻烟，他捧腹大笑，接着便变得紧张不安，而且有些许惊恐。他睡了他的秘书，感到很过意不去。他买了一辆跑车，可是只有他女儿和他老婆开。他以不菲价格购买了一幅美少女洗脚的油画。他辞去了石油公司里的那份难以忍受的艰辛工作，然后在一家大型图书批发商那里担任一个较清闲的职位——副总裁。他开始学起了烹饪，学烧中国菜、法国菜、意大利菜，还有墨西哥菜。他租借了一辆厢式货车，开到北方旧金山周边乡村的葡萄酒庄园，品尝了许多葡萄园里酿造的各种葡萄酒。返回时，他的货车上满载葡萄酒，满载到了极限。他经人推荐，光顾了旧金山的一家价格高昂、具有异国情调的妓院，以实现他一次同两个女人上床的梦想。可是，那次他花了三百块钱，却阳痿了，那是他平生第一次不成功的性爱经历。返回洛杉矶的途中，他一路上都在琢磨那件事。他在琢磨，是不是他的生殖器出了问题，他琢磨劳拉的那位年轻的电影制作人朋友，他曾经资助过那位朋友从事一项风险投资，但是，那项投资以失败而终。他并不很在意那笔钱，因为那笔损失会被优惠税率抵消，他所在意的是，他怀疑劳拉可能已经与那个年轻小子睡过了，在后院靠近按摩浴池附近的灌木丛里，在充气垫上进行的。冥思中，他在琢磨着他对金钱的厌倦，因为靠他的才智，再加上劳拉的父亲死后留下的遗产，他要什么有什么。他在琢磨，女儿再过三个月就要离开家，去萨拉·劳伦斯上大学了。猛然间，他替那绿色草木、冰冷的湖泊、雷暴雨和他童年时的飞雪而感到特别孤独。他在琢磨，他妻子上个月去肯尼亚拍摄电影期间，是否跟非洲人厮混过。她是否怀着与他自己那次失败的尝试类似的目的，曾经同时跟两个男人一起上床？想到这里，诺德斯特洛姆的阴茎在他皮带下方勃起了。此时，他惊讶不已。该是时候振作起来了。

那天晚上，晚饭推迟了，他俩共饮葡萄酒，两个人都喝得醉醺醺的。饭后，劳拉伴随着十九年前在体操馆跳舞时使用的同一首德彪西的伴奏音乐，模仿起当时的舞蹈。他观看着，大脑因恐惧而呆滞了，因为他明白，他俩的婚姻已经名存实亡，她也同样明白这一点，也许只是出于无意，不明智地跳起了一曲天鹅舞。多年来，她的身材变化很小，但是，那风度，在某种程度上讲，已经被一种几乎难以觉察的粗俗所玷污。他走进浴室里，二十七年来，他第一次哭泣了起来。他好久都没有哭过了，他上一次落泪还是为了他的爱犬。当时，一位治安警官在他家门口冰封的湖水里冰钓，他的爱犬冲上前，咬了那位警官，结果，它被点三八口径的警用枪连击六枪，在冰天雪地里被送上了西天。哭泣一阵后，他用毛巾擦干眼泪，那毛巾上还散发出劳拉的体味，之后，他回到卧室。在卧室里，他俩满怀激情地做爱，几乎同他俩昔日在那片绿油油的齐膝深的麦田里做爱时那样，充满激情，那只鹰在上空盘旋，但是，是那种永久失落驱动他俩紧紧缠抱在一起，使他俩重温两人一起生活中的每一种性爱动作。

那个夜晚是他俩婚姻中的最后一个装饰音符。三个月后，离婚协议就被提交至法院。那天上午，他们的女儿离开家，前往大学报到，他俩当天下午就提交了离婚协议书。她比他拥有更多财富，尽管并非多得很多。作为一名铁杆女权主义者，她是女性独立的典范，因此，她从未想过要从他那里得到任何东西。为了挽回一点个人颜面，他坚持要求独自来支付女儿的大学学费。原因之一就是担心失去与女儿的联系。他俩还同意平分房产的售后所得。为了确保离婚能永久生效，一些必要的令人痛苦的事情得到了办理。离异总是与感情纠葛相伴而生，要同时斩断曾经凝聚恋人间的所有疙瘩和瓜葛。诺德斯特洛姆就是一个头脑简单的感情纠葛的牺牲品。他被指摘，说他自私、冷漠、斤斤计较、陶醉于他在生意上的成功、陶醉于他那些后来装点他生活的玩物。在许多个醉醺醺的夏夜里，他的耳畔反复响起劳拉的指摘，说他身上存在那种典型的中西部幼稚病，说他对现实世界无知却还洋洋得意，说他对艺术人文麻木不仁。有时候，她一阵大笑，或者她坦然承认，他俩的婚姻相对而言并非那么糟糕时，她的强烈怒火才得以缓和。不幸的是，随着她渐渐地冷淡他，疏远他，他的性能力也在日渐衰退。他深刻反省，查找种种过错，甚至查找他所能想象到的过错，可是，怎么也找不到任何实质性的问题。他爱她，虽然她生性草率马虎，但是他对此从不吹毛求疵。只是在她告诉他有关她的情人们的事情时，他才感到气愤，她说，并非因为他是一个糟糕的丈夫，只是因为她认为人生短暂令人无奈，仅仅跟一个男人过一辈子太令人遗憾。他感到一阵阵戴绿帽子男人的愤怒，但是，他的精神已经因悲痛而变得疲惫不堪，无法表达自己。他编造了几次婚外情故事，但是，他感到，她并不相信他的话，而且对他的谎言故意表现出善意。是他们的女儿的存在才使他俩保持着暂时的相互礼让：由于一些天真的原因，她爱他们两人，但是，当他俩提出仅仅是来一次尝试性的分居时，她却怀疑，他俩神志是否正常。她了解她父亲的性格，尽管他惹人爱，但是，他又是一个内向的浑噩无知之辈，因为他连一丝轻松幽默都没有，也没有情感的自然流露。自从十四岁那年，她就知道她母亲有好多情人。在性事方面，她具有一个女性所追求的讲求实际，因此，她对此只是稍微显得有点尴尬。

就这样，诺德斯特洛姆一生中的将近二十年时光结束了。那年过完圣诞节，在处理完他所认为的一些尚未了结的琐碎事务之后，他就搬到了波士顿。在那里，他到了另一家大型图书批发商担任副总裁一职。他如此失魂落魄，那次搬家其实是他想出的一个点子，至少是谨慎行为，想靠近南方一点，靠近二百英里之外的女儿。有一年，她在参加哈佛暑期班学习时，她还到他那里一起生活了两个月。正是她那次长时间的来访才导致诺德斯特洛姆开始独自一人跳舞。刚过去的两个暑假，她都是在欧洲度过的，而如今，她有了男朋友，是一名哈佛学子。两人志趣相投，对艺术史和当代音乐兴趣盎然。不过，对诺德斯特洛姆而言，艺术和音乐似乎是两门轻松却不实用的学科。那年轻小伙是犹太人，这一点也令他有点苦恼，他整夜未眠琢磨这一点，最终也没有得出任何有决定性的东西，只好作罢。劳拉已经再婚，嫁给了一个犹太人；她看起来似乎很幸福，由此看来，她女儿选中一个犹太人也许就不足为奇了。布鲁克莱恩到处都是犹太人。尽管诺德斯特洛姆与任何犹太人都没有什么私交，但是，从间接了解中，他还是相当喜欢他们。他经常在一家美食店里吃早餐，但是，他并不知道，他不知道怎么回事便成了那里的一个喜剧对象。有一天早上，他向店老板提到说，他的台湾乌龙茶在包装袋上说“这种产自台湾岛的珍稀棕色茶叶具有浓郁的成熟水蜜桃的香味”，可是，他却没有闻过桃子的香味。这种以简洁凝练为特点的中西部幽默并没能被美食店老板理解，他嗅了嗅那茶，说道：“那你要我怎么办。”几周之后，那位快餐厨师没有按时到岗，诺德斯特洛姆给他办公室打去电话，告诉秘书说他过一会儿就到。他围着白色围裙，普莱斯牌衬衫在上方露出来了一截，真丝领带紧紧地系成温莎结，看上去有点荒诞可笑。在两个小时的早餐高峰时段，他忙乎不停地烹饪，所烹饪的菜品基本上讲都是些简单的订单，比如：大马哈鱼洋葱炒蛋、奶油乳酪吐司圈、各种煎蛋、炸薯条，等等。当所有烹饪工作结束后，诺德斯特洛姆便脱去围裙，店老板大声问诺德斯特洛姆喜欢什么。诺德斯特洛姆曾经看到店老板研究过赛马信息单的过程，所以，他便洋洋得意地回应说：“就替我在一匹马上押个注吧。”后来，当他女儿跟他一起在那家美食店就餐时，店老板夸他艳福不浅，搞到了“那么漂亮的小妞”。诺德斯特洛姆当时没有勇气承认，那是他自己的亲闺女呀。

诺德斯特洛姆也不愿承认自己孤独。他从来没有产生过这一想法，如果有的话，他也会执意对自己说，他大多数时间里独自一人，只是为了能够思考和解决问题。工作时，他冷淡却效率高，只是敷衍性地跟人打声招呼。在波士顿的三年里，公司里二百来个雇员，他解雇了其中的百分之十，一下子把效率和产量都提高了百分之二十。因此，他很快又刷新了他这个“刽子手”的恶名。那些住在小棚屋的爱尔兰工人和低技能意大利工人中间，有很多人牢骚满腹，不过，他们从来不敢当着诺德斯特洛姆的面发牢骚。其实，诺德斯特洛姆无处不用其权力。倘若他要走进一家酒吧，说声“天要下雨了”，尽管所有客人都能透过窗子清晰地看见太阳在熠熠生辉，但是，他们都会专注地点点头。然而，他在为迎接女儿暑期到访所做的准备过程也许准确地描绘出他的寂寞生活。那些举动并非全都是有意识的行为，而更像是一只动物在为春天或者越冬做准备，其实却并不清楚那季节到底是春天还是冬季。他请人把那间宽敞的主卧室粉刷一新，刷成了淡蓝色，还安装了几个书架，上面摆满了艺术类图书；他原本想去购买一套立体声音响，结果却买了两套组合音响，包括盒式录音带磁带卡座。她在大学里很节俭，这一点一直令他感到沮丧，令他想起了他自己往日所经历的那些艰苦凄凉岁月。他第一次在纽约遇到女儿的白马王子时，女儿和未来女婿都身穿蓝色牛仔裤，而且还不是特别干净的牛仔裤。鉴于此，诺德斯特洛姆不得不取消了在卡拉维尔酒店预订的酒席，最终，他们只好在“乡村饭店”里聚餐。他特意提醒自己，将来哪一天还要再次光顾此地，因为有一个特别的女服务员引起了他的注意，令他心动。

1977 年夏初，诺德斯特洛姆想戒除性事。自从离婚后的三年时间里，他在几次艳遇中已经证明自己完全缺乏多才多艺。在很长一段时间里，他的欲望消失了，他也因此如释重负。然而，就在最近，他的性欲时不时地在奇怪的场合再次浮现出来。比如，看到杂志里的一张照片，或者看到那部难得的电影《飞越疯人院》。电影里的那位护士路易丝 · 弗莱彻令他短暂地勃起。还有美食店里的一位超肥胖女服务员。依他看，最不道德的是，他从寓所里看到天井对面的一个女孩儿时就产生了性欲。她刚刚搬进那个房间，习惯关掉所有电灯，在黑暗中看电视，自以为别人看不见她。然而，她身体上的蓝光惊人地性感，一天晚上，她一只手伸到下身，仿佛在自慰，此刻，诺德斯特洛姆从公寓里冲出去，想去找一名妓女。他找遍了整个街区里的所有酒吧，可是，一个妓女的影子都没有找到。最终，他只好在电视上看红袜队的比赛，因为棒球是一种行之有效的全国性催眠药。不过，他一边眼看着他的未来一夜接着一夜地消逝，一边冥思苦想他性生活的失败，想着他身体里的那种已死去的感觉。每天夜里，他不停地做梦，那些古怪的梦再次唤醒了他婚姻里那种奇怪的腺体里的性欲，那欲望如此强烈，他甚至在妄想，当他清晨醒来，精疲力竭时，劳拉就躺在他身边。他广泛阅读这个话题方面的各种书籍，但是，那种阅读就像是才学了一年外语就开始尝试做翻译一样：他的性能力在十八年的时间里一直很强大，接着就猛然间丧失殆尽了。那些书籍对性欲消失这回事也讲不明白，仿佛它是一个反魔法实例，微妙得难以用言语进行描述。诺德斯特洛姆并不知道他在渴望坠入爱河。为了理清思路，一怒之下，他开始写起日记，而写日记这个简单的举动却使他深度冷静了下来。

1977 年 5 月：

今天抛售了一些股票，用以支付马布尔黑德的一座水景房的租金。这样做很奢侈，但是，我想到，这将是我最后一次机会长时间与索妮亚在一起度过了。也注意到，当装修工和油漆工们完工后，我已经使得那房间装修得看上去像 1967 年她十一岁时我们在卡斯堤拉恩街上的洛提酒店拥有的那间大房间一样。美食店的锡德邀请我今天夜里去看红袜队与老虎队的比赛，然后前往里维尔海滩，去参加为他哥哥的五十岁生日举办的一场不带女伴的庆祝舞会。他说，除了美食和电影，那里会有许多“性感女郎、荡妇以及放浪的库奇舞舞女”。当锡德打扮完毕，他的举止就像电视上播放的神探科杰克，就连那略微低俗的裁剪风格也极其相似。我怀疑我为何当时拒绝了他的邀请呢？倘若答应了，也许我能发泄一下性欲，尽管我现在对此持怀疑态度。经过二十年对报纸进行研究之后，我现在已经不忍再看报了。为什么呢？因为报纸所反映的并不是我所认知的真实世界。我将义无反顾地按照我所认识世界的方式继续我的生活，即使我的认识是错误的，也无怨无悔。就算报纸上讲的是正确，那也是单调乏味。两个理货勤杂工为了争夺一个相当漂亮的女孩而厮打起来，我中止了那场决斗。整个物流部门都在现场观看，那女孩是公司里的卷宗管理员，站在一旁极度伤心地嚎啕大哭。两个小伙子都是斗殴高手，但是，我冲上前，一个传统的夹腕动作就牢牢地控制住了其中一位。大家都以为他俩会被我当即解雇，但是，我不忍心那样做。在中学时期，我就认为，男生为了争夺一个女孩而打架斗殴，非常伟大，这些情感猛然袭上了我的心头。也许，我正在变得幼稚起来了。不管怎样，整个下午，工人们都在纷纷议论那场斗殴。一名工人说，那两个小伙子是“女阴迷”，这是多年前流行的一个古怪术语，是宿舍里常用的那种低俗流行语。这就像当今年轻小伙子们凑在一起时，喜欢说起各种充斥淫秽内容的黄段子，而当他们跟女生们在一起时，他们便哼唱一段段流行歌曲，变得全然老实巴交的。他们为之打架的那女孩瞧见我在朝她看，抿了抿嘴唇，露出了微笑。吃了一个黏稠的甜果馅饼。设法从洛克-奥博餐厅骗取到了龙虾慕斯配方，准备在星期天给索妮亚做顿美味，配上芦笋色拉调味汁和她喜爱的菲泽干白葡萄酒。知道她星期六就要来，但是，当晚她要跟她男朋友一起过。必须让她明白，如果他和她偶尔待在一起，倒是挺好，不然的话，我就不能经常见到她了。她二十岁了。要问问那些年里她都干了些什么也很正常，但是，我心里很清楚她干了什么，当年草率的感情用事对谁都没有什么好处。爸爸写信说，由于心脏不好，胆固醇又高，他无奈只好忌食鲱鱼、油炸咸猪肉、奶酪、培根鸡蛋、油炸猪肉和洋葱三明治——这些可都是他的最爱。着实是一件令人遗憾的事情。星期四，我们将一起去地窖，清洗咸鲱鱼，把它们腌制上，以备星期六晚餐用。过去，妈妈不喜欢把手伸进那个木桶。她曾经在储藏根茎菜的那个地窖里遇见过一条蛇，吓得她尖叫起来。老爸现在还可以吃清蒸鳕鱼干。在公司里上班的一些上岁数的老头子总是讲些傻里傻气的笑话，这其中肯定有什么用意。为了想看看挪威人有些什么本事，我看了一本克努特·哈姆森的小说，发现他们其实并不怎样。那部小说令我相当不愉快，令我想起了一些关于劳拉的梦：有一回，我俩一起去参加电影派对，我有事提早离开了，她回到家之后，由于可卡因的致幻作用，想要我跟她做爱，我欣然答应了，而且持续了很久。一次是在镜子前做的，可是，在梦中，那男子却不是我。最近有点思想不集中，总是心不在焉。比如，我在不列颠百科全书里查了地、水、空气这三个词的意思，还查了无线电，因为我几乎全忘记了它们的工作原理。其他一些令人不安的事情还有：为什么我在继续工作？我的妻子已经离我而去，具有讽刺意味的是，她过去从不需要我所做的一切，我女儿即将离开我，我父母也被照顾得挺好。我已经不再被我生活的落魄折磨得崩溃，但是，我不知道下一步会发生什么。也许，什么事情也不会发生。我母亲过去写信时，总是以“我为你祈祷”结尾，不过，我认为，做祷告是在试图作茧自缚，因此，我对宗教从未寄予任何厚望。

第二章

整个暑假里，诺德斯特洛姆与女儿一起过得非常愉快，事实上，是悲喜交织。那个暑假过得如此快乐，以至于他认为，那也许意味着他即将死去。他的呼吸节奏更加深长，而且喜欢在一些奇怪的时刻发笑。他认为，一个人应该在一帆风顺的时候死去，而不是在落魄时死去，那么，病榻就将不会有通常那种与日俱增的恐惧，尽管诺德斯特洛姆认为那是虚情假意。他自己装成一个没有迷信思想也没有想象力的人，虽然这主要因为人们总是告诉他说他两者都不具备。劳拉是他的主要指责者，也是最具有说服力的指责者。曾经有一段漫长时间，她花费高昂价钱，每天都去看心理医生。在此期间，诺德斯特洛姆问她，她究竟找到了一些什么话题，竟然可以如此长时间地谈论，而且还补充说，她肯定是在瞎编胡诌。这话引得劳拉大为光火，怒气之中，她反唇相讥，说诺德斯特洛姆缺乏足够的想象力，没资格患上正常人所患的心理疾病。这话着实有点伤人，因此，几年后，当劳拉的心理医生因为在罗迪欧大道的公共场合手淫而被捕时，诺德斯特洛姆幸灾乐祸，感到洋洋自得。但是，那位心理医生在科罗拉多服刑了一年，进行“大脑矫正”。之后，他又恢复了正常营业，他的老客户又纷纷重返他的诊所，进一步发掘深藏在她们内心的种种忧伤与烦恼。这其中就包括劳拉。

其实，那就是用当时的时髦话所说的“交际”问题：诺德斯特洛姆生性极度内向，从来没有机会来表达他在某些问题上所持的观点。他在七岁生日时，收到了一份生日礼物，是一套十二卷的《书屋》，由奥利弗·博普雷·米勒编辑。这位编辑向她的年轻读者宣称：“世界丰富多彩，我相信，我们大家都应该像国王一样快乐地生活。”年近四十三岁时，他依然相信，古代斯堪的纳维亚女孩们在长途旅行时骑北极熊；他相信北欧神话中的主神、世界的统治者奥丁生活在一些多雨的北部针叶林地区，身穿驯鹿皮，在一堆大火旁取暖，专吃人的骨髓，临死者们音乐般的哭喊在迷雾笼罩的湖面上飘荡；他相信，中世纪传说中亚瑟王的助手梅林真有其人，亚瑟王也真实存在；他相信，在十二世纪的日本，有一个疯子把头发蘸上墨汁，在纸上甩动头发，绘制山水画，有时候，他用活鸡绘画。凡此种种，他深信不疑，很难说服他。为什么一些幽灵不住在湖底，通过潜鸟来表达自己？十一岁那年，诺德斯特洛姆用枪打死了一只乌鸦，却遭到了亨利的指责。他是欧及布威族印第安人，如果他没有处于醉酒状态，他就为诺德斯特洛姆的父亲干些木工活。他告诉诺德斯特洛姆说，任何傻瓜都“知道一只乌鸦不只是一只乌鸦”。之后，他一连好几个月都不理睬诺德斯特洛姆。直到秋天时节，亨利心头的怒气才消解，变得心平气和起来。那年初冬，他用白松给诺德斯特洛姆建造了一条小划船，作为圣诞礼物。第二年暮春时节，诺德斯特洛姆在树林里发现了从鸟巢里坠落下来的一只小乌鸦，他喂它蚯蚓，细心看护它，直到它恢复健康。当那只小乌鸦学会飞之后，他把卧室的窗户敞开着，以便它想来时就可以随时来访。他问他父亲，它是雄乌鸦还是雌乌鸦。他父亲说，就乌鸦而言，是雄是雌都无关紧要，如同狗一样。诺德斯特洛姆琢磨着这个难解之谜，百思不得其解。然而，当他出现在一个建筑工地，肩膀上栖息着一只叽叽喳喳的乌鸦时，他令亨利感到吃惊和欣喜。夏季的每天上午，诺德斯特洛姆划船时，那只乌鸦总是栖息在小船的后座上，朝天空上正在翱翔的同胞们发出刺耳的叫声，它们总是在远处盘旋，有时候，那只乌鸦也会飞上天，加入到它们的行列。无独有偶，诺德斯特洛姆给他的乌鸦起了个名字，叫“乌鸦”。深秋时节，那乌鸦飞走了，接下来连续三年，一到春天它又返回到他身边。后来，它就没有再回来过。诺德斯特洛姆掘了一个墓，还没有把泥土填回那个空穴，便放弃了。他一直记得，当他和那只乌鸦一起看着一条水蛇吞下一只小青蛙时，那只乌鸦是多么的激动。连续两天时间里，他都在想象，自己由一个铮铮血肉之躯变成了蛇肚子里的液体。

然而，也许正是这种高度私密的想象力才给予了诺德斯特洛姆所具有的那种镇定自若，因此，他在生意上非常成功。只是在最近，他才渐渐开始认为，他的成功毫无价值。他认为，如果一个商人能如此巧妙成功地把擦屁股纸推广成为一个生活必需品的话，他几乎不应该被认定是缺乏智趣，或者说他缺乏想象力。劳拉从小在埃文斯顿长大，那是芝加哥的一个郊区，距离莱恩兰德南部大约三百英里，但是，它仿佛是本土另一个地区，如同幽默或想象力那样遥不可及。诺德斯特洛姆看到那只猫在后院的游泳池上方的跳板上睡觉，他就觉得好笑。当影视界明星们痴迷于佩戴印第安首饰、穿法国牛仔衣时，他也认为那极其滑稽可笑。其他一切觉得可笑的对象包括交通堵塞（即使他自己被困其中）、同性恋（到十四岁就要放弃的事情）、政治和晚间新闻。其中一条滑稽可笑的新闻是，相当数量的人依然不相信我们已经抵达过月球。在法国，除了食物很棒之外，法国人也真的滑稽幽默。诺德斯特洛姆的笑话节目单里仅有一个笑话。它就是有关两个法国人在街头邂逅时的那则笑话。第一个法国人："我母亲今天上午十点钟去世了。"第二个法国人："十点钟？"这个微妙的笑话通常不受大众欢迎，这引起诺德斯特洛姆开始反思一个问题，即具有民族特色的幽默具有不可译性，不可生搬硬套。对有些民族而言，鸭掌看上去滑稽，但是，对中国人而言，它却是一道美食。当他和他父亲在夏日黄昏时分去垂钓，突然遭遇雷雨袭击时，他们会继续在雨中垂钓，因为他们原本并没有想要老天下雨。这使他们捧腹大笑。就像在零下二十摄氏度的天气里，在刮着每小时三十海里的大风的条件下在冰上钓鱼一样，通常是经过漫长的几个钟头的严寒之后，他父亲最终才开口说，今天"有点冷飕飕的"。十三岁那年，他打到了平生第一头鹿，是一头母鹿。他父亲和叔父们在处理和清洗那头鹿时，一位叔父把鹿的血淋淋的外阴粘贴到了诺德斯特洛姆的额头上。他伤心地坐在一个被积雪覆盖的树桩上，那东西在他额头上粘了好一阵子才坠落到他的大腿上。叔父们说，那是一个血祭仪式，他竟然信以为真。之后的一连好几天里，他们都在嘲笑他太轻信，容易上当。

索妮亚的男朋友有点过分喜爱表现自己，与诺德斯特洛姆的品味格格不入。他油腔滑调，往往喜欢喋喋不休地用繁缛冗长的句子和段落讲话，讲话内容像流浪儿似的时不时地离题，东拉西扯，侃侃而谈历史和艺术。作为一名哈佛男生，他也像是受到真菌感染似的，觉得自己头戴光环，表现出一种沾沾自喜的优越感。诺德斯特洛姆认为，他与常春藤联盟之类的学生是一丘之貉。早在洛杉矶，他就已经注意到，诸如耶鲁和达特茅斯等名牌大学的毕业生都享有得天独厚的优势，尽管通常情况下，他们中的大多数都是些蠢猪和傻瓜，或者清一色笨蛋。他们总是带着不屑和自负看待全国的其他地方大学，仿佛那是他们生活中的强加之物。不过，那时候，那小子对索妮亚很好，对她几乎是百依百顺，跟女仆似的。明显可以看出，两个情人间已经建立了一种永久契约关系。诺德斯特洛姆曾经对那小伙子表现出来的紧张不安感到莫名其妙，而索妮亚却解释说，她的恋人当初觉得诺德斯特洛姆有一点令人生畏。的确，诺德斯特洛姆有一个特别的习惯，他在想好一句话之前总会持续盯着对方的眼睛，时间可持续一分钟左右。无论是对雇员、恋人、服务员甚至熟人和上司，这个习惯都会令人惴惴不安。

尽管彼此间存在焦虑，暑假过得还是相当顺利。尤其是，随着八月份和诺德斯特洛姆的休假月的双双来临，他们搬到了马布尔黑德镇的那座房子里。此间，大海占据了主导地位，诺德斯特洛姆感到极度不可思议的得意，得意他具有先见之明，租下了这座巨大的用石材建造的水上房屋。房子周围是杂乱的海玫瑰建成的篱笆墙，每天有温暖和煦的海风吹拂，港口里点缀着一艘艘帆船。房子里有一个大小适中的游泳池，还有一个网球场，已经有些许败落。尤其重要的是，诺德斯特洛姆喜欢待在阳台上，一边喝咖啡，一边眺望大海，把报纸杂志和商业信函丢在一边，不予拆封，钟情于大海，凝望着一望无际的海面。不管大海上是波涛汹涌，还是风平浪静，他都带着同样的专注。那座房子所具有的另一个真正美妙的特点，是一台铁铸的古董烧烤架，是较早年代人们为了举办大型宴席而铸造的，而不是为了一日三餐。第一天，诺德斯特洛姆花了整整一个上午把烤架的主体部件从厨房门旁的后院拖到了大门前，这样，他就能够一边烹饪，一边观看大海。随后，他开着一辆老旧的微型克里斯-克拉夫特牌小汽车，前去为晚餐购物。

正是在他烹饪晚餐之际，一种奇怪的感觉袭上心头，渐渐地迫使他的生活发生了一次根本性变化。他感到胸口上方疼痛，位于胸骨和喉咙之间；起初，那疼痛令他惊恐，他把一只手放在胸口上，目光掠过海玫瑰篱笆，投向远处暮霭笼罩下的无边无际的大海。低潮时海水的气味与烤架上的烤肉散发出的香味混合在一起，异常刺鼻，他低头一看那正在烤的肉，叹息道："噢，操他娘的。烤焦了。"他相当突然地一下子就对过去和未来都不那么感兴趣了，甚至对他那破碎心也失去了兴趣。其实，他的心也许现在已经开始渴望痊愈。然而，他并不知道这一点，更不在乎这一点。那声叹息侵袭到他的脊柱，从脊椎向上扩散到大脑，他感觉大脑在慢慢地被一层层剥离，剥得又冷又干净。那种感觉突然之间如此强烈，以至于他决定不去阻止它，唯恐它会消失。他查看了一下烤架温度计上的温度，然后，走进房屋，把色拉从冰箱里取出来；其实，他并不赞同吃冰镇色拉。他把那些小小的新鲜红皮土豆放入水中，正准备开始烧煮时，他听到了索妮亚的汽车声响。他打开一瓶伯吉斯葡萄酒，检查了一下，然后把他的手指蘸入一碟沙司里，再次品尝那腌制汁的味道如何，他把那个羔羊腿去骨后，把它包裹好浸在腌制汁里。腌制汁中混合有橄榄油、迷迭香、蒜蓉、第戎芥末和少许酱油。那沙司的刺激气味悄悄爬上他的鼻窦，当他听到一只流浪猫在抓挠厨房门时，他转过身。他准备了一碗羊肉边角料，把它放在外面后门廊里，喂那只猫。那是一只曾经受过惊吓的公猫，已经是老态龙钟，耳朵曾被击碎过。它从一棵鲜花怒放的海棠树下盯着他看，海棠树上的粉红花朵令后院芳香四溢。一阵猛烈的海风吹落了一些花瓣，落在了那只目不转睛的猫咪身上。那猫缓缓地靠近那碗羊肉，三片海棠花瓣还粘在它的皮毛上，它伴随着一阵低沉的吼声，狼吞虎咽地把那碗羊肉边角料吃得一干二净，然后，伸展了一下身体，躺在地上开始休息，尾巴摇动得唰唰响，与诺德斯特洛姆相对而视。对他来说，似乎那是他平生真真切切地看到的第一只猫。他俩目不转睛地对视，直到泪水湿润了他的眼眶。接着，索妮亚的车开进了行车道，那只猫倏地一下变成了模糊的一团灰色，从门廊的栏杆上一溜烟逃走了。与其说它是哺乳动物，不如说它更像爬行动物。

那个月燃起了诺德斯特洛姆的热情，他决心与他所认为的正常生活分道扬镳。他早上醒得相当早，喝了杯咖啡，然后帮助房间配备的女佣来整理前一天夜里留下的烂摊子。有时候，当新的一天来临，他开始购物和烹饪时，前一天夜里的音乐依然萦绕在他的耳畔，咚咚作响，在他大脑里回荡，直到他学会重新捕捉到那些曲调。索妮亚相当机灵，感觉到了她父亲性格上的一种变化，因此并不当面质疑他的行为。诺德斯特洛姆曾经一再坚持，要求她和菲利普把他俩想邀请的所有客人从坎布里奇带到家里，因为他想好好庆祝一番。

“咱们要庆祝什么？”她笑着说，接着忍受着他的凝视，那种眼神似乎很遥远。

诺德斯特洛姆在想，索妮亚的皮肤晒得黝黑之后，她看上去更像她母亲。她那淡褐色眼睛目光犀利，还有点轻佻。“我倒真没想到。为什么不呢？我知道，也许今后就不可能再像这个月一样，能有一个月的休假时间了。说实话，我也想找个借口，为一大批客人露一手我的厨艺。”

她走上前，亲吻了他的额头，再次大笑起来。“但愿你每天晚上都不会消失。”

诺德斯特洛姆耸了耸肩，观看着房间里的那道亮光在一朵疾驰的云彩擦过后摇摆不定。她是世界上他最亲的人，然而，与先前不同，这一点并未令他闷闷不乐。“我喜欢一个人坐着，看着天渐渐黑下来。然后，当我上床睡觉时，我喜欢静听那透过地板传来的音乐声。”

索妮亚尴尬地转过脸。“你应该找一个女友。我的意思是说，那样的话，你很可能会更快乐。”

“在现代社会，让你女儿告诉你，说你需要搞女人，真是太怪了。我要把它留到结婚。”

“我并没有粗俗之意。我是不想让你认为妈妈是世上唯一的女人。你甚至可能找到更好的。看在上帝的分上，找一个吧。”

诺德斯特洛姆翻了翻眼珠，索妮亚顿足走出了房间。在索妮亚和她妈妈之间有一种似乎默契的恶毒，这一点他觉得不可思议，仿佛她俩在拿着剃须刀片试图玩一场危险游戏。他往酒杯里斟了少许波旁威士忌，走到窗前。当他看到索妮亚的两个大学朋友已经脱掉了比基尼胸罩时，他迅速转过身去。她们中的其中一位女生，总体上讲，相貌平平，长着一对美丽的乳房，状如鸭梨，略微上翘，身上涂着防晒霜，油光发亮。诺德斯特洛姆感到胃部下方有一种轻微下垂感，他不能把那种感觉归咎于威士忌。前一天夜里，那女孩曾经帮他洗碗，他却几乎没有在意她。在过去一周左右的时间里，自从烤肉时给羊腿抹油脂时发生的那件小事之后，他没有刻意为之，却始终保持着一种美妙感觉，仿佛他刚从一场美梦中醒来似的。然而，问题是：某些事情已经变得全然令人辛酸，令他无法承受。他总是会在黑暗中坐在房间里，听着音乐，直至听到音乐结束，有时候，那音乐一直到天快亮了才结束。在调换录音带期间，他听见大海潮起潮落时拍打防波堤的海浪的声响。他发现自己在阅读时无法集中注意力，对思考也失去了兴致。一串串想法、一种种感受、一幅幅画面侵入他的脑海，但是，他却让它们一一随风飘逝。他在想，假如一个人天生是盲人，他在脑海里会看到什么？他在思索那个幼稚的观点，即假如被剥夺了五种感官的信息输入，人会是什么样子？他在想，谁在偷听从他的卧室里传出的音乐？谁是那位偷听者？想到这里，他倍感震惊。睡眠时，他的梦里已经不再出现劳拉的身影了。相反，他偶尔会梦见一些并不存在的女人。早晨醒来时，他总会纳闷地问自己：那怎么可能呢？他在沙滩上放置了一长串钓鱼线，用门把手当坠子，用鸡肝作鱼饵，就像他小时候钓鱼时所做的一模一样。可是，黎明时分，当他收回鱼线时，发现自己所钓到的仅仅是一大簇海草，里面仅仅缠绕着一条已经死了的小鲨鱼。他为因自己的好奇而犯下的错误感到哀伤，并且带着极度敬畏，在地上挖个坑，把那条鲨鱼埋掉，如同三十年前他埋葬那只乌鸦小生灵那样。

那天夜里，他正在为十几位完全被毒品麻醉的年轻人做晚餐时，索妮亚走进了厨房，盯着他看，眼睛里闪现着怒气。

“你今天真是气死我了。我刚才并不是想试图干涉你的生活。可是，你起码可以跟客人们一起聊聊。我一直告诉他们说，你是我爸爸，可是，他们却认为你是家庭厨师。”

“当厨师没什么不好。不过，我会听取你的建议，找一个女友。一个金发碧眼的女友，屁股要大，爱听乡村音乐。”

其实，有一天早上，菲利普的其中两位朋友曾经认为诺德斯特洛姆是家庭厨师，因此当面提出来要吃火鸡三明治。后来知道实情后，两人都感到颇为尴尬，而且，其中一位，就是那位来自纽约的又矮又胖的西班牙系犹太人，还曾经帮诺德斯特洛姆做晚餐。他是那家“乡村饭店”的常客，诺德斯特洛姆曾经与索妮亚和菲利普一道在那个饭店用过餐。那位年轻小伙是一位很棒的厨师，当他俩在做巴黎香槟无骨鱼片时，诺德斯特洛姆曾经向他打听过那位吸引他眼球的女服务员的情况。不料，那竟然成了一个致命的问题。

“噢，天哪！离她远远的。她是个纯粹的傻逼，一位舞蹈演员，长着一双又大又黑的莫奈式眼睛。她会把你丢进搅拌器里。我的意思是，天哪，镇上所有富翁都像傻瓜似的手捧鲜花前来拜访她，而她却待他们如狗屎一样。她嫁给了这个黑鬼，是一名毒品贩子，你知道，一个黑鬼杀手，她曾经跟这位作家有外遇，结果，这作家的牙齿被打得七零八落。不过，如果你喜爱性受虐狂之类的女人，我可以帮你介绍。可是，你看上去并不像那种类型。”那年轻小伙一边说，一边发出一阵抑郁的笑声。“我本人喜欢这些傻里傻气的英国女郎。”

索妮亚发脾气的那天夜里，诺德斯特洛姆屈从了，去坐在了餐桌的上席。那些食客吸食大麻，但是，作为他们的厨师，他并不介意，因为吸毒似乎令他们胃口大开。他烤了一些鹌鹑，里面填塞了青葡萄，切成了两半，浸在法国诺曼底陈年白兰地中腌制了一夜。那些鹌鹑一端上桌，就被他们贪婪地一扫而光，这令诺德斯特洛姆很得意。他详细地与两位哈佛管理学硕士生谈起了能源危机，还谈到了中东政治形势的后果对石油进口的影响。那两位小伙子吃惊地发现，这位厨师曾经去过沙特的吉达，还曾经参与重要谈判，帮助达成了一项欧佩克协议。直到同伴们叫他俩一起前去洛克波特市的迪斯科舞厅跳舞时，他俩才依依不舍地离开。索妮亚出门时，向她爸爸吻别，还拍了拍他的后背以示夸赞。

诺德斯特洛姆目送着他们离去，看着他们的汽车尾灯渐渐地消失在温暖的茫茫夜色中。然后，他去喂那只公猫吃食，它已经从后门廊下面出来了。倘若没有别人在，那只猫现在就会溜进厨房。今夜，那里闷热潮湿，空气中弥漫着一股退潮后散发出的难闻气味，令人想起夏季时节沼泽地里散发出来的类似气味。诺德斯特洛姆原本打算把仅剩下的最后一只烤鹌鹑留到第二天当早饭，但是，他认为，与他自己吃相比，那猫会更享受这美食，因此，就把它给猫吃了。那猫撕开烤得发黄的鹌鹑皮，吃得津津有味，甚至把骨头都嚼碎吞咽了下去。诺德斯特洛姆轻轻抚摸着这动物，突然，它变得紧张起来，向厨房门冲去。来者是那位相貌平平、乳房似鸭梨的女孩，身穿淡蓝色束腰宽松长袖连衣裙。当诺德斯特洛姆把猫咪从屏风门里放出去时，她朝他耸了耸肩。她倒了一杯汽水，一饮而尽，仿佛她的生命完全依赖于它似的。晚餐期间，诺德斯特洛姆对她并没有什么印象。

“我今天这里他妈的被晒伤了，感到真他妈的难受。”就像她班级同学的那种奇怪习惯一样，她讲话时是从嘴角处发声。诺德斯特洛姆不知说什么好，于是，他就戴上围裙，开始洗盘子。刚才猫在吃食时，他已经脱掉了衬衫，此时，由于那女孩在场，他感到裸露着膀子，挺尴尬。

“但愿你们玩得很愉快。”他有气无力地说。

“当然。棒极了。要是我没有像一个十足的傻瓜似的把皮肤晒伤，该多好。”她停顿片刻，然后冒昧地夸奖起诺德斯特洛姆，“你太棒了，能做这样一手好菜。我的意思是说，索妮亚真幸运。”她一边说，一边在餐桌旁坐下来，从手袋里拿出一叠纸，卷了一根大麻烟，点着烟，便深深地吸了起来。“如果明天谁起的早能送我到洛干机场的话，我打算去圣巴巴拉，去看望我妈妈。”她朝着在水斗旁洗盘子的诺德斯特洛姆靠近，不顾他连连摇头，硬是把那根大麻卷烟放进了他的双唇间。“这是超级上等货，应该是夏威夷产的。”

“我送你去机场。”他被烟呛住了，赶忙把吸进去的烟向外吐。

他俩仔细相互对视了片刻，诺德斯特洛姆感到其中有一丝会心的理解，但是他不敢相信自己。他低下头，看了看浸泡在肥皂水里的双手。她离开厨房，在音响里放上一盘磁带，然后又回过来，开始帮他洗盘子。在音乐声中，他们能听见一场雷雨即将从西边袭来。空气变得更加凝重闷热。他一边听她滔滔不绝地谈论她在时装界的生涯，一边感到汗水使头发贴在了头皮上，沿着背部向下流淌。她心不在焉地用一根手指沿着他胳膊上的汗水流淌的踪迹向下滑动，而他却不由自主地感到浑身起了鸡皮疙瘩。接着，她由下朝上脱去她身上的长袖连衣裙，把它扔到一个角落里。

“我不知道你是什么感受，反正我真的要窒息了，我身上的晒伤部位又在发痒了。”

她身上穿着的浅米色内裤和胸罩，薄如蝉翼。她的确是晒伤了，不过，伤情并不是很严重，晒伤部位在胸部上方和暴露在内裤以外的部位。他伸出手，用一根湿漉漉的食指隔着胸罩摸了摸她的一个乳头。她转过身，举起双臂。“我背部的伤势没那么严重。”他在围裙上擦了擦双手，用双手按压一直按到她的后腰。接着，她贴着他向后退，由于她穿着木屐舞鞋，行动磕磕绊绊。他低头看他的双手，看到她的臀部在向外凸伸。她把手伸到身后，摸到了他的手，然后，顺手把内裤脱到了膝盖处。“继续。我想这事已经想了一个钟头了。”

不出所料，诺德斯特洛姆继续下去了。完事之后，他瘫倒在地板上，他的内裤还套在脚踝上，潮湿的围裙在他的私处形成了一个帐篷状。她呵呵大笑，他也随声附和。她给他点上了一根香烟，他没有从地板上站起来便吸了起来。她从她的内裤里走出来，又脱掉了胸罩，然后从冰箱里拿出一瓶白葡萄酒，连同开瓶器一起递给了诺德斯特洛姆。他俩把洗餐具的事撂到了一边，关上灯，跳进游泳池里游了一会儿，观看着灯光下的马布尔黑德市上空渐渐逼近的雷雨。他俩在草坪上的柳条椅上又做了一次爱，他坐在下位而她处上位。倾盆而下的雷雨迫使他俩回到室内，他俩赤身裸体坐在沙发上，感受着空气在渐渐凉快下来，观看着大海上空电闪雷鸣。他俩又吸了一根大麻烟，然后跳起舞来。之后，他俩躺在沙发上睡着了，两人睡得如此香甜，竟然没有听见女儿和朋友们回来时关灯和关音响时发出的阵阵笑声。

再过一周时间，暑假就要结束了。诺德斯特洛姆怀着忧郁的心情，为二十人做了一顿普罗旺斯鱼汤，因为第二天大家都将各奔东西了。在波士顿过了一周后，索妮亚返校回到萨拉·劳伦斯学院，诺德斯特洛姆则重新回到了工作岗位。夜晚，他切身感受到孤独难耐，于是，便开始伴着女儿的客人遗留下来的录音带，一个人独自跳起舞来，胸口依然感到同样的悲喜交织的疼痛。差不多一个月后，也就是在十月中旬的一天深夜，他接到他母亲打来的电话，说：“你爸爸去世了。”

黎明时分，诺德斯特洛姆急匆匆地赶到洛干机场，乘上第一班飞机，飞往奥黑尔机场。想起前一天黎明时分他送那位女孩去机场，还邂逅来自洛杉矶的生意伙伴，他露出了微笑。当那位生意伙伴对他说“为你的离婚而感到伤心”时，他惊诧不已。当诺德斯特洛姆向他介绍说那女孩是他女儿的同窗好友时，显然，那伙伴当然并不会信以为真。不过，那次邂逅之后，他在驱车返回马布尔黑德的路上，穿行在车流中，他有一种飘飘欲仙的感觉；他不仅相当过瘾地与那女孩做了爱，而且，“离婚”一词和它的意义也不再令他感到纠结，也不再使他陷入烦躁或者忧郁之中。

在密尔沃基，如果要乘坐飞往莱恩兰德的一班中北部航空公司的航班，还要等待五个小时，于是，他租赁了一架空闲的利尔喷气式飞机。他早在做石油生意时就迷上了飞机，痴迷程度近乎喷气式战斗机给他带来的那种刺激。他父亲的死讯并没有完全被他抛诸脑后，飞机在狂风大作的天气条件下艰难着陆时，他想，他也许就要去见他父亲了。副驾驶员已经事先通过无线电进行了联络，诺德斯特洛姆的母亲和一位堂兄正等在机场等候迎接他。相见时，他们含泪相拥。他的那位堂兄是理发师，脸色蜡黄、心地十足肮脏，他一看到那架飞机，就情不自禁打趣说："那飞机肯定很棒。"诺德斯特洛姆没有吭声。前些年几次回乡探亲时，他已经在试图隐瞒他在事业上的成功，他的所有老相识都感到特别失望。那些待在家乡的人们都不希望诺德斯特洛姆碌碌无为，成为他们中的一员，因为他是他们各种经济梦想的榜样，任何与之相反的举动都是他们不能理解的。在冷冷的细雨中，他与他母亲一起往家赶，他的脑海里浮现出他父母曾经到洛杉矶去探望他时的情景。他父母认为，诺德斯特洛姆的家就该像他们所说的那种"豪宅"，而且，在他们离开洛杉矶的前一天，他母亲不好意思地向他提出，要去看看凯里 · 格兰特住在哪里。他开车带她穿过几个街区，然后，指了指一座富丽堂皇的别墅。他对影视圈一无所知，也不感兴趣。他喜欢电影和小说，但是，无论是社会名流、演艺界的男星女星，还是明星作家，他根本没有一点好奇心。他父亲一直想让他成为一名森林看护员。对诺德斯特洛姆而言，那依然是一个高尚的追求。他父亲在洛杉矶时，他到凸式码头远端钓鱼，或者到圣莫尼卡外参加集体乘船垂钓。当时，他父亲如果不是严重消化不良，就会大吃特吃煎炸比目鱼，谈论他 1930 年第一次拜访洛杉矶的事。他父亲生在芝加哥，出身于一个贫苦的挪威移民家庭，大萧条席卷全国时，他年纪轻轻就沦为一个无业游民，流浪了四年，四处闯荡。

他母亲的家里已经挤满了亲戚朋友。在守灵台处，简短寒暄之后，诺德斯特洛姆便前去殡仪馆，亲眼见到了已故的父亲。他站在敞开的棺材旁，其他来访者都保持着一段距离，以便让这位独养儿子尽情地发泄内心的悲痛。他亲吻了他父亲冰凉的额头，眼泪顿时夺眶而出，浑身颤抖。面对失去亲人和死亡这一难以想象的现实，他泣不成声。他又变成了一个孩童，这一点连他自己都无法理解。他低声反反复复哭喊着“爸爸”，直到他哭干了眼泪，才走出殡仪馆。他沿街行走，一直走到小镇的郊外。那里有一个湖泊，湖泊四周矗立着度假小屋。他绕过湖泊，走到了一条通往森林的圆木路上。他沿着那条圆木路，向上一直走，走了大约一英里路，太阳终于从正在消散的云层间露出脸来。于是，他脱下了雨衣。此刻，林地里突然变成了风和日丽、宜人的印第安夏季天气，阔叶树林呈现出一片耀眼的深黄色和红色，在雾霭中朝着一座座浓荫的小山摇曳，小山上点缀着一棵棵白桦树和翠柏。他走啊走，一直走到腿脚发酸，才把雨衣摊在一个树墩上，坐在上面。他想着他父亲，甚至感到羡慕他在大萧条时期独自在全国四处闯荡，去“游历”的那些日子。由于是白手起家，对他父亲而言，凡是能超过基本生活水准的都好。他赚钱是因为他能干，有头脑，抵挡不住赚钱的欲望。那纯粹是另一个世界，诺德斯特洛姆想。突然，他的生活似乎令人厌恶地拘泥于形式。他了解谁？他懂得什么？他爱过谁？他坐在树墩上扪心自问，承受着他父亲之死给他带来的巨大压力，甚至承受着树冠上即将枯死的五颜六色的树叶的内在死亡所带来的压力。不知怎的，他明白：生活只是你自己每天所做之事。他似乎看见时间在闪烁，在他上方移动，穿过树叶，向下绕过他的双脚，然后穿过他的躯体。世间万物皆独一无二，他自己也不例外，万物时时刻刻都在发生变化。他知道，他无法觉察到这些变化，因为他也在随着万物一起发生变化。没有一刻静止。一时间，他飘浮到他的上方，朝着那位西装革履的男子微笑，那男子坐在树墩上，独自待在森林中一块阳光洒照的林中空地里。他站起身，用力推了一下一棵小杨树，小杨树便有节奏地前后摇摆，那种和谐他无法理解。他环顾那片林中空地，突然意识到他迷路了，不过，他并不在乎，因为他知道，每次迷路，从来都不是别人先找到他。

他朝着西斜的落日方向走去，因为他知道十月份太阳朝西南方向落下。他走到一个陌生的池塘边，惊飞了一大群蓝翅短颈野鸭。他绕着池塘边行走，穿过一架蓝莓丛，他的西装被尖刺钩住了好几次。他沿着一条小溪逆流而行，在一汪小泥潭处把自己弄得膝盖以下都是烂泥，最终，他到达了一个地势较高的地方，在那里，为了找到一个有利的观测点。他丢下雨衣，缓慢而吃力地爬到了一棵高大的白松树上。他双手弄黑了，被松树分泌出的树脂粘得黏乎乎的，但是，他能看到方圆十几英里远的地方了：他能看见那座路德教教堂的白色尖塔，两天后，他父亲的追悼会就将在那里举行；他能看见一艘摩托艇在一个湖面上穿行，还看见一个没有了谷仓的圆柱塔——他在上高三时那个谷仓就在一场火灾中被焚毁了。为了安全起见，他用一只胳膊紧挽着一根粗树枝，点了一根香烟，听见了大老远处山鹑猎手砰的一声枪响。一只乌鸦飞过，看到他时却被吓了一跳，尖叫着加快速度飞走了，以提醒其他伙伴：有棵树上藏有一个男子，身穿蓝色西装。诺德斯特洛姆低头看了看身上的西装，看到他已经把它糟蹋得不像样子，不禁露出一脸苦笑。他从口袋里取出金表，把数字 9 正对着教堂的尖塔，因为他知道靠近数字 12 处能看见一段公路，并且判断一下他是否需要再爬到另一棵树上进行定位。他父亲喜欢爬树，而且为了爬树总是故意编造一些缺乏说服力的借口。二十五年来第一次爬到树上，诺德斯特洛姆想，爬树是他父亲酷爱的“游历”的一个组成部分。索妮亚小时候，他们一家来到威斯康星州过暑假时，她随行带了一个潜水面罩。他父亲不怎么喜欢游泳，以前未曾留意过潜水面罩，但是，他喜欢与索妮亚一道在湖水里扑腾来扑腾去，喜欢在他最爱的钓鱼地点从船上下潜。晚餐时，他会说，他看见了一条蓝鳃太阳鱼，“像他妈的煎锅一般大”，或者说，他看见了一条梭子鱼或者大嘴巴斯鱼，“跟他妈的胳膊一样长”。

夜幕降临时分，诺德斯特洛姆终于从树林里走了出来，出现在小镇外的一个规模较小的印第安人保护区。他沿着一条碎石路，朝一家小酒馆走去，心想：倘若他父亲看到他身上那套花了四百美元购买的西装被糟蹋成这个样子，他肯定会捧腹大笑。更别提他脚上穿的那双富乐绅牌高档皮鞋了，它现在已是伤痕累累，沾满了泥土。在最后一英里左右的路途中，他一直在专注于思索西装和政府，毅然决定他不再太信任两者中的任何一个。显然，西装助推了坏政府，由于二十年来如此坚定执着地穿西装，他深感内疚。最近，他平生第一次变得惧怕政府，因为那种民主机制已经开始有损人们的人格，而不是使他们在相互关心中生机勃勃。这种机制已经不再关心设置它的初衷，诺德斯特洛姆认为，其中部分原因大概就是因为所有政客和官僚们都身着西装。他在那家小酒馆的停车场处停住脚步，印第安人钟爱的酒馆，打量着那些脏兮兮的破旧小汽车和伤痕累累的皮卡货车。他想，也许他应该辞职，把他的所有钱款都送给他女儿，留一部分给他母亲，因为她那微薄的养老金在通货膨胀形势下几乎是难以维计。接着，他告诫自己不要再胡思乱想，心想：也许那些想法与死亡有关联，与他经过艰苦的飞行旅途之后迷路了、爬树、一整天都未吃饭有关。

那酒馆散发着尿臊和臭汗的异味，诺德斯特洛姆眨巴几下眼睛，把目光聚焦在酒馆里的顾客身上。他听见有人在喊他的名字。那人是亨利，可以清楚看到，他在饮酒作乐。诺德斯特洛姆走到亨利身边停下脚步，心想他是否应该拥抱那老头子。亨利似乎伴随着自动点唱机和酒精饮料一起在不停点头。

“你最好给家里打个电话。他们都在找你呢。”

“亨利，我想请你帮忙抬棺材。”诺德斯特洛姆说，接着，给亨利点了一杯酒，给他自己点了一杯波旁威士忌兑啤酒。亨利举起酒杯一口气便把那杯酒一饮而尽，眼巴巴地盯着诺德斯特洛姆。

“我不会再他妈的进那个教堂。昨天我跟你爸爸一起工作了一整天，他看上去身体不舒服。因此，我俩一起喝了几杯。他说：‘亨利，我感觉身体不适，我想，我的心脏不行了。’于是，我把他送回家，你妈打电话给医生，接着我们一直走到医院，因为他不愿意乘救护车去。因此，医生们说，糟糕，发病后长途步行会加重病情。他在诊室里几乎不能呼吸，他们拿来氧气，但是，他说他不想死在输氧幕舱里。他只是躺在那里，直盯着前方，我和你妈分别陪在他的两侧。大概在半夜时分，那医生说，没希望了。就去给你打电话。打完电话，我们又回到病房，他握住我俩的手。他让你妈上到床上，坐在他身边，以便他在走向死亡的路上能靠近她。他紧紧握住我的一只手不放，于是，我也只好留下来陪他。他谈了一点有关钓鱼的事情。我告诉他：我会尽可能奉陪你到底，不过，我还得回来。他叫我转告你，祝你好运，还说他爱你，给你一个吻。”

接着亨利站起身，给诺德斯特洛姆一个拥抱，亲吻了他的脸颊，因为他个头矮小，无法够到诺德斯特洛姆的额头。沉默中，他俩又喝了一杯，然后，亨利带诺德斯特洛姆走出酒馆，来到他的皮卡货车前。

几天后，诺德斯特洛姆与索妮亚一道乘飞机返回纽约，她是为了参加葬礼而来，然后，乘穿梭航班到达波士顿。劳拉从墨西哥发来越洋电报，表达了她的遗憾。电报中说，她原本要参加葬礼的，可是，消息只是在葬礼举行当天才送到她那里。诺德斯特洛姆并不怀疑这一点，因为劳拉爱他父亲，而且，她与他父亲在交往中总是爱嘻嘻哈哈和戏谑，诺德斯特洛姆从未很理解这一点。去年夏天，她途经中西部时，还特意拜访了他父亲。劳拉曾经直白地说，她发觉他父亲“很性感”。当时听到那句话，诺德斯特洛姆颇感诧异。劳拉具有一个优点，她理解人总是要死的，而诺德斯特洛姆则不同，即使是最平常的事件，比如死亡这个最最平常的事，也会令他大吃一惊。

第三章

现在咱们又回到了故事的起点，处于现在进行时。对那些热衷于昨天、今天和明天这些概念的人而言，这是一个绝妙的幻觉。每天晚上，结束了长时间散步和一顿简单的晚餐之后，诺德斯特洛姆就开始独自一人跳起舞来，那肯定是一个四十三岁男子的荒诞形象。他集多重角色于一身：他是一位父亲，是一个离异的丈夫，威斯康星大学 1958 届优等生，三十五岁就担任了加利福尼亚标普石油公司的财务副总裁……不一而足，仿佛这些幼稚的线索能够有效地追查到我们的这个哺乳动物的行踪。然而，那些都是已经被放弃了的名头。诺德斯特洛姆这个名字的本义是“北风暴”，但是，它并不比“乌鸦”这个名字有更大意义。你从电话簿上了解不到什么相关信息。波士顿——我们的圣彼得堡——已经进入冬季，那男子依然坚持跳舞，的确有点笨拙，而且带着一股不理智的执著。有时候，他仅仅是上下跳跃。一天夜里，他与美食店老板一起去看凯尔特人队对阵丹佛掘金者队的比赛，目的是想亲眼目睹历史上最伟大的篮球飞人戴维 · 汤姆逊。汤姆逊在空中飞行了三点六秒，反身从头顶上把球灌进篮筐，甚至没有微笑。全场观众都站起身，一时间，球场内鸦雀无声，紧接着，对他的精彩一扣爆发出雷鸣般掌声。他的那记扣篮与其说是对万有引力的违抗，不如说是我们对所经历过的万有引力的超越。索妮亚过来度周末，诺德斯特洛姆带着她和菲利普两人一起去剧院看巴瑞辛尼科夫的芭蕾舞演出。诺德斯特洛姆身穿一套皮尔·卡丹西装，是劳拉好几年前给他选购的，只是出于尴尬，他还从未出门穿过。中场休息时，在休息大厅里，许多女士，不论是漂亮的还是不怎么漂亮的，都朝着他微笑，心想：诺德斯特洛姆肯定是她们应该认识的人物。晚上，诺德斯特洛姆举办了一场迟到的庆祝晚餐，因为，菲利普获得了一份奖学金，将在来年去意大利的佛罗伦萨，到乌菲兹留学一年。索妮亚将在毕业后，也就是六月份，跟他一同前往。晚餐期间，菲利普喋喋不休地谈论着死亡话题。菲利普十四岁时，他父亲就去世了，此后，他开始天天熬到深夜，无节制地抽烟，衣着邋遢，不修边幅。最近，他读了某个法国作家的作品，该作家在其作品中谈到了父亲去世后给孩子留下的那种“可怕的自由”。父亲走了，世上就没有谁来管教你了。索妮亚向他“嘘”了一声，认为谈论此话题对她父亲不敬。诺德斯特洛姆则说，她在闲操心，还说，虽然他觉得那整个观点令人毛骨悚然，但是，他想，大概言之有理。就他父亲而言，他算是幸运的，父亲完全支持他，任凭他随心所欲，然而，似乎很奇怪，只是在最近他的儿子才略知一二如何利用这种自由。

那天夜里，夜深人静时，诺德斯特洛姆发觉自己失眠了，原因是他临睡前没有跳上两个小时的舞蹈。他喜欢那场芭蕾表演，但是，他正在失去他身上仅存的一点观众成分：他正在变成一个真正意义上的业余爱好者——一位喜欢行动的业余者，对生活具有初学者的开放虚心，自从他童年起，这种虚心就因为各种显而易见的原因丧失了。此刻，在严重的失眠状态之下，他知道，他不能在凌晨三点钟打开立体声音响，因为索妮亚和菲利普都在熟睡。他从床上爬起来，穿着睡裤，踮着脚尖走进客厅，没有音乐伴奏，他跳了一个钟头，只能听见一个闹钟的嘀嗒声和他一双赤脚在地毯上发出的踢踏声。

1978年2月17日：

一直在为辞职后这次长途旅行制订计划，要包括南美洲和非洲。真令人惊讶，里约离达卡竟然那么近。一个月以来，书桌上堆满了地图册、《国家地理》里的地图和各种旅游指南，但是，去旅游的热情却在快速消减。我对自己熟悉的东西尚且无知，为什么想要去了解陌生的世界呢？几天前的一个早上，真正注意到我的脚踝，是几年来的第一次。我喜欢“感恩的死者”乐队的一张唱片封面上的那只乌鸦，但是，那音乐要用于舞蹈伴奏却难度很大。我在波尔斯顿的一家体育用品商店购买了一件派克大衣和一双摩托雪橇长筒靴，现在下班后，一直坚持长距离散步。今年，大雪很美，尽管偶尔它使城市几近陷入瘫痪状态。五点和八点之间是散步的最佳时段。第一，人们下班后都迫不及待地回家，然后是晚餐时的寂静，接下来，人们纷纷外出过夜生活。花了许多时间帮助别人把汽车从停车地摆脱困境。威斯康星把我练就成了一个雪地专家和雪中救援专家。一个老头子和他的妻子被大雪围困在他们的克莱斯勒里，他气喘吁吁，我用铁锹把车周围的积雪铲了出来，然后，使劲摇动车身，最终使它获得自由。老头子给了我一张五美元纸币，执意不肯收回。他说，那只是为了买“一顿热晚饭和几杯饮料”。走过几个街区后，我把那张纸币丢给了一个流浪乞丐。在乔丹·马什的货架上购买了一打夏威夷衬衫，以备旅行时穿，也许我已经对此次旅行失去了兴趣，虽然我已经告诉旅行社继续办理手续。一直认为那些衬衫格调低下，但是，现在我喜欢那种丝般感觉和奇怪的色彩，虽然我一件都还没有穿出过这公寓，因为找不到合适场合穿出去。在烹饪时，渐渐认为那低热量烹饪新方法是自恋，一定程度上讲是愚蠢，虽然有几个好主意。如果人们不忽视身体锻炼的话，可以尽情吃他们所喜爱的东西。自从开始跳舞，我的皮带扣已经缩短了两格。仔细研究了一条我剔骨切片的扁口鱼，以便进一步感受我所吃的东西。易碎的珍珠色骨头、脊椎，在此，鱼的身体透过一层丝状物膏体接收来自它那微小的大脑发出的指令，一会儿游到东，一会儿又游到西。不知道它生活在水中究竟看到了什么。仔细研究了这条鱼的骨架之后，它呈现出极端重要性。于是，为了不浪费掉这条鱼的骨架，我用它做了一道宫廷鱼骨清汤。接着，我烹饪了仅剩下的几根意大利细面条，跳完舞之后把它当作夜宵吃了。这一周吃了一大块牛肚，因为屠夫失手，我一下子买太多了。只好翻花样烧成各种牛肚：米兰牛肚，墨西哥炖牛肚，然后还做了一顿当时名噪一时的法国卡昂牛肚。货运部的那个老头子患了肝癌，他想叶落归根，回到爱尔兰的戈尔韦度过余生，他母亲依然生活在那里，因此，他办理了抚恤金委托手续。我自己的母亲写信说，她一切都安好，她的堂妹，也是寡妇，要搬过去跟她一起住。她说，她收到了劳拉的一封精美的信件。在出租车上，他想到劳拉的屁股时勃起了一次，与其说是想，不如说是想象。她的乳房很小，但是，她有充分理由对自己的双腿和臀部引以为傲。那么多年前她在那个炎热的体操馆里表演的那出德彪西舞蹈，至今依然历历在目。它使我惊叹不已，但是，其中并没有苦涩。我一直对性有一些直觉感受，虽然总体而言是畸形的。譬如，我看过《艳娃传》这部电影，虽然那女孩是位超级美女，但是，在性方面，她对我并无吸引力，真正吸引我的是她母亲。只有涉世不深的年轻小伙子才想要如此年轻的女郎。十二三岁，无忧无虑，傻里傻气，懒懒散散。难怪这世界表面上如此令人生畏。一夜之间，她就变成了她母亲的模样。当时在马布尔黑德的厨房水斗旁，我是如此经常地渴望那个女孩，但是，此类事情具有一个共同本质，那就是：一去不返。就拿黛德丽女士来说，是她自己主动要求别人称呼她“女士”，三十好几了，嫁给了一位城市规划员，没有孩子，是我公司的执行秘书，虽然她能够轻而易举地独当一面，经营那公司。上个星期四，为了准备迎接审计，我俩一天工作了十二个小时，最后三个小时在我的那个公寓里，我做了一顿简单晚餐。那工作既艰辛又枯燥，完成任务之后，我们喝了一瓶考贝尔香槟酒，以缓解酸困的脖子和干涩的双眼。我认识这位女士已经三年了，对她知根知底，但是，却因酒对她产生的影响惊诧不已。她哭了，还说她是在为我哭泣，因为一个犹太人抢走了我的老婆，另一个犹太人娶走了我的女儿。如此令人震惊，甚至挺滑稽可笑，于是，我说，喏，喏，黛德丽女士，那纯粹是废话。她紧紧拥抱住我，接下来我知道她想要表演床上杂技了，虽然对我这种类型的男人而言，她稍显肥胖，但是，我心里想：为什么要拒绝呢。于是，我俩就相当投入地进行了下去，持续了很久。有一次，当我俩紧紧抱在一起激情澎湃时，我清晰地看她的光屁股，顿时，我吃惊地“醒悟”过来，便自言自语说：“这就是现实。”那种强烈快感一直持续了好几天。就像我去年夏天在烤羊腿时的那种感觉，我决定不去怀疑它，因为对我来说，怀疑似乎通常是自怜的表现，是一种对生存的抱怨。好可怜的我，还有那个烂货。亨利并不怀疑他能够在我父亲进入死亡的过程中帮他一把，为他打开那扇大门，并且在他进入空灵或者所谓的永恒之际挥挥手与他告别。我从不看有关诡异事件方面的书籍，因为特异功能就像路德教徒一样，是上天赋予的。我曾经在东京与东方人打交道，但是，这种经历并没有使我觉得他们与我们有什么两样。亨利是我所认识的一百个可怜虫中的一名印第安人。他送给了我一个乌龟爪。真滑稽，黛德丽女士在办公室里假装正经，仿佛什么事情都没有发生过，全然具有日耳曼风格。大白天里，暧昧亲昵可能令人惊恐。就像我那次散步时迷路，接下来又找到了那沙砾路后一路上所思所想的一样，我一直在认真考虑放弃金钱和权力。我宁愿当个厨师去炒鸡蛋。年少时，我不得不拿起锄头在菜园里锄地，或者挖一个垃圾填埋坑，那时候，我总是憎恶干那种活，然后又一连几个钟头忘我地干起来。黛德丽女士的心理如此敏感，因为她每时每刻都在试图装扮成黛德丽女士。就像菲利普一样，试图装扮得独一无二，并通过滔滔不绝的谈话来表现自己，仿佛他若停止谈论就会消失得无影无踪似的。我们大家都是多么奇怪啊。一会儿我们在账目方面苦苦工作，下一刻我们却像狗一样玩味对方的身体。或者说像北极熊一样。亨利和爸爸曾经通过双筒望远镜看见两只北极熊在加拿大的一个湖泊对面做爱。几天前看书时，得知鲸鱼进行同性恋性爱。

对诺德斯特洛姆而言，春季极其难熬，令他厌恶。出乎他意料的是，他想辞职一事办理起来相当繁琐。公司里的所有人都是新汉普郡的一个贵族家族的成员，都是脾气暴躁的北方佬，他们都不想被他们的神童经理抛弃。他们做出了所有让步，而当他们的慷慨遭到拒绝时，他们便愤懑不已。更难、更令他迷惑不解的是他要想赠予钱财这件事。索妮亚不愿接受，而他母亲则表现得歇斯底里。赫顿金融公司的人员坚持主张他去看心理医生，出于好奇，也出于理解，即对他人而言，他在做一个令人恼怒的举动，他欣然同意了。他妈妈哭哭啼啼地表示反对，说他辛苦一辈子才挣到了那么多钱，并非易事。他的经纪人到纽约去见索妮亚，希望她能劝服她爸爸理智行事。索妮亚来到波士顿，父女俩与经纪人一道吃午饭，其实，诺德斯特洛姆对经纪人相当尊敬。但是，诺德斯特洛姆信心不足，最终，在当天下午晚些时候说服了他们，决定将捐给国家奥杜邦协会①二万五千元，虽然他对鸟类并没有特别的兴趣。他曾在周末在伊普斯维奇附近观看海鸟，一看就是一个钟头。但是，他对人们给鸟类起的名字并不好奇。当他第二次看到某种鸟时，他就会回忆起他第一次见到那种鸟的时间。那省去了他不得不随身携带一本鸟类大全的麻烦。

① 以鸟类学家奥杜邦的名字命名的全美鸟类保护组织，成立于1905年。

别人对诺德斯特洛姆的关心并非是毫无根据的。鉴于他们各自的天性，他们怎么能知道诺德斯特洛姆不是又一个笨蛋，在所有那些已知的和未知的压力之下完全垮掉，承受不住那些构成我们生活的压力？索妮亚与许多年轻人一样，愤世嫉俗，她认为，想要让她爸爸改变主意为时已晚。经纪人与劳拉也取得过联系，但是，她已经拒绝出面干预。她认为，诺德斯特洛姆那整个捐钱一事既愚蠢又可爱。跟经纪人的观点如出一辙，她也相信所有与中年危机的种种观念相关的粗俗话语，这种语言亵渎生活，如同政府占据了人们生活中的中心地位一样亵渎生活。他母亲天真地认为，在东正教所提倡的节俭原则框架内，人们应该守住自己的钱财，以备不时之需。她写信给诺德斯特洛姆，讲述了莱恩兰德的一名知名人士如何因癌症而病倒，为了挽救其性命，花了大约七万元进行医治，结果却无济于事。黛德丽女士的关切更现实一些，她只是希望在诺德斯特洛姆办完手续之前，能跟他再进行一场性爱。她自己的丈夫只是口头上对性生活感兴趣，每次都是匆匆完事，之后就呼呼大睡起来。而诺德斯特洛姆则不然。他是一个王子般的持久战高手，显然，他受到过他前妻的良好调教。

与心理医生预约好的那天上午，诺德斯特洛姆从布鲁克莱恩徒步走到了坎布里奇。问题的症结是，在他对现实的潜心研究过程中，他已经变得有些傻里傻气。他明白这一点，并且决定随它去吧，正如他们所说的那样。那是五月初的一个上午，天气晴朗，在他穿过英联邦广场时，为了研究从他头顶上飞过的一架开往洛干的喷气式飞机，他在交通岛上停下了脚步。在湛蓝的天空映衬下，银灰色的飞机看上去分外漂亮。他在埃尔斯敦做了短暂停留，吃了顿早餐，吃的是意大利香肠三明治，伴有青椒和洋葱。就着一杯冰啤酒，那三明治美味可口。他还用洋泾浜意大利语与柜台服务员交谈，柜台服务员正试图决定选取哪个数字来下一个一块钱的赌注。诺德斯特洛姆继续朝前赶路，一边走，心里一边再次断定：没有任何东西与别的东西相像。一个量绝不会在技术上与另一个量相等。地球上没有两个苹果长得一模一样，红灯前停下的那两辆汽车也不一样，地球上三十亿人口中的任何两个人也都不一样。想到从哲学角度看这些想法的幼稚，他哈哈大笑起来，但是，那并未减少它们的强烈。狗、日子、时刻、瞬间等也都不一样。他最终认为，现在的他与昨天的他也不一样，也与瞬间前的他有了至少说是极微小的差异。当他走到那所商业学校附近的那座大桥上时，他驻足片刻，向下俯视河里的流水，那水被排放物和前一天下的大雨弄得浑浊不堪。那条河叫查尔斯河，虽然历史爱好者迫不及待地向大家证明查尔斯河具有悠久历史，但是，诺德斯特洛姆过去一直认为它缺乏北威斯康星地区那种冰冷清澈的河流所具有的魅力，此时，诺德斯特洛姆对那条河并没有任何想法。他只是朝它看了一会儿。最近，他变得特别厌恶无端的观点，而且在试图消除它们。他总是会突然发现自己在像正常人一样思考：太热、太冷、太绿、太肥、太辣、丑陋的建筑、破旧的拖鞋、喧闹的音乐、相貌平平的妇女、肥胖的男子。他想，并不是因为人们不应该歧视，而是因为踌躇不决地克服不停排练关于一切事物的观点已经变得乏味。只要在某种程度上他摆脱了这个倾向，他就感到了一点轻松，感到更舒畅。问题是：生活，他周围的世界，似乎已经开始显得更加脆弱，几乎转瞬即逝。

比如，他朝着那条河看了那么久，以至于忘记了眼前的那条河是什么了。一位老太太推着购物车走过来，在他身旁停下，透过栏杆看看诺德斯特洛姆究竟在看什么。恢复了我们所认为的理智后，他回答说“河”，随后，她继续行路，感到一丝诧异。

诺德斯特洛姆沿着堤岸顺流而行，走到了哈佛停船场地远端的草地。然后，他在草地上坐了下来。一位胡须灰白的老头子坐在一条长凳上，裤脚卷到了膝盖处，在阳光下晒他的两条小腿。那老头眼睛直愣愣地在紧盯着一位少妇看。少妇身上穿着无袖罩衫、拖鞋和一条宽松的绿色短裙，背对着那老头子和诺德斯特洛姆，正在与她的牙牙学语的儿子来回踢皮球。当她弯腰去捡球时，微微吹拂的西风就会吹起她的短裙，那老头子便紧盯着她那光滑大腿看。那老头子并不介意诺德斯特洛姆撞见了他的偷窥行为，而诺德斯特洛姆本人也仅仅感到幸运，能在中午时分目睹如此艳景。过了一会儿，那少妇和她的儿子蹦蹦跳跳地穿过纪念大道，从视线中永远消失了。诺德斯特洛姆受到了刺激，与其说是性方面的刺激，不如说全方位的，虽然其中有性方面的刺激，但是，还有对美食加美酒的感觉，或者另一种更奇怪的感觉，就好像是你逮到了一条漂亮的鳜鱼，而后却又把它放生了。他对那位少妇的大腿给他带来的轻松和快感感到得意洋洋。

与心理医生一起度过的一个小时的时光相当快，期间并没有发生他所预料的那些赤裸裸的尴尬瞬间。医生暗自认为，诺德斯特洛姆是某种无宗教信仰的宗教癔病患者，似乎不会对他自己或其他人构成任何危害。心理医生是一名荣格迷，对他所理解的那种脱离不如意生活的旅行毫不怀疑。他质问诺德斯特洛姆说，把钱赠予他母亲和女儿是否有可能给她俩增添负担。对这个问题，诺德斯特洛姆并没有感到特别忧虑。他一向对种种反讽态度冷淡，因为他并没有忘记其中所蕴含的喜剧元素，并且宽恕它们提出的那些通常是冷酷无情的问题。心理医生顺着诺德斯特洛姆的眼神，朝窗外看去，看到一棵枫树。那棵树已经枝繁叶茂，正在失去残存的最后一点五月初的淡绿。这个小时里的患者性情冷淡，缺乏热情，令他想起了他位于缅因州的夏季居所附近的那些商业渔民。他丝毫不信任股票经纪人的来电——他治疗过股票经纪人的老婆，认为他是一个残忍的蠢材，尽管他表面上表现出欣厄姆式的彬彬有礼。由于某个难以回答的原因，波士顿地区似乎称得上是疑难精神病之都。诺德斯特洛姆的问题就具有普通疾病所没有的新症候。

由于被诺德斯特洛姆朝窗外看的专注的眼神所吸引，医生问道："你此时此刻想到了什么？"

"罗宾汉。那棵枫树令我想起了罗宾汉。我十二岁那年，我和一个朋友在一棵枫树上搭建了一个树屋，并装扮成罗宾汉。后来，我的朋友放弃了那个游戏，转而喜欢上对着一个粮仓掷篮球，希望成为'棒球王子'哈尔·纽豪瑟。我很伤心，因为我俩曾经一起割腕发誓，拜为生死与共的兄弟。于是，我拆掉了那小树屋，因此，谁也不知道它建在哪儿，但是，我父亲碰见我在拖木材，告诉我要在山毛榉树上建，而不是枫树，因为出于某种原因，雷电从来不袭击山毛榉。但是，我说，山毛榉树树叶不多，无法藏匿东西。我爸爸说，那么你就得碰碰运气，还说，他年轻时，总想在湖底搭建一个木屋，以便他一看窗外就能看到鱼。"

诺德斯特洛姆停顿了良久，而心理医生想继续沿着这个有趣的思路追问："你现在还对成为罗宾汉的幻想感兴趣吗？"

"哦，天啊，不。我不想成为任何人。我的想象力没那么丰富。少年儿童之所以崇拜亡命徒，是因为亡命徒们除了可以随心所欲地去做他们想做的事情之外，他们不必做任何其他事情。他们做出一个决定之后，就在藏身处闲坐，擦拭武器，你懂吗？每一天，他们天天仅仅做他们选择的事，而且过得非常快乐，至少那是童年脑海里的那种快乐。亡命徒认为，法律全是扯淡，那种怀疑并非不普遍。不过，老实说，今天我想到了罗宾汉的女朋友，她是叫玛丽安还是玛丽安姆？在那个树屋上面我藏有两张照片，一张是一个女人的正面裸照，一张是背影照。那是我们过去那样称呼的，正面照和背影照。我花了三块钱买了那两张照片，因为当时裸体照很难搞到，三块钱在当时不是个小数目。我刚才看到河边那位弯腰捡球的女人令我想起了玛丽安或者玛丽安姆，因为她穿着一条绿色短裙。我过去常常在我的树屋里感到某种惊叹，因为我知道，根据自然法则，玛丽安或者玛丽安姆也有正面和背面，而且很可能罗宾汉已经占了她的便宜。"

"你刚才对河边的那位妇女有什么非分之想吗？"

"没有，真的没有。再跟你重复一遍，我的想象力不够丰富，而且，我喜欢避免种种幻想，以便当幻想产生时，它更是一个惊喜。有时候，当你看到一位像今天看到的那样的美女时，也就难免想入非非了。也许，那是我的一个幼稚的怪癖。几天前，我就注意到，如果我忘记给手表上发条，我总是对手表停止转动时的那一瞬间感兴趣。我还记得，有一年，我放弃了在我口袋里寻找比我年龄久远的分币。当年我三十三岁。占用你的时间我觉得有点愚蠢，尽管我会为此支付费用。坦白地讲，当我妻子离我而去时，我变得厌恶金钱这东西。我开始冷淡地看待它。我非常爱她，然后一切都消失了，特别是对她，对我并不那么严重。我想，我的事业心毁掉了我俩，虽然她的事业心也从中助了一臂之力。那是一个如此平凡的故事。我当时与其说是对它完全失去了信心，不如说是完全失去了兴趣。”

“你现在对什么感兴趣呢？”心理医生打破了诺德斯特洛姆又一次长时间停顿。“哦，天哪，我不知道。我爸爸，他十月份去世了，他总是说他喜欢去游历。也许，那就是我想要做的。也许我会安排一次长途旅行。去年七月份，我在某种程度上已经从消沉中恢复过来，而且天气也一直舒适宜人。多数日子里，我对不为特定缘由而生活感到相当兴奋。我已深深地迷上了烹饪。”

诺德斯特洛姆紧盯着心理医生，面带微笑，看了足足有一分钟时间。“晚上，我独自一人跳舞，通常跳两个钟头。有时候，我只是跳来跳去，你明白吗？”

五月份很快就一晃而逝。诺德斯特洛姆的继任者从芝加哥抵达了公司上任。为了纪念他的离任，公司举办了一个简朴的晚宴。许多管理人员都纷纷寻找借口，没有出席晚宴。诺德斯特洛姆有一大堆打点整齐的行李。一位眼泪汪汪的黛德丽女士在晚宴上喝醉了，只好叫出租车把她送回家，这样，她制订的夜间计划全都泡汤了，那件藏匿在包中的性感内衣也就白买了。诺德斯特洛姆到低级夜总会逛了一圈之后，最终到达了多切斯特。在那里，他与运输部的一伙男子打扑克牌，一直打到了黎明时分。天亮时，他徒步踏上了回家的漫漫长路。清晨，天色灰暗，迷雾茫茫，空气中明显可感大西洋的存在，丝丝微风把树叶吹拂得微微颤动。在准危险的罗克斯伯里街区，一个年迈的黑人男子横躺在一摊血迹斑斑的呕吐物间，一群麻雀在一旁观察着。诺德斯特洛姆顿时感到一阵牵肠挂肚的怜悯之情。又走了一个街区之后，他看到了一棵病树。困惑之中，他试图回忆耶稣基督为何杀死了那棵无花果树。那棵病树令他难过。当你经历过某种宗教的表面礼仪之后，即使是某个州内的一种宗教，你离那些手鼓也会不远。那灰蒙蒙、空荡荡的长街宛如另一条河流。他会吹口哨，用口哨创作他自己的音乐，尽管鼻窦里还有一股杜松子酒的气味。一只老态龙钟的流浪狗尾随他走了一个街区，他停顿下来，让它嗅了嗅他的裤腿。

两小时后，他终于走到了自己的公寓。他冲了个淋浴，然后用黄油煎了一个鸡蛋，伴着一杯白葡萄酒把它吃了下去。他上床就寝，但是无法入眠。他冲了一杯咖啡，漠然地一页一页地翻看着他的日记。“在鹤颈滩看见了一位漂亮姑娘。她的双脚出奇的大。毫无疑问，她整个夏季会把双脚埋在沙滩里，以免让人看见笑话。基因的残酷。那位长着粗大鸡巴的同学，他曾是体操课下课后更衣室里所有同学暗自嫉妒的对象，却被挑逗得羞愧难当，像一个羞愧的白痴。现在他依然是单身汉，在县城开扫雪机和外号叫‘傻蛋’的土方车。”诺德斯特洛姆在公寓里踱步，看见庭院对面那个女孩穿着特别短的睡衣在伸懒腰。他勃起了一次，不过，那种感觉更像是牙疼，而不是什么快感。他发现，自慰如此不能令人满足，因此感到遗憾。他身体探出窗外，深深地呼吸，私处顶着窗台摩擦，有一种不适感。那女孩露着微笑，向他挥了挥手。他挥手回礼，心脏怦怦直跳。她伸了个懒腰，然后，再次退回到了她公寓内的黑暗之中。他发出一声叹息，然后回到厨房，打开收音机。一位无名男歌手正在唱着《若非真心别谈明天》。诺德斯特洛姆渴望去加勒比地区，虽然他从未去过那里。去乔卡里奥卡或者什么地方。他会租一套小公寓，品享朗姆酒，亲手烹饪海鲜。那里，太阳会很炎热，海水很蓝。由于对入睡已经感到无望，他从酒柜里拿出一瓶蒙哥马利苹果白兰地，然后开始写起日记。

1978 年 5 月：

上帝，我无法入眠，现在已经是上午九点钟了。大约一周以来，我比平常喝的酒要多，但是，还是未能镇定下来。这是因为现在我通常醒着，我不喜欢老年人的这些一成不变的习惯。我曾经使用同一种剃须膏，连续用了二十年。我在恍惚状态中从多切斯特步行回到家里。那个年迈的黑鬼醉汉令我感到忧伤，使我哽咽流泪。给亨利写了个便条，恳求他一定要接受爸爸遗留下的钓鱼装备和猎枪。收到了他回复的一张明信片，上面仅写着“谢谢！亨利”这几个字。向妈妈提出要求说，如果他病了，叫她找人照顾他。有时候，酒鬼们寿命短。有一次在湖面上，爸爸曾经对亨利说过此话，亨利却说，人非生而有之，也不会死亡。爸爸说：“亨利，你满嘴胡说八道。”说完我们大家都哈哈大笑。我还没有忘记他当时可能真的在一本正经地告诫亨利。在《纽约客》上看到了一个男子去喜马拉雅山看雪豹的情形，他徒步行走了三十五天，历经无数危险，却连一只雪豹的影子都没有看到。不过，他看到了许多由雪豹留下的足迹和粪便。曾经在树屋里看见过一只短尾野猫。还有一只獾，它一边吼叫一边行走。那短尾野猫行动敏捷，轻盈如燕。我吼了一声，它就像汤姆逊一样迅捷，以每秒三十六米的速度立即逃窜，眨眼间便消失得无影无踪了。野猫们一向很警觉。给我夏天交的朋友打了个电话，也就是那个西班牙裔犹太小伙，以张罗索妮亚的毕业宴会。他建议在“乡村饭店”举办，也就是我见到那个女郎的那家餐厅。然而，他说，她又重新操起了舞蹈这一行，已经不再在那家餐厅工作了，不过，他是否应该邀请她作为“百灵鸟”，给晚宴增添些乐趣？我说，当然好了，并且寄过去一张支票，让他根据自己的品位定菜单。现在想起她，就令我内心热血沸腾。曾经感觉到，当所有钞票都赠送给别人之后，我会感到一身轻松。然而现在，那种感觉已经荡然无存了。除了一种微微的轻松，什么感觉都没有。我们真的被允许重新开始吗？就像爸爸过去常说的那样：咱们拭目以待吧。我对变化的适应如此迟缓，令人绝望。所有与劳拉在一起度过的那些岁月，那渐进的名存实亡的婚姻，接着三年期的真正的死亡婚姻。接下来，那次大好机遇，现在我都没兴趣去想它，依然担心它会消失。我刚刚吸食了一些索妮亚留给我的大麻烟，像一名过时的嬉皮士，希望它能使我大脑冷静下来。她认为，毒品对我有益，不过，我每个月吸食它不超过一次。已经不记得以前啥时候像现在一样如此想女人了。被疲惫折腾得精神错乱了。不论好歹，女人是世间最美妙的东西。我很伤心。现在，即使能搞到在绿色海湾妓院遇到的那位年龄偏大的黑人妇女，也不错。她是当年我上高中时在规定的实习途中遇到的，我拥抱她，想搂住她亲吻，可她认为我那样做很滑稽可笑。河堤上穿绿色裙子的那个女孩真是没心没肺。现在，我就是人们所称的“麻醉了”。公寓里的物品几乎都打包完毕了。仓储人员即将到来。就在装饰节之后的星期二。装饰节现在改名叫纪念日，至于它为何改名，我早就忘得一干二净了。在一个温暖的日子整修装饰坟墓。现在，脑海里又一次浮现出劳拉的形象。几乎能闻到她身上的气味。那年夏天，在蒙大拿州的一条小溪旁的松板小木屋里，与索妮亚一起在后院玩耍。溪水汩汩地流淌着，但是，令人心情舒爽。当时，她在煮咖啡，身上只穿着内裤。她把长发扎了起来，在水斗旁边洗脸，试图把瞌睡冲走。她伸了个懒腰。阳光透过窗子，从她的身后照在她诱人的大腿上。

第四章

清晨四点，在纽约市的卡莱尔宾馆，诺德斯特洛姆待在七楼的一个拐角套房里。他想，老天不会心甘情愿地迁就傻瓜。他抿着波旁酒，但是，并不像往常那样津津有味。他同时在等候一个电话。不过，他并不情愿自己主动给对方打电话，决不能抢在现实之前。那天发生的事远远超出了他的想象，不过，如果你独自一人，而且处于自我控制之中，那倒也无妨。诺德斯特洛姆想，你只有在洗手间里才能接近完全自控状态，接着，他就笑了起来。洗手间之外，必定有种种意外，而且并非所有意外都令人愉快。其中一些意外在胃中留下一处真空，仿佛你在朝后退，在从地球上坠落。无论如何，某件事必然要发生。此时，他期盼劳拉打来电话，可是，他知道，她不会主动给他打电话的。他也不会主动打给她。索妮亚和菲利普和劳拉刚刚才把他从出租车上放下来。他几乎已经忘记了：在此时一直到入睡前他要面对的几个小时期间，他心中希望发生的事与实际可能发生的事情之间存在着巨大差距，犹如一道深渊。

第一个意外是，他竟然见到了劳拉。事先谁都没有把这事告诉给他，不过，当时他也没有想方设法去打听一番。她从巴黎乘飞机过来，就坐在他身边。他已经有将近四年时间没有跟她见面了。索妮亚的毕业典礼虽然经过精心策划，却平庸乏味。在仪式进行期间以及在随后的招待过程中，诺德斯特洛姆一直在想，这四年里，一个完整的世界正在你身后悄然发生，你最好踮起脚尖努力去了解。劳拉看上去一切都很好，不过，他觉得那只是一个表面印象，他内心里并不那么认为。毕业典礼结束后，他们在扬克斯乘上一辆出租车，前往皮埃尔酒店。菲利普和索妮亚跟劳拉一起暂住在那家酒店里，他们仨都计划在第二天离开那里，启程返回。他们一路上交谈甚欢。然而，由于受到内心的伤感所驱使，诺德斯特洛姆做出了一个令人扫兴的举动。他把手伸进他的亚麻布运动外套的口袋里，掏出了牢牢用别针别着的一叠百元面值的现钞，总计一万五千美元。七年前还在洛杉矶时，他在客厅里曾经答应过索妮亚，要给她买辆宝马车。这笔钱就是准备给她买宝马用的。他已经多方咨询过，有人建议，叫索妮亚从佛罗伦萨飞到慕尼黑，在慕尼黑购买。他的那个举动使得车内所有人的谈话都戛然而止，而他自己也感觉到很别扭，太落伍，可以说，他就像美食店的老板锡德一样。说起锡德，诺德斯特洛姆一时冲动之下，已经把他的整个衣橱的衣服都送给了他。他想轻装上阵去旅行。看到他的这一举动，他们三人立即开始指责他，他感到无力辩解，煞是难堪。菲利普已经用意大利语发音说佛罗伦萨了。他说，鉴于意大利政坛的混乱现状，买一辆高档轿车可能招致暴力袭击。劳拉说，没有谁会在意车的。索妮亚说，既然他已经把一切都赠予给了别人，他俩在佛罗伦萨并不需要买车。诺德斯特洛姆再次躲进洗手间里，感觉到无法控制自己。与其说他感到伤心，不如说那仅存的一点家庭感使他感到自己格格不入。当他从洗手间走出来时，索妮亚和劳拉一一拥抱了他。令他震惊的是，他猛然间有了一股针对她俩的性冲动。她们娘俩明天就要从他视线里消失了，那种冲动是由死亡激起的欲望。菲利普趁他们拥抱之际，抓拍了一张“温馨的”全家福照，由此打破了那尴尬的气氛。

另一个意外是在饭店里遇到的。他如此期盼能遇见那位女服务员兼舞蹈演员，然而，在他俩见面时，她却表现出一脸蛮横与冷淡。当时，她坐在餐桌远端，介于那位犹太小伙与劳拉中间。虽然在年龄上她并不比那些大学毕业生和她们的男朋友大多少，但是，她却明显无误地表现出一脸高傲，注视着一桌人。她俨然一副世界小姐的模样，一副地中海东部地区黎凡特人的容貌，体型偏瘦，即使她身上有什么热情，她也深藏不露。诺德斯特洛姆烹饪了一盘鸭肉冻，一道白葡萄酒蒸贻贝，一道茴香烤条纹巴斯鱼，还有一道剔骨后做成蝶形再加佐料的羊腿。他对那顿饭菜非常满意，但是，那帮年轻人狂热轻浮，纵情于酗酒，并没有把注意力集中在饭菜上。

他们都有各自的计划，个个都兴奋不已，其兴奋程度不亚于诺德斯特洛姆对自己的无计划所感到的兴奋一样。那天晚宴中令人尴尬的一点是，通过菲利普口口相传，所有人都知道了诺德斯特洛姆已经散尽了他自己的所有钱，将要进行一次长途旅行。他想，其实，他们对他的未来占有某种优势，因为他对旅行毫无把握——三天后就是出发的日子了——虽然那一叠票证已经装在一个皮文件夹里，放在宾馆里。然而，他们认为，正是因为他把所有钱财都赠予给了别人，才使得他成为一个出家人似的疯子，要离家，踏上朝圣之路。对此，他惊愕不已。自从去年夏天以来，他已经认识了他们中的大多数人，但是，他注意到，在他们眼里，他已经彻底改变了。紧挨着他座位的那位女孩想当然地认为，他将要去印度旅行，还对他的行程安排表示失望。先前，诺德斯特洛姆曾经认为，他们这帮年轻人时髦新潮，比时髦的左派激进分子还时髦得多，但是，现在他们似乎坚定地不偏不倚地站在中间道路，立场比他自己还要坚定。他依然记得，六十年代的激进分子中，极少有人做出过如此鲁莽的事——比如说拒绝交税——以至于最终因为他们的信仰而锒铛入狱。那仅仅是一场骗局，原因在于他们中的大多数人现在似乎个个都拥有时装店了。个中奥秘耐人寻味，却难以追寻。他想，当前，大家都在像往常一样四处闲逛混日子。假如我在家的话，我现在就跳舞。当然，那个家已经不存在了。紧挨着他坐的他女儿感觉到了他的凄凉感，于是，她捏了捏他的手，亲吻了他的耳垂，同时告诉他，要他常去她那里看看。此时，他开始隐约意识到，关键在于你要一直在你大脑里跳舞。他感觉到，女儿的关心情真意切，于是，便点头答应。

那次晚宴渐渐进入尾声，客人明显稀少了。他注意到劳拉和那位服务员兼舞蹈员——名叫萨拉——在不时地进出洗手间。他猜想，她们进去是为了吸食可卡因。一些情侣纷纷离开，前去跳迪斯科去了。余下的人围聚到一起，但是，依然缺乏葡萄酒的安逸和亲切氛围。他们在前厅，那位犹太小伙叫那个服务员关上了一个活动隔墙。菲利普点着一根大麻烟，传递着轮流吸了起来。紧接着，另一对情侣也离开了，只剩下劳拉、萨拉、那位犹太小伙、菲利普、索妮亚和索妮亚的密友（她迫切要求诺德斯特洛姆去加德满都），还有诺德斯特洛姆。随着那位犹太小子讲着一个个诙谐逗趣的故事，聚会又热闹起来了。他讲故事的技巧如此娴熟，逗得诺德斯特洛姆会心大笑，进入了忘我境地。他看见劳拉的眼神朝他转移，然后转过头，朝身后的洗手间看去。

诺德斯特洛姆走进洗手间，站在那里，无缘无故地对着镜子扮起鬼脸。当然，洗手间里自然有一个马桶间，那就意味着他又一次处于自我控制之中。他想，如果你坐在马桶上，那就使你成为一个面积大约六英尺乘八英尺大小、前途未卜的国度的国王，不过，只有你能够锁上马桶间的门才能做到这一点，而且在这种场合，你又不能锁门。就连马桶间门上的锁也坏了。在还没有出岔子之前，最好还是放弃做国王这个念头。镜子里显示出一个比他本人感觉更健壮的男人。他明白，那形象是不是他自己无关紧要。管他是狗脸男孩，还是马文，还是法雷·卡德，什么名字都无所谓。晚餐时，那只狗没有等到叫它就到场了。谁都知道，当你不得已被叫时，通常是因为发生了什么不愉快的事情。他们在砍伐一棵大树之前，木材勘探员事先在树上做上标记，以便携带电动链锯的跟班人员能辨认出来，而且那个标记必须被看作是那棵树的名字。当劳拉和萨拉进入洗手间时，诺德斯特洛姆还在就那些名字咧着嘴笑。噢！这年头。女士们走进男士洗手间。接下来会发生什么呢？他想。萨拉沿着她的手臂倒出一行可卡因，主动请他吸食。

“坦率地说，我宁可性交。”

萨拉嘲弄地瞪了瞪眼睛，朝劳拉看去，劳拉的双眼闪动着。接着，萨拉大笑起来。

“我听说，你变成了一个神经病。”萨拉说道。

“我原以为你不喜欢富商。”

“他们比穷光蛋商人具有许多明显优势。”

她抬起胳膊，再朝诺德斯特洛姆的鼻子靠近了一点。他对着那行可卡因嗅了嗅，就像他想象中的一头发情的公猪似的，或者说像一个毒瘾发作的吸毒狂。劳拉倚靠在小便池上，大笑起来。

“没有人应答我的第一个建议。”诺德斯特洛姆说。

两个女人面面相觑，竟然在认真对待他的建议。对此，他感到迷惑不解。他原本只是想靠发起一次进攻来继续掌控他的王国。

“咱俩掷硬币来决定。”萨拉从她的手袋里掏出一枚二十五分面值的硬币。

“好的。”劳拉靠近他，亲吻了一下他的脸颊，“当然，对我而言，那是通奸，但是，存在可减轻罪行的情节。我选正面。”

诺德斯特洛姆一只手向下滑动，抚摸到了劳拉的臀部。像过去一样，她的双臀紧缩了一下。就在那枚硬币被掷到空中之际，菲利普莽撞地闯了进来。

“这里出什么事了？”他说道，醉醺醺的，眼睛斜视着。

两位女士匆匆离开了，而诺德斯特洛姆心底里在琢磨：假如他勒死他的这个未来女婿，最终会是什么下场呢？那枚硬币丁零当啷碰到了墙壁上。可是，他走出去时，并没有低头看它一眼。可卡因的作用使他感觉到好像他被锁在了类似患甲状腺亢进的冰箱里。

回到餐桌后，女士们朝着他看，笑了。他缓慢地策划出他那最具杀伤力的凝视，那种他过去常常用来对付商业对手们而且极其有效的凝视。她们变得紧张起来，沉默不语，但是，诺德斯特洛姆坚持不懈，直到所有在桌旁的人都惊诧不已。他赢了这一回合，尽管微不足道，但是，在某种意义上讲，它却非同凡响。菲利普回到餐桌旁，咕哝着说，他捡到了一枚硬币。突然间，隔墙被猛然打开，顿时，那位犹太小伙的脸僵直了。一个身材高大的黑人男子朝里面张望了一番。他穿着一套灰色条纹西装，看上去倒非常体面。他身后跟随着一位意大利人，那人正在透过他肩膀上方注视着，俨然一副电影中的丧心病狂的歹徒的样子。高个子黑人男子小心翼翼地绕着桌子走过去，一把揪住了萨拉的手腕，捏得她疼痛难忍。然后，他就把她拖走了。她活像一个半自动玩偶，胳膊被扭弯，剧烈疼痛在她的脸上暴露无遗。

“看这儿……”诺德斯特洛姆说，挪开了他的座椅。

“滚开，臭小子。”黑人男子说。

诺德斯特洛姆相当有力的一记重拳打向那个黑人，击中了他的脸颊下部，打得那人陀螺似的原地打转，不得不松开紧抓在手中的萨拉。接着，他的双膝一弯屈，还没来得及反弹起来，就重重地坐到地上，眼冒金星。突然，劳拉和索妮亚开始尖叫起来，诺德斯特洛姆转过身，发现那位意大利人离他很近，手枪枪口瞄准了他的胸膛。那黑人男子揉了揉下巴，凶神恶煞似的瞪着诺德斯特洛姆。

“你死定了。”他狰狞地微笑着说。

听到尖叫声好一阵子之后，两个服务员和经理才迟缓地冲进来。对他们而言，没有意义去冒什么风险。

“仅仅是一场家庭纠纷。”诺德斯特洛姆说。黑人男子在萨拉的陪伴下，推开服务员就离开了。意大利人跟随其后，那位经理耸了耸肩。

回到宾馆后，诺德斯特洛姆认为，饭店里发生的意外事件是当天遇到的最后一个意外，令他厌恶。然而，此时，那个死亡威胁因其独特的方式而显得异乎寻常。他不得不去应对。假如你住在户外，假如你远离家门，事情肯定会发生。他匆匆地潦草写下一些应对方案，也就像他们过去在石油商圈经常说的“应急预案”。在他理所应当地拳击那黑人之后，在一个钟头里，他意犹未尽，喝了一大瓶瑞纳特香槟酒，还吸了菲利普的两支大麻烟。之后，他才从晚宴的余味中镇定下来。犹太小伙曾坚持主张在洗手间里进行紧急磋商，寻找对策，在那里他不停地主张：“噢，天哪，我曾经告诉过你。”然而，诺德斯特洛姆只是冷淡地哼哈，他的自信甚至使犹太小伙镇定了下来。他只不过是憎恨不速之客肆意闯入他们的聚会，因为那很可能是他的最后一次家庭聚会了。

在宾馆的套房里，有好几个预案可供选择。不过，它们都缺乏清晰度，因为他受到了酒精和咖啡因的共同作用，还有他左手摸到劳拉屁股时的那种感觉，就像是受到了电击一样，久久消失不尽。也许，二十多年过去了，你已经不再把荷尔蒙与爱情混为一谈了，不再感到喉咙口有堵塞，也不再感到胸口处空空荡荡的，但是，你几乎无法否定那快乐的性生活，虽然它早已呈现颓势，但是，它依然存在，谁也不懂个中缘由。第一个可选方案是，给他前公司的安保主管打个电话，他曾经是洛杉矶的联邦调查局局长。他将会提出客观专业而友好的建议。倘若实施该计划，那两个家伙在天一亮就会蹲进监狱。诺德斯特洛姆摒弃了这个选项，因为他并不真心喜欢那位主管。那家伙有点油腔滑调，还非常狡诈，他不想欠人家一个人情。第二个可选方案则更明智些，要不是劳拉和索妮亚要在第二天中午离开的话，他可能就已经打好电话了。那人是一个得克萨斯石油巨商的前保镖和事务总管，目前住在科帕斯克里斯蒂，以饲养赛马为业。诺德斯特洛姆现在还偶尔与那人交流食谱。他俩曾经一起去打鹌鹑，合作得非常愉快。有一次，那家伙和他妻子一道来到洛杉矶时，诺德斯特洛姆还盛情款待了他们夫妻俩。那人来自德尔里奥市，基本上属于得克萨斯农工大学队的线卫那种类型的人。现在他靠经营他委婉地所称的他的“特色菜”养家糊口。这个人很聪慧，收藏各种版本的狄更斯和萨克雷的作品。他是一个重要地下组织的主要仲裁员，主要处理从未见诸媒体的各种敲诈勒索案件，还偶尔充当杀手。对此，诺德斯特洛姆并不介意。但是，此时，那种威胁，尽管迫在眉睫，似乎并没有严重到雇凶杀人的程度。紧接着，电话铃响了。

“亲爱的，我把你吵醒了吧？”

“没有。我在看书。我的鼻子都还清醒着呢。”

“唉，没别的事，我只是为你担心。那个名叫萨拉的女子给我打过电话了。她想提醒你，要你小心。那个黑人男子非常危险……”

“我已经托人调查过他的身份了。他是一个贩卖小额袋装毒品的毒贩。”诺德斯特洛姆撒谎说。

“你真有头脑，亲爱的。不过，我已经告诉她在哪儿与你取得联系……”

“那样做你就没头脑了，”他打断说，“她嫁给了那个男子。不过，那没关系。睡一会吧。”

“抱歉。噢，天哪。”停顿了好一阵子，“你想要我过去吗？”

“当然想了，可是，我现在非常警惕，不会开门的。今天晚宴上你看上去很漂亮。”

“你也一样。那件事有点荒唐，但是，我原本就想在饭店继续的。”

“我也是，但是咱们没有成功。再见，亲爱的。”

“再见。保重。”

对没有让劳拉来访一事，诺德斯特洛姆感到，自己有点薄情。他的家人即将乘坐喷气式飞机，从他眼前消失。他突然想到，假如他愿意选择重新得到劳拉的话，他肯定能如愿以偿。晚宴时，索妮亚明显有预谋，做了个暗示，说她妈妈心情不好。他们离开饭店后，劳拉曾经疯狂地四处打听他的计划。出租车在中途停了一次，以便菲利普走下车，到排水沟处去干呕了一阵。他的酒量并不怎么样，却连续不停地灌下了那么多杯葡萄酒，远远超出了他的酒力。诺德斯特洛姆曾经说，他很可能把他打算旅行的各种票子兑换成现金，到烹饪学校去几个月，学习烹饪，然后，他将在海边的一家餐厅里找一份工作。受酒精、可卡因和疾速行驶的出租车的影响，他激动得不能自已：他将在海边为顾客烹饪，买一条小船，下班后乘船去钓鱼。他还未决定到底是去大西洋，还是太平洋，还是加勒比海。很可能是加勒比海，因为他已经买好了衬衫。劳拉和索妮亚急切地打断他的话，说：既然他已经把钱赠予光了，她们母女俩会给他买一家饭店。然而，他并不赞同，并进一步解释说，我并不是想要拥有一家饭店，只是想在一家饭店里当一名厨师而已。听到此话，她们娘俩似乎都有点伤心，可他也无可奈何。

接下来，萨拉打来了电话。她说，虽然还是凌晨五点钟，但是她想过来，把一些事情解释清楚。他说，他将在第二天下午一点钟在麦隆饭店请她吃午饭。她似乎很惊讶，但是，还是答应了。他有理由相信，他们认为他们弄到了毒品，要请他购买。他知道，他具有某种优势，从外表上却看不出：他不会像人们那样因成见而经常引起对他人的误读。萨拉、她丈夫和那个意大利流氓在纽约四处游荡，招摇过市，就像性情暴戾的孔雀似的。经常吸毒而且最终致命的人之所以如此，是贪婪的结果，因为他们不明白尽管那是一个错综复杂的游戏，它终究是有尽头的。诺德斯特洛姆在石油商圈时，甚至更早，就明白了这一点。他依然毫无睡意，于是，喝了一杯冰啤酒，在日记本里写下了一篇日记。

1978 年 6 月 15 日：

一个新鲜而有趣的问题。我受到了死亡威胁。我认为，这在本质上是对我的一种侮辱，而且将不得不根据那些条件来应对这个问题。不然的话，我会一走了之，因为这里根本就没有什么值得我留恋的东西。不过，那并不是问题的关键所在。人们经常让自己被傻蛋们牵着鼻子走，比如政府，还有成千上万的歹徒，因而，严重地使自己渐渐失去权力。很吃惊，我拒绝了劳拉，是有生以来第一次拒绝她，但是，当时我认为，生活是一个鲜明坚定的立场问题。今天夜里，我想起了小时候与妈妈一起钓蓝鳃太阳鱼的情景。当年，我得给钓鱼钩上放上鱼饵，因为她害怕跳鱼饵和蚯蚓，我还得从鱼钩上取下钓到的鱼。不过，她倒并不介意干那些清洗鱼、鸟或者兔子之类的活。还有一次，我俩去采摘黑莓，碰到了一头灰熊。她说，躲到我身后去，而我却说，我十六岁了，个子比你大。明天必须给她打个电话，也许去看望她一次，顺便看望一下亨利，然后，等秋天到了，就去南方。亲爱的妈妈，我正身处险境。假如亨利在的话，他很可能会一直等到天黑，把他们杀了。想当年，即使在他喝得烂醉如泥时，也没有一个年轻小伙子胆敢挑逗他。虽然我在制作某些沙司和甜点方面的功夫还有所欠缺，但是，我怀疑我是否真的需要到烹饪学校去学习。这起突如其来的暴力事件现在令人伤心。在这里，我原本已经为女儿张罗了一顿丰盛的晚餐。原本后天我就能乘上预订航班，飞往里约，但是，那个威胁就像牙疼一样，时时刻刻伴随着我。当然，突发暴力事件并不局限于市区。曾经在爸爸的葬礼上听人说，锯木厂附近的棚屋里住着一个锯木工，身材高大，厌倦他邻居家的狗叫，于是，在一天夜里，醉酒后，他徒手扭断了那只狗的脖子，还用狗的尸体痛打狗的主人，打得他不省人事。入狱服刑三十天，出狱后，他搬到了德鲁斯。劳拉原本此时能在这里，谈论着突发性暴力事件。她以前是多么令人惊叹的爱侣啊，大概现在依然如此。我俩曾经读过一本性爱宝典，但是，发现那宝典里没有我俩未曾尝试过的。渴望我的舞蹈。从生物学层面讲，我们人类是多么脆弱啊。我俩相处了四十三年，突然有一天，某个人在我俩之间捅了一刀，或者射了一发点三八口径的子弹，接下来，我俩就分道扬镳了。我十六岁那年打猎时，目睹了一起事故。密尔沃基的两个工厂工人正在威尔斯湖畔打猎，其中一人射中了对方，误把对方当成了一头鹿。我当时就在附近，给他搬去了医生的急救箱。我告诉救护车上的救护人员说，他们不需要带氧气，但是，他们还是把氧气袋用手推车推进了树林里。那是一发三十点零六口径的猎枪子弹，子弹从那人的皮带下方射入，击中髋骨，然后向上突然转向，向上蹿，在肩胛骨下方飞出，露出一个苹果大小的伤口。那天天气很冷，那伤口看上去令人作呕，伤者大睁着双眼。我现在想象得出，索妮亚正拿着一个笔记本，在乌菲兹博物馆漫步，如此专注而可爱。佛罗伦萨的那条河叫什么名字呢？必须睡一会儿了。已经是黎明时分了，我必须保持警觉。

早上起床后，诺德斯特洛姆用直柄剃须刀刮掉胡子。就像他爸爸先前教给他的那样，他用他的柔软皮带当作革砥，始终认为那是把胡子刮干净的唯一方法。一边喝着那三美元一壶的咖啡，体验临近中午时分的温暖，一边把头探出窗外。他远远看见下方弄堂里有一个男子，身穿脏兮兮的白色罩衣，正在那里吸烟。他想，厨师吸烟时应该面对大海才对。喝完咖啡，他穿上一件华丽的夏威夷风格的衬衫和一条斜纹布长裤。衬衫上印的图案是夕阳衬托下的冲浪者，裤子上好多口袋。他穿上齐脚踝高的沙漠长筒靴，顺手把那把剃须刀藏在靴子里。虽然那剃须刀会令他走路时感到不适，但是，在紧急情况下，它也许能派上用场。

他故意提早半个小时到达了饭店。他瞧见了那个意大利人待在远处一辆停在路边的轿车里，他付给一个服务员十美元，要他送去一张纸条，上面写着："嗨！当心。"萨拉打扮得很漂亮，在她进入饭店时，许多人都回头张望。他俩在靠墙角的窗子附近坐下，此时，他发现那个意大利流氓不见了踪影。他俩一边谈论舞蹈，一边就餐。为了补充体力，诺德斯特洛姆吃了生鲜双份牛排。她只是敷衍地吃了一份色拉。她十岁时就开始跳舞了，师从安德烈·艾格莱夫斯基，这位老师最近才去世。她希望到雅克枕舞蹈的发源地雅克布斯·皮罗去过七月和八月。她是纽约大学的一位法学教授的女儿，与斯拉茨结婚已经三年了。斯拉茨是一个令人激动的人，虽然有点儿反复无常。诺德斯特洛姆认为，到目前为止，她并没有显露出任何迹象，表明她是独自一人行动。她身上具有照片或者镜子里的影像所具有的特点。她说，她需要在最隐秘的情况下跟他交谈，也许在他下榻的宾馆房间里谈话要比饭店里更安全。

他俩徒步穿过了六七个街区，抵达了那家宾馆。由于在鞋子里放了一把剃须刀，诺德斯特洛姆走起路来显得有点瘸腿。他认为，他非常喜欢纽约，如果事情平息下来，等他回一趟威斯康星之后，纽约将是他上烹饪学校学习的理想之地。就连纽约那糟糕的空气也挺好，某种程度上，使人上瘾，使人对臭氧和氧气的混合物与由饭店和地铁排风口排出的各种气味上瘾。一顿丰盛午餐后就去看看罗丹的雕塑作品——巴尔扎克的半身像，以免消化不良。还有在东侧这里，可以欣赏世界上最靓丽的美女。如果是由于浮躁原因无法生活在森林里了，纽约就成了当仁不让的首选之地。各地的市郊到处都死气沉沉，令人窒息。一切都毫无生气，所有树木看上去都是移植过来的。他在一家商店短暂停留了片刻，去购买了诺曼底山羊乳酪；那乳酪用稻草捆扎着，透过包装还散发出浓浓气味。他对她表现出的不耐烦感到可笑，并准确地预测到接下来会发生的事情：她会引诱他，接着，一阵假惺惺的关心之后，她会敲诈他一笔。她的演技其实并不怎么高明。尽管鞋里放着剃须刀，但是，他依然心情轻松，精神抖擞，心中暗自怀疑：天黑之前，任何险情都有可能会发生。

事情果真像他预料的那样发生了。在房间里，她吸食了一些可卡因，而诺德斯特洛姆则拒绝了。她装得跟少女似的，打开收音机，展示了几个舞蹈动作。她脱掉了身上的所有衣服，仅剩下了内衣内裤，神气活现地走来走去。她谈到她是多么多么喜欢劳拉和索妮亚，可是，当天发生了那件不愉快的事情，真是糟糕透了。他俩进行了性爱，大约半个小时左右，她再次使出拙劣的伎俩，突然陷入沉默。趁她去洗手间的间隙，诺德斯特洛姆用手帕作为保护，从她的手袋里取出了那支点三二口径的手枪，然后迅即把它塞到床垫下，一边吹着口哨，吹着那首老掉牙的酒吧歌曲《吾心之心》。她上完厕所，走了出来，佯装出一副愁眉苦脸的样子，又吸食了两包可卡因。

“不知道我是否能帮你……”

“帮我什么事？我怀疑我不能马上再次勃起了。你是一个疯狂的小风车。天哪。”他深深地打了个哈欠。

“我的意思是说保护你，让你免受斯拉茨的伤害。他着实是恼羞成怒了。其实，还没有谁在打过他之后还能够活在世上。”

“就连他妈也如此吗？难道他小时候没有挨过他妈的打吗？我敢打赌，你以前也抽打过他的屁股。”

“你最好严肃点。昨天夜里他原本可以杀了你，可是，我劝说道，斯拉茨，不要这样。他并非是有意为之。不过，我只能做到那个地步。”她变得恼火起来了。

“可我确实是故意的。他搞砸了我女儿的毕业晚宴。我想要他给个道歉。转告他。他举止粗鲁……”

“那办不到，你这个乡巴佬。要不是我，你早就死了。我再三向他恳求，最终，在今天早上，他说，要是不杀你的话，他要你支付一万美元。那是最终条件，没有讨价还价的余地。明天午夜是最后期限。别逃跑。逃到哪里，他总会找到你的。他的关系网无处不在。”

“告诉他，那也是我提出的最终条件。”

“你他妈的在胡说什么？”她恼羞成怒地说。

“明天午夜之前我不会杀了他。也就是说，我俩扯平了。谁也不杀谁。谁也无需去银行。大家都各自保留自己的钱。”

她写下一个数字，说她希望他明智一点，想想清楚。之后，她就愤然离开了。诺德斯特洛姆关掉收音机，专心思考“明智”这一问题。其实，他从未感觉到他比此时更加明智。他已经决意一辈子待在纽约，而与此同时，他的家人却在大西洋上空渐渐远去。他母亲和他父亲的挚友亨利在威斯康星州北部。他已经吃过午饭，做过爱。接下来就是迫切需要的一个午睡，然后是一次长距离散步，还有一顿迟到的晚餐。也许晚餐后再去看一场电影。但是，他心中有一丝前一年夏季向那位犹太小伙询问有关萨拉情况时的回味，一种受到警告之后愈加好奇的心理。他毫无兴趣地想象着其他可选预案，漫不经心地想着要么去机场，要么干脆租一辆小汽车，要么打电话到科帕斯克里斯蒂。最后，他终于下定决心，打电话给服务台，要求她安排一下，加开他卧室隔壁的那间房间。接下来，犹太小伙打来电话，向他表示关心，并且补充说，他在布鲁克林那边有一个二堂兄，是一个精神变态的杀人狂，也许能助他一臂之力。诺德斯特洛姆让他放心，对他说，一切都“多情浪漫”，还说，如果有问题的话，他会打电话。服务员手里拿着新开房间的钥匙出现了，诺德斯特洛姆准备开始午睡。他认为，整个事情不公平，敲诈勒索的招术太拙劣，不必太认真对待，就连那死亡威胁也如此而已。因此，也就不再去想这些了。天黑之后的晚些时候才会是真正考验；如果没有新情况发生，他就随它去了。

七个小时后，在新开的房间里，他坐在椅子上看《奥杜邦》杂志。之前他已经草草读完了整部埃米尔·米歇尔·齐奥朗的《衰落简史》，那是菲利普临走时为他留下的一本书。齐奥朗一下子就成了诺德斯特洛姆最钟爱的作家，而且他打算搜遍全城的书店，收集更多他的作品。他已经在房间里布满武器；剃须刀片放在一扇敞开的窗子的窗台上，萨拉的手枪依然包在手帕里——上面的指纹也许会有用——在他前方的桌子上放着一瓶葡萄酒，用一条湿毛巾包裹着，可以当作短棒用。他心里清楚他所做的一切完全荒唐。尽管危险迫在眉睫，但是，他还是情不自禁地笑了。不过，后来他思忖，他也许拥有一个外行所具有的微弱优势：他的注意力完全集中，一心无二用，因为他已经失去或者放弃了世上的一切。他穿过未锁的双扇门，从沿街的窗户走过，然后关掉电灯。此时，倘若有人在监视那扇窗子，他们就可能想当然地认为他要上床睡觉了。他已经把一些空啤酒罐沿着地板四周摆放了一圈，每个罐子里面都插入了一个勺子，幼稚地认为它们可以作为一个先期预警系统。他拿起日记本，穿过那间卧室，走进新开的房间，让里边那扇门半开半掩着。他怀疑，任何闯入者都难抵御住那间作为诱饵的新开房间的诱惑。他内心一阵冲动，想喝一杯酒，不过还是克制住了。

1978年6月18日：

今天中午，女儿和前妻与菲利普一道乘飞机前往欧洲了。我坐在这儿，等待斯拉茨的手下出现，很可能是那个意大利人，等待他来进一步威胁我——很可能会因为我回应萨拉的敲诈时表现出的蛮横无理而挨一顿揍。倘若我成功了，他将会多么吃惊啊。明天要核实一下烹饪学校的情况，还有齐奥朗的作品。喜欢标题是《祷告的傲慢》、《勇气与恐惧》、《“新生活”的嘲弄》、《对夜的非抵抗》和《冷对时间》。尽管菲利普纯粹是傻瓜一个，我还是得寄一封感谢信给他。真希望我能吃一些煎炸蓝鳃太阳鱼。一杯酒。一个美女。不知道齐奥朗每天发自绝望深渊而进行写作是在图什么。要写信去问一问的话，又显得冒昧，不过，我猜想，他理应快乐，就像人们所言，能从他的一系列作品中找寻到答案。我不是那种有暴力倾向的人，我对暴力也不感兴趣。各种媒体时常废话连篇地浪漫化这种暴力行为。在我所读到过的所有有关我认识的人物的报道中，没有一篇是准确的。整个世界混乱无序。如果你研究一下人们的面部表情，你就能发现，抵御这一原则是何等紧张吃力。我的第一道警戒应该是电梯的缆索，除非他爬楼梯上来。可是，那扇门在里面被反锁上了。锁具，除了能防备那些技术最拙劣的罪犯之外，一无是处。真希望我的那只大型布维尔牧羊犬还在我身边，就是在沙滩上被汽车撞死的那只。在城市里养一只那种大型犬真是很恐怖。犹太小伙谈到过一家意大利餐厅，里面烹饪一流的炖鱿鱼。或许明天夜里就去吃一顿。那次在麦隆饭店，一不留神竟然吃完了那整个布丁，直到我结账时才意识到，感觉撑得慌。萨拉的外阴形状美丽，是我所见到的最漂亮的女阴之一。自然天成的惊人之作，阿门。曾记得我原本可以给远在美国禁毒署的那位老朋友打个电话，叫他把斯拉茨抓起来，送进监狱。然而，奇怪的是，我讨厌看到任何人被关进监狱。这种新生活是我自己苦心选择的，因此，最好学会如何独立处理事务。现在已经是半夜时分了。

诺德斯特洛姆从书桌旁站起身，视线扫了个半圆，仔细看了看他的所有“武器”所摆放的各个位置。他身上穿着睡裤，关灯之前，他在镜子前分别跳了一段吉格舞和曳步舞。假如一切顺利的话，他将单独租一套房间，或者从某个二房东那里分租一间，再弄一台收音机，这样，他就能再次开始跳舞了。他已经为那间套房提前支付了整整一个星期的租金，每天两百多美元，心想他也许需要招待客人用。然而，此时，他知道他必须省吃俭用了。他开始强迫自己别胡思乱想，以便他坐在那里能全神贯注，静听周围可能的任何动静。他已经特意把手表放在了卧室里，因为他认为，手表之类的东西运转的时间不一致，是一种令人分散注意力的无用之物。

有趣的是，他注意到，在黑暗里，尽管他刻意不去胡思乱想，但是，一个个形象依然在他脑海里徐徐浮现出来。他发现，如果他不把注意力集中在脑海里出现的那些形象上的话，不论它们多么迷人，也都会消失。那些形象画面从左到右一一出现：索妮亚睡在婴儿床里；湖面上空电闪雷鸣，暴雨如注，一只长颈鹤正飞快掠过金属似的湖水表面；妈妈在采摘野草莓；圣迭戈高速公路上一辆严重受损的车辆；在布鲁克莱恩跳舞；马布尔黑德的芦笋；他一生里从未见到过的一个令人神魂颠倒的女人。此刻，他的双眼盯着隔壁大楼上方微微露出的一点亮光，仅有指甲盖大小。原来，那是天上的月亮，几乎是望月了，月晕像一个绽放的花朵，月光照射到他的房间里，他放在地板上的双脚依稀可见。一个插着勺子、倾斜着的啤酒罐也依稀可见。他站起来，挺直裸露的后背，紧贴在门的边框上。他一分钟呼吸五次，等待即将发生的事，他的心脏似乎跳到了嗓子眼里。此刻，睡裤束带正下方的内侧部位有一点发痒。接着，那人推开门，鬼鬼祟祟地迈出三步，走进了房间，停顿一下，半转身回头张望了一下，然后又向前走了三步。诺德斯特洛姆用墙壁作为一个支点，以迅雷不及掩耳之势，一个箭步冲过房间，抓住了那人的后背下部；那人甚至还没来得及挣扎，诺德斯特洛姆两个大跨步，就把那男子迅速拖到窗边，扔到了窗外。那男子试图自救，但是仅仅抓住了窗子边框。在他坠落最初几层楼的过程中，那男子没有发出任何声响，接着，便开始大声尖叫，那尖叫声渐行渐弱，直到他的身体重重地砸到楼下的垃圾箱上。此时，诺德斯特洛姆产生一种奇怪的想法：整个过程就像在一个深水处抛掷出一个巨大的船锚，可是，由于某种莫名其妙的原因，那地方却没有水。他把萨拉的手枪从窗口扔到楼下，然后用那个手帕擦了擦脸上的汗水。月亮清晰而甜蜜地照在他的脸庞和胸膛上。来纽约的游客们通常忽略了一点，那就是：纽约市上空也有一轮明月。

第二天早上，诺德斯特洛姆刚刚冲了个淋浴，然后，他一边喝咖啡，一边在跟他母亲通电话。就在此时，两位侦探登门调查来了。他请他们进屋谈，很快就完成了调查。他母亲正计划在十一月份与她的堂妹伊达一起去夏威夷旅游。她俩希望现场目睹杰克·劳德拍摄《夏威夷特勤组》[①]。前来调查的其中一名侦探接受了一杯咖啡，而另一名侦探朝窗外观察了一番。他俩都显得很不耐烦。在调查过程中，诺德斯特洛姆回应说，对，没有听到任何声响。在酣睡。庆祝时间太长了。他女儿在萨拉·劳伦斯学院以班级第八名的优秀成绩毕业了。当问及：是什么缘由令他在宾馆另开一间房呢？他说，他猜想他的前妻与他女儿可能会多住上一天。他走到窗前，与两名侦探一起朝楼下看。噢，真不像话。一个可怜鬼。肯定是一起自杀事件。也许如此，但是，他绝对不是宾馆客人，也不会是模范公民。事实上，他肯定是一个恶棍，而且警方正在试图排查他来到这个街区的动机。那天上午天气很热，诺德斯特洛姆主动给两名侦探递上啤酒，但是，对方都婉言谢绝了。他们还有许多楼层要调

① 又译为《天堂执法者》。

查走访。只说了声“谢谢”。

两名侦探刚一出门，萨拉就回电话了。她使用的电话号码正是他在前一天夜里睡觉前给斯拉茨拨打的那个号码。在通话中，诺德斯特洛姆语气很严肃。他说，那名囚犯出于伤心从窗子飞身跳下之前，曾经做过一次全面坦白。也许，他在乘电梯时，忘记数一数楼层的层数了。现在谁知道呢。诺德斯特洛姆提出邀请，要她和斯拉茨一起到沃尔多夫的那家日式餐厅共进午餐。届时，他们就能了结一切了。接完电话，诺德斯特洛姆做出安排，要与那位犹太小伙一起共进晚餐，心想：那小子也许有些锦囊妙计，能向他推荐一所烹饪学校。

说实话，他对自己的所作所为感到颇为纠结，但是，他似乎别无选择。这些罪犯也许会最终威胁到他的家人。如果那天夜里结果是另外一种情形的话，他在心中也早有准备。可是，把一个活生生的生命从高楼上抛出去，让他上了西天，这绝非是一件小事。仅仅是在偶发情况下一个人才会坏到该死的地步。他穿好衣服，在当地一个书店接着一个书店地搜寻和浏览，寻找齐奥朗的作品，偶有斩获，最终在惠特尼附近的一家新开张的“图书公司”找到了他想要的那些书。

他到达沃尔多夫餐厅的时候，萨拉和斯拉茨已经就座了。毫无疑问，他们提前到达的目的是去交易毒品。诺德斯特洛姆被一个浓妆艳抹的艺妓引到餐桌就座。他刚一坐下，他的一位石油界的同事就来到他的餐桌旁，停下脚步。那人年事已高，满脸通红。诺德斯特洛姆向他介绍了与自己一起共餐的餐友，他还主动承认说，他目前没事干，只是在想去烹饪学校。听到这里，两人的谈话便不欢而散。斯拉茨穿着一身哈斯贝尔牌蓝色灯芯绒夏装，风度翩翩。那位石油界同行离开后，酒水端上来了。

“喏，你是一名凶手。”斯拉茨故意带着羞辱的语调说。萨拉也点头附和。

“对呃，”诺德斯特洛姆带着怪异的腔调说，故意想使对方感到不舒坦，“此刻，在这张台布的下方，我已经用一把点四四口径的手枪瞄准了你的裆部，我在想，需要自卫时就炸掉你的屁股。”斯拉茨瞪大双眼，既惊讶又怀疑。诺德斯特洛姆疯狂地对萨拉使眼色，大喊一声“砰”。饭店里所有人都惊恐万分，纷纷转过头，斯拉茨吓得打翻了他自己的酒杯。听到声响后，一位艺妓匆匆跑过来。“我刚才只是在讲一个故事，故事以‘砰’结尾，”诺德斯特洛姆向饭店里的所有人解释道，“我想要三份生鱼片和一只大号鱿鱼天妇罗。给这位先生再来一杯酒。”那位艺妓鞠了个躬。

“你他妈的疯了。”斯拉茨厉声说。

“对呃。我刚才想要你全神贯注。”

“噢，小伙子，你摊上大麻烦了。”斯拉茨说。

“是的，你……”萨拉开始随声附和，但是，她注意到了诺德斯特洛姆在疯狂地怒视她，于是，便欲言又止。他盯着他俩，奇怪地偏着头。

“你俩都给我闭嘴，别提他妈的这种屁事。谁再提及，我就扒了谁的心脏。我只能采取他妈的那唯一措施，你懂吗？你派那个意大利傻瓜潜入到我的房间，而我证明了一点：他不会飞行，一点儿都不会飞。现在我手中有他的认罪书……”

“这家伙永远都不会谈话了。”斯拉茨打断他的话说，第一次完全专注于餐桌上正在发生的事。

“你就知道这么多，混蛋。”诺德斯特洛姆得意地开始展现他精湛的表演才能。到目前为止，这对他而言史无前例。“我1967年时曾经在越南的岘港为特种部队审讯俘虏。有时候，我们把他们从休伊直升机上抛出去，有时候，我直接把他们勒死。他们的脖子都很细。”诺德斯特洛姆一边说，一边用双手做了一个勒脖子动作。“你的朋友是一个难以对付的家伙。我用警棍电击他，但是，当他醒过来时，他还不愿老实，因此，我把一条湿毛巾打了个结，塞进他的嘴里，这样他就不会咬人了。接着，我把四根手指伸进去，向上猛提，拔掉了他的门牙。口供连同一颗金牙现在就放在奇思曼哈顿的一个保险箱里。诺德斯特洛姆还记得，先前在饭店里见过那人镶有一颗金牙。“后来，我把那个混蛋扔出了窗外。紧接着，我给你打电话，然后就上床睡觉了。”

生鱼片端上桌了，诺德斯特洛姆劝他俩用辣根芥末时要节约一点。斯拉茨瞪着眼睛凝视着他，感觉到有点上圈套了。整个事情一直都有点愚蠢，有利机会正在消失。“这是生鱼，对吗？”诺德斯特洛姆点点头。斯拉茨先试探性地尝一下味道如何，尝了一口就喜欢上了那鱼片，于是，便开始津津有味地吃了起来。

“也许是一场平手。他妈的，博托还欠我一千块钱呢。有个侦探今天在追查我的那笔钱。你需要再买一点货吗？”

斯拉茨向服务员做了个手势，指向他自己的位置。“再来一杯。”他说道。

“不买了，谢谢。我并没有打算买。或许，我可以替一位朋友买一些。”天妇罗到了，诺德斯特洛姆为客人一一奉上。

“在这里，我在这里他妈的大吃大喝，而我爸爸却在硫磺岛死了，”斯拉茨大笑，“卖给你，就是五百美元一袋，每袋四分之一磅。我能看见这个侦探，他在花我的钱喂他的老娘们儿吃大龙虾。”

“真的很抱歉，那天我不该打你。通常情况下，我思维迟钝，反应迟缓，可是，当天我在洗手间里吸食了一点可卡因，而且我忘记你已经结婚了。”

萨拉赶忙解释说，那只是一种赚钱方式，一种兼职，还说他俩并没有结婚。富翁们同情她遭受虐待，并资助她，以摆脱斯拉茨的掌控。这次对诺德斯特洛姆，他们决定逐步变本加厉，因为他们深信，他这个人头脑简单。斯拉茨很好奇诺德斯特洛姆的旅行计划，其实，诺德斯特洛姆早就把这件事抛诸脑后。但是，提到国外旅行，诺德斯特洛姆突然想起了《国家地理》杂志刊登的一幅照片：在迢迢千里之外的地方，朝气蓬勃的小伙子们正在剪羊毛。他们继续又聊了半个小时，萨拉建议他旅游回来后去维弗利岛上的一所烹饪学校学习。结账时，斯拉茨执意要为那顿饭买单，诺德斯特洛姆则把原本给索妮亚买宝马车的那笔钱款从口袋里掏出来，放在大腿上，从中数出了一千五百美元。萨拉悄悄地从桌子下方闪电般地递给他一小袋可卡因。

“你在博托身上损失的一千块钱，我补偿给你。我想，咱们双方扯平了。现在，除了博托，大家都扯平了。”

他们走出饭店，进入沃尔多夫机场候机厅远端的一个休息室里。斯拉茨轻轻地拍了拍诺德斯特洛姆的肩膀。“别提心吊胆了。他是个笨蛋。”

午夜时分，诺德斯特洛姆在宾馆的卧室里，坐在黑暗中，仰头看着月亮，脑子里想着睡莲。索妮亚曾经一再建议他去参观现代艺术博物馆，去看看莫奈的巨幅睡莲油画。他吃过午饭后去参观了那个博物馆，心里一片茫然，盯着那些油画欣赏了一个钟头。此时，在月光下，威斯康星北部地区的湖泊里，所有睡莲在他眼前不停地旋转。有时候，它们绽放出奶油似的小黄花，有时候它们开出硕大的白花，散发着浓郁的奇异芳香，那是他二十五年后在一家宾馆的房间里闻到的香味。是一早就动身去旅行，还是先去威斯康星州待上几个星期？他犹豫不决。巴斯鱼喜欢藏匿在睡莲下，他过去游泳时经常从它们下方游过，然后抬头向上看，这样，睡莲看上去宛若空中的一座座绿色小岛，折射着光线。晚餐期间，他已经把那袋可卡因交给了犹太小伙。那犹太小伙如释重负。然而，当诺德斯特洛姆坚持认为，斯拉茨和萨拉两人是“好人”时，他却迷惑不解。有一个神经兮兮的英国女郎与那位犹太小子待在一起，她的美臀无比诱人。她想打电话叫一位朋友来陪诺德斯特洛姆，但是，诺德斯特洛姆回绝了。他确实已经真的疲惫不堪了。此时，能在月光下静静地躺在床上，仅仅保持呼吸状态似乎就令他心满意足了。你先是吸气，然后呼出，如此循环往复……如果你想要保持冷静，其实很简单。

尾　声

十月底，也就是他父亲去世一周年之后，他花了七百美元，购买了一辆67型普利茅斯牌轿车，然后驱车南下。一路上，他无需特别匆忙，因为除了一本兰德麦克纳利出版社出版的旅游指南外，他也没有任何目标。他抵达萨凡纳后，停了下来，购买了两个新轮胎，但是，他认为那小镇过于美丽，不符合他的趣味。他想避免待在一个自我感觉敏感的地方。尽管他渴望轻装上阵，但是，他在汽车后备厢里还放着一个行李箱、一箱书籍，还有一箱成套的炊具，因为他不忍心放弃那些东西。在他放弃一个又一个地方的过程中，他只是走马观花式的游历，他既没有感到快乐也没有感到不快。最终，在十一月下旬，他抵达了佛罗里达州素有“千岛村”之称的伊斯拉莫拉达，在那里的一家海鲜小餐厅找到了一份工作。那家餐厅声誉很好，可是薪水却低得可怜。刚上班时，他被要求清洗海虾和挑拣螃蟹，没几天，他的手指就发炎了。他曾经被一只隆背哲蟹夹住过手掌，疼痛难忍，从此，他也学会了谨慎行事。在不满一个月的时间里，他就获得准许，每天负责烹饪一道特色菜。他的居所是一座一室户的度假小木屋，位于一条碎贝壳路面的车道的尽头，路两旁是两排阴冷潮湿的红树林，红树林毗邻一个无法通航的内陆湖。小木屋内有一个小型天然气炉灶，一张双人床，一张塑料贴面餐桌，油地毡铺的地板，黑色猎豹台灯，一台摇摇欲坠的空调，还有三把藤椅。小木屋里面蚊子漫天飞，不过他并不介意，在威斯康星生活时，对如何对付蚊虫这事他早已是训练有素。他嫌去银行太麻烦，就把现金放在一个空的橙汁易拉罐里，倒放在冰箱的冷藏室里。棕榈虫到处乱爬，但是，他并没有去杀死它们，因为他认为，那些虫子胃口不会太大，也不会叮人。有一天，他看到一条又大又长的响尾蛇回到了那个既潮湿又脏乱的棕榈丛中，显得很兴奋。他购买了一条手划船。有一次，由于一个桨架断裂，他险些命丧大海。那次恰逢大潮，海边波涛汹涌，他被冲到了大海里。他花了一整天工夫用他的帽子向船外舀水，仅仅能用一只船桨划船。后来，他被渔民们救起，在医院住了两天，医治严重的晒伤，感觉自己就像一个十足的傻瓜。他心想，在这种全新的生活里，他完全得不到任何保护，谨慎行事是可取的。经过深思熟虑之后，他取出了一大笔存放在冰箱里的现金，购买了一艘波士顿捕鲸船和一台六十马力的埃文鲁德牌船外发动机，认为它是市场上可买到的最牢固的船只。他在船舷的上缘系上了一根推杆，借助这个推杆，在涨中潮时，他能把船侧身划过那个内陆湖，把它停放在小木屋旁。他购买了一个转轮钓鱼竿和一些夹子，买了防水面罩和蛙鞋，还买了一本海洋生物学方面的书籍。他蹚过潮汐低洼滩涂，去看船底；在海峡里钓鱼；对照着那本书辨认所钓到的鱼属于什么鱼种，然后再把它们一一放生。他每个星期上六天班，但是，在每天上午和星期一休息时，他就去探险。当他在这些陌生水域感到更得心应手时，他买了一本海图图册，还买了一条拖船。此后，每逢星期一，他就到远海的人松树海域，那里有更多布满红树林的小岛和潮汐冲蚀的崖岸。有一天，天气温暖宜人，海上风平浪静，在一处深水潮汐流里，他钓到了一条大海鲢。它在船附近的水域里猛冲直撞，摆动着巨大的银色身体，鱼鳍拍打得噼啪作响，终于挣脱了。对此，他煞是震惊。那一天，他认为他数了数，水中有一千种绿松石色的不同色度。此时，他的身份也变了，除了是一名厨师，他已经变成了一个水、风和云的观察者。深夜里，他伴随着一台晶体管收音机翩翩起舞。他成了当地人快乐的源泉，受人尊敬。他与一位跟他年纪一般大的古巴女服务员私情甚欢。她有一台袖珍立体声音响，教他跳拉丁舞。有一天夜里，他把两个膀大腰圆的醉汉扔出了饭店，把其中一人揍得昏迷不醒，从此，他在当地备受尊重。不过，那件事使他回想起了博托，令他心情不畅，他回到家时，哭了好几分钟。他与身在佛罗伦萨的女儿书信来往闲聊，与菲利普交流妙语，评论那个伟大作家齐奥朗。当那位古巴女服务员放弃伊斯拉莫拉达，前往迈阿密之后，他与一名大学生短暂风流了三天。那位大学生只是有一点郁闷而已，其实她真的对性交不感兴趣。他母亲来信说，她在火奴鲁鲁亲眼见到了杰克·劳德。她和亨利计划在四月份，在旅游旺季结束之后，而且届时诺德斯特洛姆会有更多闲暇时，去南方进行一次为期两周的旅行。亨利认为飞机是对他的生命和空中飞鸟的伤害，因此，他俩将不得不乘长途巴士去旅行。有一天，在航行途中，诺德斯特洛姆看见了一条海鳗和一条黑鳍鲨鱼，顿时欣喜若狂。

一天傍晚，诺德斯特洛姆走到饭店后面，去抽根烟，短暂休息片刻。他看到两个女服务员，一边低声耳语，一边向他靠近，然后停顿下来。傍晚休息期间，他已经养成了一个习惯，总是会坐在打捞上岸的一块巨大的珊瑚上。那块珊瑚有好几百磅重，由微小的古老、压碎的海洋无脊椎动物形成。他总是会喝一杯冰镇果汁朗姆酒，点上一支烟，远望大海。由于他担任的是主厨一职，其他帮厨没有谁胆敢霸占他的这个座位。此时，那两位女服务员走到了他的面前，两个人都有点丰满，都在咯咯地笑，但是，其中一位是五官端庄的橄榄形脸蛋。她俩主动请他吸大麻烟，他敷衍地长吸了一口。她俩遇到的问题是：今天夜里在一号线的一个酒吧里要举行一场舞会，可是她俩没有舞伴陪同，而且，她俩又不想单独进入那家酒吧。诺德斯特洛姆感到局促不安。他从来都没有在公开场合里跳过舞。噢，天哪，为何不去呢，他自言自语道。在酒吧里，他与那两个女郎一起跳舞，也跟任何愿意和他跳的女人一起跳，一直跳到了凌晨四点钟乐队下班。接着，他又独自随着自动点唱机的音乐跳舞，一直跳到凌晨四点半大家都得散场为止。

秋日传奇

第一章

1914年10月底，兄弟三人骑着马，从蒙大拿州的肖托出发，前赴加拿大艾伯塔省的卡尔加里，应征入伍，去参加“伟大战争”。其实，直到1917年，美国才正式宣布参战。一位名叫“一刀”的土著夏延人陪同他们一道前往，目的是要带回随行的马匹，因为那些都是纯种马，况且，他们父亲认为，让三个儿子骑马去参军不成体统。“一刀”对北部落基山地区的所有捷径都了如指掌，因此，在他的带领下，他们骑着马，翻越了一座又一座荒山野岭，途经的大多数路线都远离公路和村落。他们在黎明前就动身出发了。在马厩里，他们的父亲身上披着他那件用野牛皮制成的长袍，手提一盏马灯。大家全都默默无语，老父亲一一拥抱了他们，向他们道别。他呼出的气息宛如一小朵白云，朝屋顶的椽子方向袅袅飘去。

天刚蒙蒙亮时，狂风乍起。大齿杨在大风中随风摇摆，已经泛黄的树叶一片片地从高高的草原上飞快地掠过，葬身于一处坑洼里。蹚过第一条河流时，他们看到，被吹落的棉白杨树叶随风被卷进了一个个漩涡，紧紧粘贴在一块块岩石上。由于大山里刚刚下过第一场雪，一只秃鹰被迫出来觅食，正在寻找猎物。他们驻足片刻，观察秃鹰捕获猎物的场景：它从空中飞落到地面，在灌木丛里飞快地追逐一群绿头鸭，结果竟一无所获。狂风掠过林际线上方的岩石时，发出清脆刺耳的呼啸声。即使在山谷里，他们也能清晰地听见一阵又一阵的呼啸声。

临近中午，他们翻越了一个分水岭，是科迪勒拉山系的一个山脊。在山顶上，他们转过身，回头再看最后一眼他们家拥有的那个牧场。虽然已经远在二十英里之外，但是，在凛冽寒风的吹拂下，空气格外清新，碧空如洗，那牧场看上去仿佛近在咫尺，美丽如画，令人叹为观止。三个兄弟看着眼前牧场的迷人景色，恋恋不舍。“一刀”则不然。由于他担心他们三个兄弟触景生情，徒生伤感，因此，在穿越北太平洋铁路公司的路轨时，他佯装出一副不屑一顾的神情，径直昂首前进。又行进了一段路程之后，时值正午，他们都听到一匹野狼在哀嚎。然而，他们都假装没听见，因为听到狼在正午时分嚎叫是最不吉利的凶兆。他们原本打算找个林中空地坐下来吃午餐，但是，此时他们担心狼的嚎叫也许会再次传到他们耳畔。于是，他们一边骑马赶路，一边吃午餐，仿佛想尽快逃离那哀伤的嚎叫声。大哥艾尔弗雷德念念有词地做了一通祈祷。而二哥特里斯坦则一边破口大骂，一边快马加鞭，超越了艾尔弗雷德和“一刀”。小弟塞缪尔若无其事地缓缓行进着，目不转睛地观察着沿途的花草和鸟兽。他是全家的心肝宝贝，虽然年仅十八岁，就已经在哈佛读了一年大学了，在皮博迪博物馆从事博物学家阿加西学派的研究。当“一刀”到达了一片辽阔草地的尽端时，他停了下来，等候塞缪尔跟上行进队伍。当他看到那匹枣红马慢腾腾地从丛林中渐渐浮现在眼前时，他的心一下子凝固了：马背上的骑手手持半个泛白的野牛头盖骨，遮挡在脸前，哈哈大笑，那笑声穿过广袤的草地，传到了那位印第安老头的耳畔。

在他们旅途的第三天，大风终于停息了，天气暖和了，太阳在秋日的雾霭笼罩下，变得朦胧暗淡。特里斯坦射杀了一头野鹿，作为午餐食用。这令塞缪尔感到恶心，因为他只是出于本能的礼貌才会吃鹿肉。艾尔弗雷德，一如既往，在一旁沉思默想，一言不发。他在想："一刀"和特里斯坦胃口可真大，一顿饭竟然能吃得下那么多鹿肉。事实上，他自己则对牛肉情有独钟。特里斯坦和"一刀"先吃掉鹿的肝脏，而塞缪尔则在一旁大笑，说他自己是一个杂食动物，但是最终会变成食草动物，不过，特里斯坦是地地道道的食肉动物，他饱餐一顿之后，能一连几天不吃饭，去骑马，或睡觉，或酗酒嫖妓。特里斯坦把吃剩下的鹿的骨架送给了当地的一位农夫，一位农庄主。那天夜里，他们就借宿在他家，住在简陋的谷仓里，因为与那挤满孩子、弥漫着浓烈尿臊味的小木屋相比，他们更愿意待在谷仓里过夜。当然了，那位农夫并不知道欧洲正在如火如荼地进行着一场战争，更不能确切地说出欧洲处在地球上的什么位置。出乎意料的是，晚餐时，塞缪尔看到农庄主的大女儿时便一见钟情。由于她的母语是德语，所以他还吟诵了德国大诗人海因里希·海涅的一首诗。听后，她父亲哈哈大笑，她母亲和女儿羞涩地离开了餐桌。黎明时分，当他们准备离开农庄，继续赶路时，那位姑娘送给塞缪尔一条围巾，是她熬了一个通宵才织成的。临别时，塞缪尔亲吻了她的手背，说他会给她写信，然后还把一块金质怀表递给她，让她妥善保管。"一刀"在给马匹备鞍时，碰巧透过畜栏亲眼目睹了那一幕。他拿起塞缪尔的马鞍，感觉到他仿佛抽到了死亡签，因为死亡总是存在于女性内心里那最神秘难测、最阴暗的角落里。

潘多拉、美杜莎、酒神的祭司、复仇三女神之流都是女性，尽管她们都是超越性爱层面的小神。与她们对尘世或者美的实质的了解相权衡，谁更能了解死亡呢?

在前往卡尔加里的余下路途中，他们碰巧遇上了俗称为短暂的“印第安夏季”的天气现象。在温暖如夏的天气里骑马前行，他们一帆风顺。然而，在一家路边酒馆里，发生了一起严重冲突。到达那家酒馆时，他们拴好马，希望进去喝杯啤酒，以冲去他们满嘴的尘土。不料，店主却拒绝让“一刀”进店。塞缪尔和艾尔弗雷德上前与店主理论，却无济于事。特里斯坦给马匹饮完水后，走进酒馆，他审时度势，一记重拳把粗壮的酒馆老板打翻在地，顿时不省人事。站在一旁的那个跑堂紧张地举起手枪。特里斯坦用手指轻轻弹给他一枚金币，拿了一瓶威士忌和一桶啤酒，走出了酒馆。然后，他们在酒馆外的一棵大树下吃起了野餐。艾尔弗雷德和塞缪尔对特里斯坦的此类行为早已习以为常，于是，两人都耸了耸肩。“一刀”喜欢啤酒和威士忌的味道，但是，他总是喝一口酒漱漱口就把它吐到了地上。他是夏延族印第安人，不过，在过去三十年里，他都是在克里族和布莱克富特族的领地里度过的。他已经决定，倘若他在有生之年还能再回到家乡莱姆迪尔，他才会一醉方休。他吐酒的动作令塞缪尔和艾尔弗雷德忍俊不禁。不过，特里斯坦并没有露出丝毫笑意。他了解“一刀”，自从三岁那年起，他俩之间的关系就一直亲密无间，而塞缪尔和艾尔弗雷德总是小瞧这位夏延人。

抵达卡尔加里后，作为入伍新兵，他们受到了不同寻常的欢迎。与他们的父亲一样，负责组建地方骑兵团的那位少校也是来自康沃尔的同一地区。事实上，他跟他们的父亲于同一年乘一艘双桅帆船从法尔茅斯出发，他被运送到海里法克斯，而他们的父亲到了巴尔的摩。少校对美国拒绝参战一事感到困惑不解。他准确地预测到，那将是一场残酷而旷日持久的战争，而那些加拿大人则表现出天真的乐观思想。他们凭空认为，地方骑兵团一旦登陆欧洲大陆，德国皇帝和德国佬就会仓皇而逃。不过，在当时，士兵们身上显露出的那种幼稚的傲慢情绪却倍受赏识。其实，那些士兵大多数都是各种国际经济阴谋和政治阴谋的炮灰。在乘火车被运送到魁北克的运兵船上之前，他们仅仅接受了为期一个月的训练。其间，艾尔弗雷德很快晋升为军官，塞缪尔也因为其专业的德语水平和出色的判读地形图的能力而被提拔为随从参谋。然而，特里斯坦又是打架又是酗酒，结果受到了降级处分，被勒令负责看管马匹。其实，他对干这份工作倒是感到相当惬意，因为穿上军装令他局促不安，军事操练又令他无聊到哭鼻子。倘若不是因为对他父亲的忠诚，倘若他不考虑到塞缪尔需要照顾这一因素，他早就溜出了军营，去盗一匹马，然后沿着“一刀”所走过的路线，一路向南，打道回府。

在肖托附近的家里，威廉·拉德洛每天都惦记着孩子们，夜不能寐。他是美国陆军工程兵团的退役上校。他三个儿子离家的那天清晨，他着了凉。在卧床养病的一个星期里，他整天都盯着北面的窗子，向窗外眺望，热切期待着“一刀”的归来，期待他带回一些消息，哪怕是一丁点消息也行，哪怕那消息没多少价值也无所谓。他给妻子写了一封又一封长信。她当时正在波士顿北部的普莱兹，在那里过冬。而且，为了在夜晚听歌剧或者欣赏交响乐之需，她还在路易斯堡广场保留着一座房屋。她喜爱每年五月到九月间的蒙大拿，但是，同样，在其他月份，她喜欢乘上火车，回到波士顿，享受那里的文明生活。对富有的土地所有者而言，这在当时并非罕见。一个流行的错误观念认为，牛仔们是牧场的所有者。而事实恰巧相反。他们与他们那个时代的那些四处流浪的职业嬉皮士并无二致，可谓是牧场里骁勇善战的哥萨克骑兵。他们了解各种动物的习性，胜似他们对彼此的了解。事实上，蒙大拿中北部的一些大型牧场大多数都归属域外的苏格兰和英格兰贵族们所有。他们出租牧场，但是，自己并不在那里居住，也很少去看管。乔治·戈尔爵士就是典型代表之一。他是爱尔兰人，粗暴蛮横，其贵族身世令人怀疑。在一次“狩猎”期间，他竟然猎杀了一千头赤鹿和相同数目的野牛，因而激怒了当地的印第安人。

然而，拉德洛怀着忧伤的心情，给他妻子写了一封信。她曾经主张让塞缪尔远离战争。她怀念一年前在波士顿时娘俩一起共度的美好时光。每逢周六，她与塞缪尔共进午餐，畅谈他在哈佛刚刚度过的总是令人兴奋的一周。她一直非常宝贝这个小儿子。她认为，艾尔弗雷德从小就刻板保守，办事谨小慎微，而特里斯坦则狂放不羁。九月，也就是萨拉热窝事件之后的一个月，她与丈夫吵了一架，花了三天时间整理好行装，然后就不辞而别。此刻，拉德洛幡然悔悟，他本应该留下塞缪尔，把他送回哈佛。即使纯粹为了取悦他母亲，他也应该那样做。她从东部带来了二堂妹苏珊娜，原本希望艾尔弗雷德与她能成就一桩美满姻缘，然而，苏珊娜却与特里斯坦订下了婚约。不可饶恕的是，订婚晚宴之后，特里斯坦就与“一刀”一起消失了，整整一周时间里都不见踪影。原来，一头灰熊吃掉了两头牛，他俩去追杀灰熊了。尽管如此，拉德洛心中默默赞许特里斯坦的捣蛋行为，对他俩的婚约颇感欣喜。

拉德洛躺在床上，身上盖着羽绒被，翻阅着他那本记录他生活的剪贴簿，在一阵微微的兴奋的作用下，他的思绪活跃了起来。他已经活到了这把年纪，此时，他年轻时那惯常的浪漫心绪已经变成了种种反讽：过去已经变成了一潭浑水，他无法从中理出什么头绪了。虽然他已经是六十四岁的人了，可是，他的身体却依然健壮，精神矍铄，充满活力，丝毫不减当年。他的父母都已经达八十几岁的高龄了，依然健在，住在康沃尔。康沃尔这地名意思是“阻止一起事故”。看来，他的寿命很可能比他所在乎的时间还要长。在剪贴簿中，他读到了他在韦拉克鲁斯[1]时期写下的一首情意绵绵的短诗，看到它被粘贴在一篇关于《鳕鱼的繁殖》的剪报旁边，此时，一阵愉悦在心头油然而生。作为采矿工程师，他的足迹遍及全国各地，从缅因州到韦拉克鲁斯，到亚利桑那州的汤姆斯通和加利福尼亚州的马里波萨，再到密歇根州北部半岛的铜矿区。他直到三十五岁那年才成婚，而且，在当时，那桩婚事对双方而言都是不大可能的事情——因为女方是一位腰缠万贯的投资银行家的女儿，来自马萨诸塞州。并不是说财富在这桩荒唐的婚姻中起着重要影响。他并不缺钱，他依然每个月都从韦拉克鲁斯的一家银矿公司领取大约五百英镑，按当时汇率计算，相当于近四千美元。那些钱集中存放在州府海伦娜的一家银行里，他每年都要去几趟州府，去处理他的多个投资项目，并且在“牛老板俱乐部”继续活动。然而，他的婚姻之烈火已经燃烧殆尽，已经渐渐从先前那种济慈式的火热令人意外

① 墨西哥东部港市。

地完全陷入一种体面的疏远和怪异。他俩延长了的欧洲蜜月之行使他俩的思想都开放了，以至于如果她在波士顿过冬期间找一个情人，他也不很在意。通常，她的情夫比她年轻许多。她最近发生的一桩鲜为人知的风流韵事是与一位哈佛大学生偷情，他叫约翰·里德，后来成为一个知名的布尔什维克，在莫斯科死于伤寒。如同当时众多富有的女权主义者一样，她的兴趣爱好浓烈而另类。大儿子的名字是按照传统风俗根据他爷爷的名字起的，之后，生二儿子时，遇到她鲜有的心血来潮，冲动之下，她给孩子起名叫“特里斯坦”，这个名字还是她在韦尔斯利期间费了九牛二虎之力从中世纪传说中搜寻到的。几乎不出所料，她是第一位玩马球的女性，在各方面的能力都足以匹敌那些视天下为其马厩的骄奢淫逸的男性马球手。然而，她却是上流社会中的一员。尽管已经五十好几了，尽管她那曾经苗条的身材已经近乎臃肿，她依然怪里怪气地把自己打扮得像一位花里胡哨的美女。她曾经试图把可怜的塞缪尔培养成艺术家，可是，那小子却继承了他父亲身上的基因，酷爱科学，经常带着他的大自然指南丛书在牧场里游走，一丝不苟地纠正书中存在的维多利亚式欠严谨之处。

自从孩子们离开以后，拉德洛第一次下楼到餐厅用午饭。令他绝望的是，他发现，餐桌上只在顶端的一个位置上摆放着餐具。尽管火炉里的炉火在熊熊燃烧，但是，那丝毫未能减轻餐桌上的冷清。牧场上的领班罗斯柯·戴克与他的妻子坐在一旁在喝咖啡。他妻子名叫佩特，是克里族人，美貌出众。在过去几年来，拉德洛的妻子曾经根据一本名为《阿里巴布》的法国菜烹饪指南亲手教过她烹饪，练就了一手好厨艺。戴克年近四十，没有人称呼他罗斯柯，他也不喜欢这个名字。他长着一双马术师的修长细腿，但是，由于青年时期长期干些为栅栏桩挖坑的体力活，他练就出了公牛般健壮的胸肌和双臂。

拉德洛说，他感觉很孤独，并且疑惑地问道，他们是否都可以在餐厅里跟他一起进餐。佩特给他倒了一杯咖啡，摇了摇头，意思是说，那样不合适。戴克则把脸转到一旁。拉德洛心想，他也许只好下命令，叫他们跟他一起就餐了，尽管十年来他们之间相处时都掌握分寸，保持着适度的距离和礼节。他一边想，一边感到自己的脸红了。因此，当天下午，佩特在木柴炉灶里用苹果酒炖制一道诺曼底鹿肉期间，拉德洛和戴克在紧张的气氛中一起喝咖啡，以消解炖肉的诱人香味。戴克试图打破僵局，与他谈话，谈起了肉牛养殖问题，但是，拉德洛仍在气头上，始终凝视着远方，置若罔闻。他看到伊莎贝尔从远处走过来，怀里抱着什么东西，正在穿过谷仓旁的场地。她是戴克的女儿，年仅九岁，她的名字是根据拉德洛的妻子的名字伊莎贝尔而起的，两人同名。她穿过水泵房，进入厨房门，手里捧着的东西原来竟是一头几周大的小獾，是特里斯坦送给她的。佩特看见后，立即叫她女儿把那小动物拿到室外去，但是，出于好奇，拉德洛插话了。那小獾好像是生病了，于是，拉德洛说牛奶一定要温热后才能给它喝，它可能会吃些粉碎的肉末。佩特耸了耸肩，便开始擀面团，准备做饼干，而拉德洛温热了一些牛奶，戴克给那小动物做了体检。他们在食品储藏柜里找到了一些旧奶瓶和奶嘴，于是，伊莎贝尔便一边给小獾喂奶，一边摇晃它。它如饥似渴地吃了起来。见此情形，拉德洛高兴地笑了。他取出一瓶阿马尼亚克酒，给他自己和戴克分别斟满了一玻璃杯，准备兑在咖啡里喝。由于是混血儿的缘故，伊莎贝尔有心理负担，拒绝上学读书。因此，拉德洛说，他会最终担负起指导她学习的任务，从第二天八点整就开始。

就这样，紧张气氛一下子明显地缓和了。于是，拉德洛走进地窖，去取一瓶干红葡萄酒，为晚餐助兴。多年来，他曾经始终对他妻子对高档葡萄酒的品鉴力漠然视之，可是，后来，由于他渐渐变成了她的一个皈依者，他便阅读了一本酒类学书籍，此后便开始狂热购买葡萄酒，一发不可收拾，最终，他的地窖里塞得满满当当，都是葡萄酒。其中一部分葡萄酒是他从开往旧金山的一列北太平洋铁路公司的火车上搞到的。那列火车因脱轨发生事故，他私下里从一位铁路官员那里购买了那批酒。就在酒窖里，他想出了困扰他的那个难题的解决办法，即他们所有人都到厨房就餐，“一刀”回来之后也不例外。那样的话，他希望他儿子们的缺席不会显得如此真切，如此显眼。他找了一个借口，说：在厨房就餐是冬季节约燃料的一项自然选择。餐厅将被关闭。戴克一家将搬到客房里住，那三位牧场帮工可以搬到戴克的小木屋里住。其实，他们都知道，“一刀”不会搬离他那间简陋棚屋的，那里除了伊莎贝尔去过，只有他一个人进进出出。伊莎贝尔还是在她三岁那年生病时去了一趟他的棚屋。当时，“一刀”提出要举行某种神秘仪式为她治病。然而，拉德洛知道，“一刀”拥有一个战利品挎包，里面装满了带头发的头皮，不少是白种人。不过，对此他表示默许。

晚餐后，他们开始玩皮纳克尔纸牌，玩了整整一个夜晚。由于拉德洛和戴克晚餐时喝了不少葡萄酒和白兰地，结果，佩特和伊莎贝尔赢了。拉德洛宣布，戴克第二天必须休一天假，他俩将带上塞特种猎犬去捕猎松鸡。戴克说，他预计“一刀”要不了几天就会回来了。佩特端上来一个布丁，用果园里成熟的杏子制作的。伊莎贝尔在她的座椅上睡着了，她的小獾卧在铺在她大腿上的毯子里，眼巴巴地盯着布丁。午夜时分，拉德洛心里带着一阵暖意上床睡觉，他感到，这人世间的确是一个好地方，战争会很快结束，他和戴克第二天去捕猎时会满载而归。他例行做了夜间祷告，他还做了一个小小变化，他在祈福名单中加上了“一刀”。不过，毫无疑问，他的祈祷对“一刀”这个异教徒而言，影响微乎其微。

凌晨三点钟刚过，他就从睡梦中惊醒，惊出了一身冷汗。那场噩梦如此清晰而逼真，半个钟头之后，他竟然还在浑身瑟瑟颤抖。在梦中，他看到他的三个儿子在一场战斗中阵亡，而他却站在远处一座小山丘的岩石顶端，爱莫能助；然后，他低头看，发现他穿着赤鹿皮裹腿，而事实上，那是“一刀”。他一边点起烟斗，观看着煤油灯的影子在墙壁上摇曳，一边在想：梦中，我到哪里去了呢？想到这里，那场噩梦更加令他伤心，因为在1874年，他曾经在短叶松山区安营扎寨，“一刀”赶来，若无其事地说，斯汀·布尔带领着五千名勇士要从舌头河由南方朝他们逼近。于是，他们连续三天，快马加鞭，日夜兼程，以逃出包围圈。他们其中一些人由于精疲力竭，只好把自己系在马鞍上逃命。

拉德洛把睡袍拉了拉紧，离开了房间，一边朝着大厅走去，一边窥视着。他首先看到的是艾尔弗雷德的房间，里面有各种各样令人伤感的小摆设、哑铃和自助类书籍。接着，他又向塞缪尔的房间里窥视，里面随意摆放着各种显微镜，制作好的动物标本，包括一只处于怒吼状的狼獾，还有多种植物标本，还有他小时候在河里打捞出来的一块浮木，形状酷似一只雄鹰。在拉德洛的记忆里，他最近没有进出过特里斯坦的房间。此时，那房间里一片昏暗，空空荡荡，地板上铺着一块北美黑尾鹿的鹿皮，床头的枕头上覆盖着一张獾皮，墙角处放着一只小箱子。看到枕头上的那张獾皮时，拉德洛哭笑不得。他至今还记忆犹新，那是特里斯坦喂养的宠物獾的皮毛。当年，特里斯坦年仅十岁，由于他的宠物獾咬死了拉德洛夫人的宠物狗，而拉德洛夫人因此变得歇斯底里，因此，拉德洛先生便一枪击毙了它。特里斯坦的宠物獾平日里就好斗，总是与它的主人一起骑在马背上，圆圆胖胖的它就蹲坐在马鞍的鞍桥上，除了"一刀"之外，任何人靠近它时，它都会发出怒吼。拉德洛弓着背，手里提着马灯，把马灯提到箱子上方。此时此刻，他感觉自己有点儿像一个窥探老手，可是，他又无法抵御内心强烈的好奇。箱子里面，在灯光照亮下，一对银质马刺的轮齿闪闪发光。那是一对西班牙造的马刺，是拉德洛送给特里斯坦的十二岁生日礼物。箱子里还有一些猎杀野牛用的夏普斯猎枪的弹夹，还有一支来历不明的手枪，已经锈迹斑斑，还有一罐燧石箭头，还有一根由熊掌串成的项链。毫无疑问，那项链是"一刀"送给他的礼物。拉德洛总是觉得，与其说他是特里斯坦的父亲，不如说"一刀"比自己更像特里斯坦的亲生父亲。令拉德洛诧异的是，他在箱底发现了他自己写的一本书，是 1875 年由政府出版社出版的那本。那书用羚羊皮包裹着，封面里面歪歪扭扭稚气地写着："我爸爸写的书。"

他猛然站直身子，马灯在他手里突然摇晃起来，甚是危险。三十年来，主要是出于伤感，他始终未曾打开过这本书。他提出的有关印第安苏族人的种种建议没有被采纳，反而竟受到蔑视和嘲弄。

从那以后，他辞去军职，前往韦拉克鲁斯。他注意到，特里斯坦在书页里做了许多标注和笔记，不禁心生好奇：如此一个未受过多少教育的小子，如此一个执拗的小子，怎么能理解他爸爸心目中的一部专著呢？他带着那本书，回到了自己的房间里。他从床下拿出一个小口大肚瓶装的加拿大威士忌，斟了满满一杯酒。那酒藏在床下，原本是用于对付失眠的。

假如撇开其中的某些历史讽刺，那本书的标题本身的确平淡无奇："《关于达科他州黑山地区复兴的报告》，于 1874 年夏由达科他州工程总部的美国陆军名誉上校威廉·拉德洛著"。作为一名科学家，或者说当时被认为是科学家，他隶属于第七骑兵团，受一位与他自己的上校官衔同级别的官员指挥。那人就是乔治·阿姆斯特朗·卡斯特上校。拉德洛具有与生俱来的康沃尔人的那种缄默寡言的特点，他讨厌卡斯特，始终与他的科学界同仁为伍，包括耶鲁学院的他的挚友乔治·伯德·格林奈尔。而每当卡斯特变得异常忧虑或者愤怒时，他总是戏仿拉德洛的方音，这种轻佻行为对一个同事军官而言，确实是无法饶恕的。三年后，即 1877 年，卡斯特在小比格霍恩战役中阵亡。当拉德洛听说这一消息时，他不禁暗自庆幸。在报告的结语部分，他提出的建议言简意赅。他先一一列举了该地区的各种明显优势。其中一点写道，该地区可以为邻近各大草原提供防护，免遭酷热和极地暴风雪的危害。然后，他建议道：

> 然而，就这一点而言，印第安人这一问题的最终解决是一个不可或缺的前提条件。该地区被土地所有者们视为珍贵的狩猎地和庇护地。捕猎野牛是各土著部落目前的主要生存手段。

一些更具有远见的土著人，考虑到将来捕猎野牛将不再足以维持生计，已经期盼在黑山地区或者在其周围定居下来，作为他们未来的永久家园，在此等待逐渐灭绝，此乃他们的命运……再往西部，印第安人已经无处可以迁徙了。

他深深抿了一口威士忌，对特里斯坦那潦草笔迹所表现出的兴趣远胜于政府的残酷和欺骗，后者已经使他变成了一个准隐士。他对特里斯坦感兴趣的那段蝗灾描写依然记忆犹新：

一天上午，我数了数，大概在一平方英尺的地面上，有二十五只蝗虫。按此比例粗略计算，一英亩就有百万只之多……它们极度贪婪，对农作物的破坏力可想而知。它们的持续飞行能力也同样惊人……它们似乎能全天候飞行，总是随着风向移动，遮天蔽日……它们的翅膀反射着太阳光，使它们像棉絮似的在风中懒洋洋地飘浮……在穿过西斜的太阳光下落时，它们像鹅毛大雪似的纷纷飘落。

读到这里，拉德洛回想起了卡斯特当年在给部队做一次时不时跑题的讲话时的情景：他一边讲，一边蝗虫不时地落到他头上，紧紧抓住他那一绺绺金黄的长发。拉德洛继续往下读，注意力专门集中在特里斯坦做过下划线的那些部分。其中一处是关于一轮红月亮的段落，那月光像火一样染红了浅褐色风景。在该段文字旁边，特里斯坦补充写道："我见到过这种现象。有一次，'一刀'不愿坐在火炉边聊天，我俩一起在外面时看到的。"其中的"现象"一词特里斯坦还拼写错了。然而，最萦绕他心头的一个段落是关于野牛头盖骨的描写："凡是猎杀野牛的人，都应该吃掉所有牛肉，包括骨髓，都应该用牛皮做帐篷或者做成床，否则，他们就应该被射杀。'一刀'说过，骨髓能帮助人体完全恢复健康。"拉德洛认为，那段话在当时就预示了"一刀"的"鬼魂舞"的迷信思想以及特里斯坦孩子气的热情。拉德洛回想起了那些野牛头盖骨和一只游隼羽毛上的光泽，那游隼从他骑着的马匹的裆下飞过，正在追逐一只末日临头的失群北美候鸽："我们曾经经过的山野是野牛最喜爱的栖息地。仅仅几年工夫就面目全非了。如今，泛白的野牛头盖骨遍布整个大草原。有时候，这些头盖骨被印第安人收集起来，在地上拼成神奇的图案。在我所注意到的其中一个收集区，那些头盖骨被漆成了红色和蓝色的条状和圆圈图案，拼成了平行的五排，每排各十二个，所有头盖骨都面朝东部。"

他喝完了威士忌，打起盹来，并没有熄灭油灯，因为他担心那噩梦会带着它的致命问题，带着那个难以置信的有声有色、歌剧般的末日，再度袭来。拉德洛并没有傻到如此地步，并没有傻到会试图为儿子们安排一种自己已经经历过的人生。但是，他真切地意识到，他想通过他儿子们的经历来感受他的二次生命已经失策。就艾尔弗雷德和塞缪尔两兄弟而言，他俩并没有出现什么严重差错，他俩仅仅是正常发展而已。问题就出在特里斯坦身上。拉德洛一贯对一切由奇怪现象触发的科学观点饶有兴趣，至少说产生过一时兴趣。当时曾经盛行一种观点，认为：个性通常隔代相传。拉德洛的亲生父亲曾经是一艘双桅帆船的船长，勇猛无敌，魅力四射。如今，他八十四岁了，依然如故。小时候，在经济不景气的年份，他们经常去看望他。他自己所经历的较温顺的奔波流浪都是受到了他父亲讲述的各种故事的启发。他父亲讲的故事不胜枚举。在秘鲁沿海的洪涛浪涌里亲眼目睹巨型乌贼鱼打斗；一个人独自在七十节风速的狂风里环绕南美洲的合恩角航行之后是如何完全变得判若两人。父亲给拉德洛的圣诞礼物也标新立异，今年可能是寄自爪哇的一个萎缩了的头颅，明年，收到的礼物是来自暹罗的一尊小巧别致的金佛像，后来，他一直源源不断地收到世界不同角落寄来的矿物样本。因此说，也许，特里斯坦在基因变异过程中已经变成了他爷爷，会像《圣经》中的该隐一样永远不会听从任何人的命令，而是要靠如此个性的举动，掌控自己的命运。他的举动如此具有个性，全家人谁都不曾知道，他那看似不知感恩的内心深处究竟在想些什么。十四岁时，特里斯坦便辍学了，他靠套猎猞猁赚钱，足够他购买任何想要的东西。不过，他用所有猞猁皮毛让人给制成了一件毛皮大衣，寄到了波士顿，送给他妈妈，令他妈妈惊诧不已。后来，他借走了拉德洛的珀迪猎枪，转眼间就消失得无影无踪了。直到三个月后，他背着一大袋现金回到了牧场。那笔钱是他在多个狩猎健身俱乐部参加套猎和飞靶射击赛赢得的。他用那笔钱给“一刀”买了一具新马鞍和一杆猎枪，给塞缪尔买了一架显微镜，又为艾尔弗雷德支付了前往旧金山的旅费。凭借那么多钱，全家都受到了他的照顾。不过，特里斯坦自有一套点金术。海伦娜的地方警官曾经写信说，特里斯坦十五岁时，警方就发现，他在与一群妓女厮混。为此，他妈妈紧张了好一阵子，拉德洛也做了一场义务讲座。不过，那场讲座又使他自己堕落地对妓女产生了好奇：妓女是否确有吸引力？拉德洛每两个月都要去一趟海伦娜，而且，每次到那里，他总免不了要与一位小学教师一起共度几个良宵。迄今为止，他与那位教师幽会，已经有十个年头了。他喜欢在他那些“农庄主俱乐部”的好友们面前引用西奥多·罗斯福的一句名言：“我喜欢在生活之美酒里兑上白兰地一并享用。”他一边引述，一边又认为所有政客都是恶棍和无赖，因此，之后他又感到自己愚不可及。然而，现在，特里斯坦已经远离了他的势力影响范围，他也知道收到儿子来信的希望非常渺茫，就像他们儿时从来未收到过他自己父亲的来信一样。早在几年前，他父亲的船只在奥克尼群岛的航行途中搁浅了，于是，拉德洛张罗购买了一艘新船。为此，他仅仅收到了一个简短的便条以示谢意：“亲爱的儿子，我坚信你全家都安好。把孩子们送过来调剂一下吧。该死的，还有借你的钞票。我会分文不少还给你的。”后来，一笔笔小额汇款从世界的不同角落，如塞浦路斯和达喀尔，分期汇到了他在海伦娜的银行里开设的账户里。随着他眼睛犯困打迷糊了，他明白，他一定要给已经与特里斯坦订婚的苏珊娜写封信，也许能得到一点消息。苏珊娜身体纤弱，漂亮可爱，聪慧过人。

第二天，拉德洛一觉睡过了头。当他得知，戴克等他去捕猎已经等了好几个钟头了，他顿时感到颇为尴尬。他朝窗外望去，看见了他那些带柠檬色斑点的塞特猎犬。它们躺卧在草坪上睡觉，看上去仿佛是阳光透过白桦树林的树叶照射下来时留下的影子。这些猎犬都是上等犬，是由一位朋友迢迢千里直接从英国的德文郡带过来的，那位朋友每隔一年都会来这里狩猎。

临近中午，他们已经猎到七对翎颌松鸡。由于遇到了十月底罕见的闷热天气，人和猎犬都热得疲惫不堪。虽然北边的地平线一片黑暗，虽然他们知道蒙大拿的天气变幻莫测，但是，他们知道，夜幕降临时分可能会下雪。在烤制两只松鸡期间，戴克建议，来年春天购买一千头小牛犊，因为战争随时会推高牛肉价格。他还说，他需要两个新帮手来填补特里斯坦走后留下的空缺，如果拉德洛不介意的话，佩特在本顿堡附近有两位堂兄，其中一个有一半黑人血统，他们都是一流的牛仔。拉德洛把两个松鸡的心和肝脏喂给他的猎犬，并且同意戴克提出的每一个建议，心里胡乱地在想象：一半黑人血统的克里人长相究竟是什么模样。很可能是又可爱又丑。他在太阳下打盹，闻着正在炭火上烧烤的松鸡皮散发出的香味。戴克注意到，“一刀”在匣状峡谷的山坡的山顶处，但是，他知道，出于礼貌，“一刀”要到午饭后才会下山，因为烧烤架上仅有两只松鸡。说起戴克，是“一刀”把他从皂特曼镇带到牧场的。尽管拉德洛知道，戴克肯定是犯了什么罪之后的负罪潜逃人员，他还是雇用了他。饭好后，拉德洛被推醒，然后津津有味地饱餐了一顿。他喜爱这个匣状峡谷，一眼山泉从峡壁汩汩流淌着，他打算百年后就葬在这里，葬在那个泉眼附近的山坡上。由于他在采矿界有各种关系，当作出决定说，这一地块上没有具备开采价值的矿物时，他得以以超低价格购买了两万英亩土地。虽然对这个地区的牧场而言，这块土地并非够大，然而，这里淡水资源充裕，这个牧场可养牛的数量可达到同样规模牧场的三倍。不过，拉德洛并不贪婪，也不想为雇用太多帮工而操心，因此，他严格控制牧场上养牛的总规模。此外，他还考虑到，如果牛群到一个个山脊上觅食的话，可捕猎的鸟类就会迁徙到别处了。“一刀”下山时，那几只猎犬嗅到了他的体味，便拼命地摇起尾巴。那位印第安老头从戴克的便携酒瓶里喝了一口，然后吐到火上，火苗随即猛然向上蹿起。“一刀”说话时明显带着一丝拉德洛的英语口音，对此，戴克总觉得好笑。

那天深夜，冬天来了。第二天，他收到了他妻子寄来的一封信，信中充满恼怒和哀求，恳求他凭借他个人的影响力把塞缪尔从部队中解放出来。尽管艾尔弗雷德从卡尔加里给她写信说一切都很顺利，但是，她还是忧心忡忡，夜不能寐。她质问，凭什么让孩子们去保卫一个他们从未见到过的英格兰，拉德洛也不曾考虑考虑她的感受，单凭自己计划拙劣的冒险意识就把孩子们推到了前线。从深秋一直到第二年一月份，这类信件持续不断，而且她那更年期似的歇斯底里情绪愈演愈烈，几近登峰造极，拉德洛也是满脑子不祥预感，因此，他就不再去拆看她的来信了。他取消了圣诞节前去海伦娜的一次行程。没有了浪漫的激情，他除了每天上午履行承诺，花几个小时教小伊莎贝尔读书写字，唯有靠阅读和冥思苦想来打发时日。他派戴克前往海伦娜，去购买一些生活必需品和礼物。就在戴克离开后的当天，一位美国警察局长途经此地，询问拉德洛是否知道一个名叫乔恩·斯荣伯格的人的行踪，那人因为几年前在明尼苏达州的圣克劳德抢劫银行而遭到通缉，据传，此人就藏匿于这一地区。拉德洛发现，那张照片上的人就是早些年的戴克，不过，他抑制住内心的惊讶，机智地回答说，那人其实三年前曾经路过这里，前往旧金山，去赶一趟去澳大利亚的游船。警长倦怠地点了点头，饱餐一顿之后，跨上马，在夜幕降临之际动身离开，前往肖托。

拉德洛等候了一个小时，以防那警官还在外守候。然后，他派“一刀”前往海伦娜去通风报信，提醒戴克在即将返回的路途中，要避开所有乡镇公路和主干道公路。事情似乎进展得很糟糕。由于心事重重，拉德洛无意间撞见了佩特。她刚洗完澡，站在那里擦身子。这一幕与萦绕在他心头的烦恼共谋，使他感到乏力、沉重和郁闷。他宁可用他的牧场来换回他的儿子。哪怕就换回其中一个也在所不惜。

在波士顿，伊莎贝尔搭识了一位意大利男低音歌手。由于他对英语一窍不通，因此，他俩间的艳遇是靠她那点儿皮毛洋泾浜意大利语进行交流的。他俩躺在壁炉前的一张矫饰的东方式躺椅上，他把头倚在她的胸前，谈论歌剧，谈论佛罗伦萨，还带着蔑视的口吻说，他希望在巡回演出途中，在旧金山和洛杉矶能亲眼目睹红皮肤印第安野人。其实，她已经对他厌倦了：他那种持续时间短暂而又费力的做爱方式并不适合她，因为她远非是她那些情人们所想象的如此追求精神愉悦。她不愉快地梦到她儿子特里斯坦。那歌手的头倚在她胸前，令她想起特里斯坦小时候患肺炎时的情形：她以相同姿势把他搂在怀里，给他讲故事。那种亲切感在他十二岁的那年秋天便被彻底粉碎了。当时，她选择回到波士顿过冬。就因为她的这个决定，那易激动的孩子是如此令她痛苦，他在冬季给她写信说，他天天都在祈祷，盼望她到圣诞节时会回家。当圣诞节到了，她依然没有返回时，他便诅咒上帝，从此成为了一个坚定的无神论者。第二年春天，她回到牧场时，他既冷淡又疏远，以至于她向拉德洛抱怨，可他也未能从特里斯坦口中套问出一句与他母亲相关的话语。后来，她想了个主意，假装生病。当孩子们鱼贯而入，进入她的房间，与她吻别道晚安时，她特意叫特里斯坦留下，用尽浑身解数，竭尽她的所有伎俩和花招，凭靠一阵猛烈的感伤和哭泣，迫使他屈服。他告诉她，他会永远爱她，但是，他不再信仰上帝，因为他已经咒骂过上帝了。

一月底，拉德洛夫妇俩先后感受到了第一次试探性打击。他们接到的消息说，从来就不擅长骑马的艾尔弗雷德在比利时的伊珀尔附近从马上摔下，导致一个膝盖粉碎性骨折，背部也骨折了。幸好，经过战地医院诊断后，伤情预断结果还算不错，他们可以期待他五月份回到家里。卡尔加里的那位少校特意给拉德洛寄了一封特别慰问信。艾尔弗雷德已经是一个杰出的年轻军官，却遗憾地要让人想念。不幸的是，特里斯坦的鲁莽抵消了他的勇猛所带来的积极效应，不过，少校认为，他在战场上经过历练会日渐成熟起来。塞缪尔已经证明，他的作用令人刮目相看。由于他是如此才华横溢的小伙子，他已经成为所有军官关注的对象了。少校担心他将来哪一天会失去他，担心他被某位将军提拔去。拉德洛一行一行地仔细品读着那封信，从字里行间里了解到，特里斯坦在多大程度上对军纪表示不满。就在当天，他发觉，自己倒希望来年春天回到家的儿子是塞缪尔，或者是特里斯坦，而不是艾尔弗雷德。想到这里，他顿时感到一阵愧疚。在法国，加拿大军队驻扎在新沙佩勒和圣奥梅尔。早在战争初期的乐观阶段，他们的英国同仁们就认为加拿大士兵有点纪律涣散，行动笨拙，尤其是来自桑德赫斯特的那些唐突无礼、神气十足的军官们。他们几乎普遍把战争视为他们自己在军旅生涯中升官发迹的一个大好机遇。其实，那种日耳曼式轻浮绝非是德国佬的专利。不过，就战场上的攻击力而言，加拿大士兵在这方面无可挑剔。如果说还有什么不足之处的话，那就是，他们过于冒失，有勇无谋。

特里斯坦与连队中的那个臭名昭著的恶棍似的士兵宿营在同一个帐篷里。去战地医院看望艾尔弗雷德时，特里斯坦目中无人，着装邋遢，靴子上还粘着马粪。艾尔弗雷德看到他那副模样时，露出一脸尴尬。特里斯坦还随身偷偷带去了一瓶葡萄酒，可是，艾尔弗雷德断然拒绝了。艾尔弗雷德的同级军官进去探望时，特里斯坦竟然严重失礼，不仅没有敬礼，还坐在那里喝起那瓶葡萄酒，临走时，也没有说声道别，只是要求艾尔弗雷德捎个口信：如果他回不去了，告诉“一刀”骑用他最喜爱的那匹马。医院帐篷外面，特里斯坦的同伴站在雨中等他，低垂着双眼。他是一个身材高大魁梧的法裔加拿大人，名叫诺埃尔，来自英属哥伦比亚的一名猎人。塞缪尔和少校在战场上阵亡的消息刚刚传到营地。原来，他们与一组侦察兵一起，在抵近加来执行侦察任务时，遭到了芥子毒气的袭击，紧接着，当他们处于麻醉状态下，在一片栗树林间的空地里徘徊时，又遭遇机枪疯狂扫射，顿时血肉横飞。唯一一位幸存的侦察兵回到军营时，讲述了事情的原委。此时，他正在接受问讯。特里斯坦站在泥泞的雨地里，神志恍惚，一脸茫然。他的战友哀伤地拥抱着他。来自他的营房的那位侦察兵向他靠近，身后尾随着一名军官。特里斯坦一行三人冲到牧马围场，迅速为三匹马系上马鞍。那军官命令他们停下，可是，他们跨上马，飞奔而去，把他撞倒在一边，向北朝加来方向奔去，到午夜时分抵达了那片栗树林。他们静悄悄地坐着，没有生火取暖，整整坐了一夜。黎明时分，在漫天飞雪中，他们沿着雪地匍匐前行，逐一把遇难士兵脸上的积雪拭去。

查看过十几个士兵之后，特里斯坦最终找到塞缪尔。他亲了亲弟弟，顿时潸然泪下，泪珠洒落在弟弟那冰冷的脸庞上。塞缪尔一脸铁青，脸上并无伤痕，但是，他的腹部已经破裂，与胸腔分离了。特里斯坦用一把锋利的尖刀卸下塞缪尔的心脏，然后，带着它，返回营地。到达营地之后，诺埃尔熔化了一些蜡烛，他俩把煤油装进一个小弹药筒里，把塞缪尔的心脏浸在里面，以便日后带回家，埋葬在蒙大拿。一位军官想上前阻拦，然而，当他想到，如果他加以干涉的话，他肯定会被活活掐死，于是，他一言不发就离开了。当他们完成后，特里斯坦和诺埃尔拿出他们从一个农舍抢劫来的白兰地，两个人足足喝了一升。然后，特里斯坦离开营房，大声怒吼着："该死的上帝。"诺埃尔费了九牛二虎之力才使特里斯坦镇定下来，让他入睡。

那天上午，特里斯坦醒来时，一位通讯员前来禀报，要带他到战地医院的帐篷里，去安慰艾尔弗雷德，但是，他无情地拒绝了。他写了一张便条，把它粘贴在那个弹药筒上，上面写道：

亲爱的爸爸：

这是我为咱们疼爱的塞缪尔所能寄回家的唯一一样东西。我的心已经碎成了两半，你也会同样感到心碎。艾尔弗雷德会把它带回家。你知道他应该安葬在什么地方，就把他安葬在峡谷的泉眼附近，我俩曾经发现绵羊羊角的那个地方。

你的儿子，特里斯坦。

接下来，特里斯坦完全失去了理智。现在，在加拿大，依然有为数不多的几位年迈退伍军人还记得他当时的报复行为，因为在他的报复尚未到达登峰造极的地步时，他就被抓获并被控制住了。特里斯坦和诺埃尔先是佯装出一副当兵以来鲜有的严肃认真，主动要求当侦察兵，执行夜间侦察任务。连续三夜值班之后，七个金发头皮就挂在了他们的帐篷支架上，已经不同程度地晾干了。第四天夜里，诺埃尔遭受了致命袭击，严重受伤。特里斯坦把诺埃尔放在他的马鞍的鞍桥上，半晌才抵达营地。他骑马经过一群群士兵，走到了他的帐篷。在那里，他把诺埃尔放到他的床上躺下，把白兰地倒进他那已经没有生命迹象的喉咙里。他唱了一首夏延族治病曲，还是先前“一刀”教他唱的。听到歌声，一群士兵好奇地朝他的帐篷周围聚集。艾尔弗雷德被指挥官用一副担架抬过来，让他来开导特里斯坦。当他们掀开帐篷门帘时，发现特里斯坦在帐篷里已经积存了一长串头皮，他已经把尖刀和步枪横放在诺埃尔的胸膛上。见状，他们立即给他套上了用于束缚精神病患者的约束衣，把他送到了巴黎的一家医院。然而，不到一个星期，他就从那家医院逃之夭夭了。

在巴黎，试图治疗特里斯坦的那位医生是一位年轻小伙，来自加拿大的汉密尔顿。也许是由于疏忽或是由于医生紧缺，他被分配到精神病病房，负责治疗精神病患者。在索邦神学院攻读硕士研究生期间，他对这门新兴的行为科学曾经有些许涉猎，但是，面对每天送达的患炮弹休克的倒霉恐惧症患者，他却束手无策。起初，由于他年轻幼稚，再加上他采取的巴黎式的愤世嫉俗态度，他认为，那些大老爷们纯粹是懦夫。然而，病人们的怪异行为很快便使他摒弃了他那种错误认识。他们是一群饱受创伤的年轻小伙子，要么在夜间大哭大叫要找妈妈，要么永远深深地陷入一种无以慰藉的沉默。那医生如此怀疑他自己的医术，认为自己无力治愈他们的心理问题，以至于他几乎对他的病人产生了厌倦感，而且竭力让他们尽早被遣送回家。因此，当救护车司机告知他说，一名真正的“疯子”正在等待着从车上放下来时，他对特里斯坦的到来颇感兴趣。那医生派去护理人员，并且阅读了来自特里斯坦的指挥官送达的报告。他觉得奇怪，他自己并没有对报告中讲述的那些剥敌人头皮的事件有丝毫触动，倒是对指挥官表露出的恐惧感到惊讶。怎么芥子毒气被视为战争中的常规手段，而为了弟弟之死采取的剥敌人的头皮这一报复行为就不是呢？在应对芥子毒气的医疗并发症方面，所有医生们都已经经过培训。事实上，芥子毒气才称得上是现代战争的真正开端。那医生在牛津时曾经研究过经典，自我感觉在复仇这一话题方面学识渊博。他让人把特里斯坦带到他办公室，让护理人员走开，把特里斯坦从约束衣中解开。因为这一举动，他从特里斯坦口中得到一声礼貌的“谢谢您”和“我能喝一杯吗”。那医生借给特里斯坦一套制服，他俩徒步穿过布洛涅森林公园，来到一个小小咖啡馆。在那里，他俩又吃又喝，却默默不语。最终，医生打破沉寂说，他理解所发生的事情，没有必要去谈论它。遗憾的是，要想使特里斯坦从部队复员的话，整个审核流程就要花费几个月时间，不过，他会竭尽全力，尽可能使特里斯坦在住院期间心情舒畅。

几个月之后，塞缪尔死亡的消息才传到蒙大拿。二月末的一天下午，一场暴风雪停歇后，天气虽然寒冷，却阳光明媚。佩特坐在新来的帮工赶的马车上，前往肖托去购买日用品，顺路还要取回邮件。拉德洛站在厨房里，伸手拭去一扇窗户上的冰霜，眺望他仅能看见的一丁点儿太阳，他认为，此时太阳正悬挂在蓝蓝的、被积雪覆盖的谷仓的影子的上空。戴克和“一刀”坐在茶几旁，面前摊开几幅地图，一边喝着咖啡，一边争论着海拔问题。“一刀”正在更正地图信息，因为他曾经与一位被人们尊称为“鹰眼”的克里族朋友走遍了从布朗宁到米苏拉这一大片区域。“鹰眼”这位朋友对地形具有非凡的判断力。“一刀”不喜欢那些用数字标注在各个山上的海拔高度。特里斯坦曾经问他，究竟是高于七大海洋中的哪一个海？假如它们附近没有海，那些数字还有什么意义呢？一些大山没有特色，而有些小山却是高贵、神圣之地，有一眼眼清泉长流不息。

接下来，“一刀”叫戴克读《尼伊卡族的魔掌》一书中的片段给他听，这才使他俩停止争执。该书，还有《察沃的食人魔》，都是由约翰·亨利·帕特森所著。两部作品都是关于一位英国上校在东非狩猎和探险过程中所经历的种种冒险奇遇。戴克讨厌这两本书，但是，特里斯坦几年前就开始听了，而且“一刀”总是会闭上眼睛，津津有味地聆听他最喜爱的章节。比如，狮子群吃铁路工人的那个片段。狮群会跃上行驶的平板货运列车，去抓捕铁路工人吃。再比如，象马争斗那一片段。那头离群的大象虽然只剩下一只象牙，它却顶伤了那匹名叫阿拉丁的马。他最喜欢的章节要数犀牛为捍卫领地而冲撞火车的故事。那群犀牛冲向途经它们领地的一列新开通的火车，导致大批犀牛身亡。这个故事的细节描述使“一刀”

眼前浮现出成千上万头野牛冲向北太平洋铁路线，顶翻火车的情景。多年以前，幽灵舞运动惨遭镇压之际，他曾参与和支持该运动。当时，“鹰眼”告诉他说，趁拉德洛在为政府部门测量大瀑布群之际，他把一个野牛头盖骨扔进了黄石公园里的一个硫磺喷气孔里，他已经创造了一头新野牛。对“一刀”而言，那次行程很滑稽，他看着那从天而降的硕大水幕，大喊大叫不停地数数，直到被吵得心烦的拉德洛叫他安静时，他才停下来。特里斯坦已经答应，将来哪一天带他去犀牛与火车搏斗的那个地方看看。

佩特走进房门，重重地跺了跺脚，把积雪从靴子上抖落在地上。她把来自特里斯坦的那封信递给拉德洛，便转过脸去。戴克也同样转过脸。只有“一刀”看着拉德洛在拆开信件，他并不担心那是最坏的可能或是十有八九的结果，因为他深信夏延人的宿命论，认为：已经发生的事就是已经发生了。你无力改变，任何试图去改变它的企图都是枉然，如同搬起石头去砸月亮一样。

虽然他仍然处在年富力强、血气方刚的人生阶段，但是，一夜之间，拉德洛就苍老了许多。那噩耗如晴天霹雳，使他陷入极度的忧伤和悲愤之中。他借酒浇愁，却更加剧了他的懊悔与自责。在一种醉酒状态下，他的愤懑会变成勃然大怒，而这却折断了他的活力线，仿佛他的肌腱被扯断了，他变得弯腰驼背，也毫不顾及自己的外表形象。他反复阅读特里斯坦写的那封关于塞缪尔死亡的家信，不知读了多少遍，信都已经被磨损弄脏了。当官方的慰问信寄送到他手上时，他根本就没有把它拆开看上一眼，同时，他也不回复悲痛欲绝的妻子每天一封的忧伤的信件。与其说他的情绪失常，不如说他湮灭在自己的无能为力之中。还有，特里斯坦还没有剥掉欧洲大陆上他妈的所有德国佬的头皮，他们怎么就把他关进精神病医院了呢？这芥子毒气究竟是什么东西，竟能杀人致命，导致士兵双目失明，心肺灼烧，无助地四处逃窜，他们胯下的马匹也在疯狂嘶鸣。这个世界已经不适合再发生一场战争了，他自己已从中隐退。佩特哀伤不已，小伊莎贝尔乖巧地待在一个角落，给“一刀”读童话故事听。一天晚上，“一刀”主动与他的朋友和谋士一起喝酒。与以往不同，他并没有把酒吐到地上。可是，喝了不到一个钟头，戴克不得不先限制他，然后再给他斟酒，以便，他酒后会入睡，然后，把他搬到他的棚屋里。饮酒期间，“一刀”用夏延族方言唱了一首歌，吟颂了塞缪尔的一生和他在森林里的远足与他的那些显示隐形世界的显微镜。接着，他又唱起夏延族的安魂曲。拉德洛听到那安魂曲时，不禁失声痛哭，因为自从他在法国的劣地地区在一名侦察兵牺牲时听到过这曲调，迄今已经四十年了。

在巴黎，病房里吵闹声一片，十分嘈杂，宛如精神病患者在演奏一首交响曲。在病房里住了一夜之后，特里斯坦便开始制定逃跑方案。特里斯坦与拉德洛不同。拉德洛富有，属于多愁善感型性情，近些年来，在财富的保护下，他免遭了现实文明这一机器的破坏。特里斯坦的愧疚则具体明确，仅限于他弟弟的遗体，就是用煤油浸在弹药筒里的那颗心脏。唯独艾尔弗雷德不在这种内疚之列，因为他是一个非常现实的人。因此，到了第三天，特里斯坦对医生说，他无法忍受精神病院的生活，想设法旅行到康沃尔的他爷爷家。医生说，你不可以这样做，但是，最终还是未能说服他。医生把此事向他的上级军官进行了汇报。那军官知晓拉德洛的名望，因为在那个时候，某种程度上讲，军界就是一个俱乐部似的关系网。那上校仅仅说，让特里斯坦逃走，编了个借口，说特里斯坦完全残废了，应该批准他立即退伍回家。

在每天的散步途中，特里斯坦都要穿过布洛涅森林公园，经过珑骧地区的那个几乎被遗弃的马厩，他经常看到有人在骑马和驯马。他知道，乘火车需要官方通行证，因此，有一天，他购买了一匹良种母马。他把自己的意图讲给医生听，之后，医生便开了一个条子。黎明时分，特里斯坦打点好干瘪的行囊，从一名正在打瞌睡的护理员身旁悄悄溜过。他骑马赶路，花了五天时间才到达沿海岸边。其间，雨先是淅淅沥沥下个不停，随后，又变成冻雨和阵雪。他快马加鞭，疾驰穿过一个个边防检查站，疯狂地敬礼，不料，由于长途跋涉，他的马在利雪一带甩掉了一只马掌，他迫不得已，以高得离谱的价钱让一位铁匠加急修理好了马掌。在瑟堡，他相对轻松地赶上了一辆货运火车，到达伯恩茅斯，然后，他又在城外买了一匹马，朝西向康沃尔沿海岸上的法尔茅斯飞驰而去。在一个寒冷的夜半时分，伴随着大西洋的波涛在防波堤外发出的咆哮声，他现身在他爷爷的家门口。听到深更半夜里有人敲门，他爷爷穿着睡衣，走出来开门，手里紧握着他在新奥尔良购买的比斯利牌手枪。特里斯坦说："我是威廉的儿子——特里斯坦。"听到特里斯坦的声音后，他爷爷举高马灯，根据相框里的照片认出了他，便说："果真是你。"那位老船长叫醒他妻子，叫她张罗了一桌饭菜，船长拿出他珍藏的一瓶巴巴多斯朗姆酒，为这位已经听说了二十年的疯子接风。

特里斯坦在康沃尔待了一个月，始终缄默寡言。其间，有关他的消息也很快传到了拉德洛那里：他从精神病医院出逃后，安然无恙。因为特里斯坦对驾船这一行一窍不通，第一天上午，船长让他在双桅帆船上干一些最简单不需技术的活，不过，他很快就熟悉了缆索、计量船速的单位和各种帆板。船长在三月份有一船货物要运往加拿大的新斯科舍，是一批翻修后重新装配的发动机，返回途中要在弗吉尼亚州的诺福克港装载一船腌制牛肉。他打算在波士顿让特里斯坦下船，让他先去看望一下他伤心欲绝的母亲，然后，他就可以从那里踏上回乡之路了。他们在三月份登上他的爷爷的老爷船，扬帆起航。由于当时身强体健的男子都响应号召去支援英格兰的战事了，船上只好配备了四名高龄水手，值班人手捉襟见肘。特里斯坦负责除冰作业铲除船帆上的冰，辛苦了一周之后，天气才稍稍转暖，不过晴朗。经过三周的海上航行，他们抵达了波士顿，没有举行任何告别仪式，特里斯坦按计划下了船。下船后，特里斯坦怀里揣着一瓶朗姆酒，继续向波士顿南站前行。走了一英里路之后，他到达了戴德姆镇。当他到达那里，出现在苏珊娜父亲的家门口时，苏珊娜刹那间昏厥了。她并不知道，特里斯坦已经答应那位老船长，三个月后在哈瓦那见面。

特里斯坦、艾尔弗雷德、伊莎贝尔和苏珊娜坐在路易斯堡广场的一间昏暗的会客厅里。他们之中，两个是儿子，一个是母亲，另一个是已经订婚的恋人。苏珊娜感到，自己介入他们一家人的哀伤之中，不大合适。特里斯坦一脸严肃，谈吐生硬，举止唐突，艾尔弗雷德沉闷不乐，还有些粗暴，伊莎贝尔则无法抑制内心的伤痛。他们调整好心情，准备去出席一场由塞缪尔在哈佛学院的好友们举办的追悼会。之后，特里斯坦宣布，他将在几天后与苏珊娜结婚。他妈妈不予准许，说在塞缪尔的葬礼之前就操办婚事不合体统。然而，特里斯坦唐突而狂躁，对她说：如果她愿意，她可以出席婚礼。

特里斯坦和苏珊娜在位于戴德姆附近她家的乡间别墅里举行了婚礼，婚礼格外隆重。唯有苏珊娜的两个姐妹理解她怎么会嫁给了一个连她父母都不喜欢的男人，尽管她俩早就是伊莎贝尔的朋友了。

四月末的一天上午，拉德洛前往火车站迎接。他身上穿着一件粘着烂泥的衣服，那衣着就暴露了他日益严重的心理反常。他最近一直在修理环绕牧场房屋周围被霜冻破坏的富有康沃尔特色的石头围栏。并非是因为他在情感上不喜欢铁丝防护网，只是因为他不喜欢看见它们。伊莎贝尔已经提出请求，想请长老会牧师来，第二天就举行葬礼。但是，由于未能搞明白他该如何处理塞缪尔一事，拉德洛还没有与牧师联系。

在乘火车的旅途中，特里斯坦和苏珊娜几乎半步都没有离开过他俩的车厢。伊莎贝尔认为，他俩的行为有伤风化，而且还会激起艾尔弗雷德深藏心底的嫉恨。特里斯坦一心在想，要生个儿子来替代他弟弟，那就是他与苏珊娜结婚的唯一目的。他知道，那实质上是一个残酷的冲动，可是，他无法抵御。当他在火车站站台上拥抱他父亲时，他哽噎颤抖，但是，直到他在拥抱“一刀”时，才潸然泪下。

第二天清晨，春光明媚，大齿杨含苞待放，露出了淡雅的新绿，野草吐出了新芽。他们把塞缪尔的心脏埋在了峡谷上方的山坡上，靠近那眼清泉。伊莎贝尔痛切地感到，她目睹孩子们的生活在一天天一夜夜地变成历史，竟然没有留下一个在她身旁，让她去呵护与疼爱。“一刀”站在小山坡上方，观看着戴克把墓穴填好。大家都离开墓地后，他从小山上缓缓走下来，看了看墓碑，但是，他不识字，不认识上面篆刻的碑文。

塞缪尔 · 丹特 · 拉德洛

(1897—1915)

我们无法再看到他一眼

但是我们永远与他相伴

第二章

仲夏时节，特里斯坦总是在睡梦中梦见大海；他总是梦见寒冷的大西洋波涛汹涌，泛起一阵又一阵绿色波浪。如果夜半醒来，他会满怀期望，用一只手轻轻抚过苏珊娜的肚皮。在他俩婚后的两个月里，他真可谓是一位如痴如醉的恋人，不过，这并非是出于生理上的需求，而是因为塞缪尔的死在他大脑里留下了深深创伤。他漫不经心地考虑是否要向上帝祈祷，接着，他转而又想到，若是祈祷，上帝很可能送给他一只麝鼠，而不会赐给他一个儿子。于是，他便一笑了之。再过一周时间，他就要动身前往哈瓦那，去那里与他的爷爷会合。他并没有事先把这件事告诉给家人。他知道，这样做毫无疑问不近情理，可是，他也是出于万般无奈。倘若是在一百年前，他会心甘情愿地在家乡的土地上奔波，因为那时候这里的山山水水都绵延不断，似乎无边无际。而如今呢，1915 年，他二十一岁，原来的一切都变得面目全非了。那些山脉与河流要么已经荡然无存，要么就残缺不全了。目前，他的迫切愿望，就是要看到第七百万层波浪以外，甚至更远。他之所以选择背井离乡，并非因为他不热爱生他养他的这片土地。事实上，除了加拿大之外，蒙大拿北部是他的不二选择。甚至可以说，他的爱妻之情胜于任何一个像他这种极具个性的年轻人。他溺爱她，把她视为自己生命的一部分。小夫妻俩促膝长谈了几个小时，谈到了他俩对未来的憧憬和计划：开办牧场，生儿育女，还要饲养纯种马，当然，还要靠养牛来维持他们的事业。将来，苏珊娜会坐在畜栏旁边，撑着阳伞保护她那白皙的肌肤，观看着特里斯坦和戴克驯化和训练马匹，那位外貌奇怪、具有一半黑人血统的克里人也在帮忙驯马，他的身体紧紧贴在最具野性的那匹马的马背上，就像塞特猎犬皮毛上紧粘的一枚芒刺果。不过，就特里斯坦而言，这些计划中，多数只是假想而已。

最近，拉德洛一直在忙碌着，在招待苏珊娜的父亲亚瑟。他此番西部之行的目的是参加休闲垂钓活动。他随行带来了一只大箱子，里面装满了里尔纳多牌名牌钓鱼竿。他似乎公开地表现出，他更喜欢艾尔弗雷德，而不是特里斯坦。拉德洛对此感到莫名其妙。此时，艾尔弗雷德的背伤已经完全康复，但是，腿伤尚未痊愈，行走时还需要拄着拐杖。起初，亚瑟的垂钓活动非常愉快。然而，几周之后，在尽兴之余，他开始在当地物色值得投资的东西。这是富人们的一个传统习惯，每每会引起人们的好奇。每当他们心情愉快时，他们便四处游走，寻找某种值得投资的东西。他最终买下了毗邻的一座牧场，说，那是他送给女儿和女婿的结婚礼物。不过，他保留了一半股份，以确保他所提及的“谨慎商业行为”万无一失。

拉德洛对他妻子又变得恭敬礼貌起来。他们老两口遭受的打击实在太沉重，难以独自一个人承受。一个炎热的星期日下午，他们在草坪上举行野餐时，一件意想不到的事情发生了。一个女孩身上穿着朴素的夏裙，骑着一匹没有佩戴马鞍的马，来到了大门口。见此情形，特里斯坦立即大步流星地走出去，把她从马背上扶下来。当其他人都带着疑惑而略显不悦的神情打量着那女孩时，他已经认出她是谁了。她就是那个农庄主的女儿，从陡岸那边远道而来，塞缪尔曾经把他的金表留在她那里，让她妥善保管。她用双手紧紧地把皮包抱在胸前，走近餐桌。特里斯坦向大家简要介绍了她的背景，给她拿了一份食物和一杯柠檬汁，然后在她身旁坐下。在她从皮包里拿出塞缪尔的金表期间，特里斯坦怀着悲伤与忧愁的心情观察着她。原来，她从海伦娜的报纸上得知了塞缪尔遇难的消息，于是，她骑马行了三天的路程，亲自登门来归还那块金表。她还补充说，如果谁愿意的话，可以看看塞缪尔寄给她的信件，总共有一百封左右。在他服役期间，一天给她写一封信，每一封信中字字句句都写得一丝不苟。她的话音刚落，伊莎贝尔便迫不及待地开始读信，接着便情不自禁地伤心不已。拉德洛在草坪上不停地踱步，一边走，还一边在诅咒。而艾尔弗雷德则低着头，两眼直盯着地面。用完餐后，苏珊娜带那女孩暂时离开，让她洗了个澡，休息一下。下午三四点钟时，那女孩说，她得走了，要求他们看完信之后，把所有信件再寄回给她。她不愿接受任何馈赠，无论是衣服，现金，还是那块金表，她都不接受。不过，她要了一张塞缪尔的照片。也许是出于疏忽，也许是太羞涩，塞缪尔生前并没有寄给过她任何照片。特里斯坦陪着她骑行了几英里的路程，一路上默默无语，心中暗自希望她已经怀上了塞缪尔的孩子，那样的话她就可以使塞缪尔重生，不过，那绝对不可能，他临死时还是一个百分之百的童子呢。送完一段路程之后，她独自骑马远去，带着仅有的一张照片来自我抚慰。目睹此情此景，特里斯坦恨不得掐死这个世界。

匆匆送走那位女孩后，特里斯坦回到家里，心情糟糕透了。他试图去驯化一匹他们从未成功驯服的小种马。那匹马膘肥体壮，野性十足。多年后，它被人们称为短程赛马。他企图让那匹马与他父亲的三匹纯种马一起配种，拉德洛认为那是一个挺有趣的主意。然而，作为一位酷爱赛马的赛马迷，苏珊娜的父亲认为那种做法无法容忍。那天，特里斯坦一直忙活到傍晚时分，仍未能成功。黄昏时分，在一旁旁观的人们在想，畜栏里的动物，要么是那匹马，要么是特里斯坦，最终很可能在配种时以死亡告终。苏珊娜的父亲嘲弄说，把那匹马杀了喂狗倒是个不错的主意。特里斯坦恶狠狠地朝他瞪了一眼，对他说，以示尊敬，就根据他的名字为那匹马起名为“亚瑟狗食”。听到这话，亚瑟愤然离去。后来，吃晚饭时，他拒绝与大家共进晚餐，并且坚决要求特里斯坦向他郑重道歉，可是，他并没有得到特里斯坦的任何回应。

夜深人静时，大海再次进入特里斯坦的梦里。在梦中，他浑身上下青一块紫一块，伤痕累累，他翻身时，看到漆黑的夜空，看到了值夜班时见到的滔天巨浪，看到一块被冰冻得僵挺的前桅帆在噼啪作响，后来，还看到天空划过一道道流星，那些星星硕大无比，令人难以置信。从梦中醒来时，他发现，苏珊娜伏在他身上，窗帘被风吹得鼓起来，宛若一对船帆。他走到窗前，向下俯视，盯着畜栏里的那匹种马；在月光映照下，他能清晰看见那匹马的脖子，又粗又肿。他告诉苏珊娜说，他要外出几个月，也许要一年时间，要到哈瓦那去接管他爷爷的货船。她说，她看得出，他去意心切，还说，她会永远等着他，等他归来。吃早饭时，他与他父母吻别后，便与“一刀”一道骑着马上路了，前往大瀑布城去搭乘火车。“一刀”把他自己的尖刀送给了特里斯坦。看到尖刀，特里斯坦猛然想起了他自己的那一把。当年在伊珀尔时，他把那把尖刀作为陪葬，与诺埃尔葬在了一起。他跟那位印第安老人相拥作别，还对他说，他会回来的。“一刀”一边为特里斯坦的马匹装配缰绳，一边回应说：“我知道。”

对众人而言，那次远航结束了。然而，对特里斯坦而言，它从未真正结束。在这小子的一生里，1977 年 12 月末，也就是在他八十四岁那年，他出现在艾伯塔的一个白雪皑皑的山坡上。他的一个孙子发现他正在一头野鹿的尸体旁，他在取出野鹿的内脏。尽管他的双手已经冻僵，却依然紧握着“一刀”那天在大瀑布城送给他的那把尖刀。他的孙子把那头野鹿悬挂在一棵美洲落叶松上，然后，背着老人回家，他脚上穿的雪地靴在茫茫积雪中留下了一串更深的脚印。

特里斯坦乘上东驶的列车，抵达了芝加哥。出于好奇，一连几天，他守候在不同泊船码头上，仔细研究五大湖上的来往船只，然后，他南行至新奥尔良，又辗转到达摩拜尔，在那里，他乘上一艘一位威尔士人拥有的双桅帆船，几天后驶出纽芬兰，继续向南，穿越了佛罗里达，抵达基韦斯特。那里，一处牲畜栏旁停靠着一艘保时捷牌双桅帆船，那艘船虽然外观别致优雅，内部却污秽不堪。他观看着一船绿龟正在被从船上卸下。之后，他乘上夜班渡船，前往哈瓦那。

那是他平生头一次到达热带地区。在夜间前往哈瓦那的途中，尽管墨西哥湾流送来了阵阵微风，却未能驱散那难耐的潮湿闷热，令他彻夜难眠，连续好几个钟头在甲板上踱来踱去，一脸惆怅。为了避开大烟囱冒出的煤烟气味，他走到了船头下方。在那里，他看着海浪泛起粼粼波光。天刚蒙蒙亮，从远处能看到哈瓦那时，他便拿起酒壶，一口接一口地咂起了朗姆酒，他平生第一次看到一头钝吻海豚从船头横蹿而过，又落入水中，然后又从尾浪中横越而过。当他回头再看时，他发现，天空中反射出了一道湾流的紫色半影，奇特而辽阔。由于彻夜难眠，他两眼充满血丝，旅途劳顿又令他疲惫不堪。然而，在过去半年时间里，他第一次感觉到，心情前所未有的轻松，类似于心灵得到了慰藉，仿佛在拂晓时分的海边，微风抚平了海面，尽管海面下的海流依然涌动不息。面对一望无际的大海，想到他爷爷的双桅帆船，他露出了微笑。爷爷的那条船虽然相当新，但是，与停泊在哈瓦那海岸远处的那些大型蒸汽船相比，真可谓小巫见大巫。不过，他爷爷之所以购买了一艘小船，一方面是因为他没有那么多资金，另一方面，每个人想去的地方也不同。他的船所到的港口都不受大型船运公司的青睐，或者它所到达的海湾海水太浅，无法容纳大批船只和装卸大吨位货物。除此之外，老爷爷还说，他不喜欢在海上闻到煤烟味，也不喜欢听到发动机的轰鸣声，而且，他年事已高，不会对那种庞然大物产生兴趣。

时至今日，人们已经对种种疑问不再怀有太多热情，尤其是对待那些被人回避的问题，比如，尘世间明显缺少一个公平的赏罚体系。由于这一问题表面上看似太多余、太幼稚，人们觉得它丝毫不令人痛苦或令人不愉快。不仅如此，我们对更宏大的问题也漠不关心。譬如，内兹佩尔塞的儿童们在帐篷里熟睡时惨遭骑兵炮火猛烈袭击一事。没有什么比用子弹射杀儿童这一暴行更令人发指的了。还有，意识上存在反差：当时媒体反复宣传说，我们赢得了战争。我们会认为，繁星点点的浩瀚宇宙对如此惨绝人寰的暴行会胆寒震惊：猎户座的合星会被震动得扭曲歪斜，南十字星座的十字架被震得耷拉下来。当然，那是不可能的：永恒就是永恒，每个人都以各自的方式竟然把如此显而易见、长期困扰人们的问题抛诸脑后。就连神仙上帝也不例外。注意一下耶稣，你就明白了。在步入永生时，他相当踌躇不定，发出了绝望的嚎叫。似乎我们也不能由大变小，因为万物都一般大。每个人的皮肤如此特别，我们彼此之间也极度神秘难测。

正因为如此，特里斯坦丝毫没有意识到他会给苏珊娜带来多么大的痛苦。在他出发后的当天上午，苏珊娜外出散步，漫无目的走了很远很远，结果迷了路。直到夜幕降临时分，“一刀”才找到了她。从那以后，拉德洛向“一刀”提出要求，如果她离开院子，就跟在她后面，监视她的行踪。她外出散步的习惯持续了好几个星期。她父亲曾经打算废止她那桩婚事，却遭到了她的断然拒绝。一气之下，她父亲提前结束了度假。然而，苏珊娜的性格更大程度上是受到了十九世纪早期的思想文化的影响，而非受到了二十世纪早期思想的影响，而且，作为一位被遗弃的妻子，她不愿意博得任何人的怜悯。她的这一决心坚若磐石。她要么随身携带着塞缪尔的动植物手册，外出散步，打发时光，要么就独自坐在她的房间里，读华兹华斯、济慈或者雪莱。这些都是在她与特里斯坦结婚前、在拉德克利夫学院就读两年时间里她最喜爱的诗人。她喜欢与她的公婆交谈，公婆同她一样聪慧过人。只要交谈内容不涉及特里斯坦，她就会侃侃而谈。不过，她最喜欢做的事情要数在夏日里长距离散步。散步时，她总是心事重重，从未注意到"一刀"在一旁跟踪监视她。有些时候，她邀请小伊莎贝尔陪她一道散步。她对小伊莎贝尔的聪明伶俐以及对大自然的丰富知识惊讶不已。这些知识都是一点一滴从她母亲那里获得的，或者是通过她亲自观察学到的，而非来自书本。在一个特别炎热的下午，正当她俩在塞缪尔的墓地附近的一个由泉水形成的小水潭里洗澡时，小伊莎贝尔发现"一刀"在远处的树林里，便向他挥了挥手。苏珊娜惊叫了起来，急忙用手挡住身体，然后，她又被那孩子的迷惑不解弄得一脸尴尬。接着，小伊莎贝尔大声笑了，说，等她长大了，如果"一刀"还没有老得走不动路，她就嫁给他，因为苏珊娜已经嫁给了特里斯坦，天底下她已经别无选择了。苏珊娜急匆匆地迅速没入潭水中，直到潭水淹没到了脖子。此时，她想起了一幕往事：从前有一天，就在这个小水潭里，特里斯坦模仿水獭追逐小鳟鱼和吃水田芥。伊莎贝尔向她解释说，"一刀"跟随在她俩后面，目的仅仅是怕她迷路，也可能是因为他一不留意走错了路，遇到了一头灰熊妈妈和它的幼崽。

那天早上，在哈瓦那，特里斯坦吃完早饭后就出去逛街，一直逛到了中午时分，也就是他与他爷爷约定的见面时间，因为每天这个时候，他爷爷会到船运公司去一趟。会面刚开始时很随意，但是，当他俩离开职员们，走到室外，暴露在赤日炎炎的高温之中时，他爷爷变得严肃起来，步伐很快，身体前倾，仿佛他是在暴风雨中前行似的。船员们已经被解散回家，他一直身患痢疾，这是特里斯坦从他爷爷嘴里听到的他一生中所患的唯一一种疾病。不过，那一切只是掩盖在必然中的一层面纱而已：那条双桅帆船在返回法尔茅斯之后，将要被政府征用，为战事效力。要驾驶那条船，他爷俩必须携起手来，通力合作。当他俩经过英国领事馆门前的卫兵时，老人停顿了一下，用他那冷峻的蓝眼睛看了看特里斯坦，告诉他不要吭声：交易已经达成了。接着，老人拿出朗姆酒，对着酒瓶长饮了一阵，然后把酒瓶递给特里斯坦，说道，他的意识必须被弄得迟钝一点才能忍受这群笨蛋。

他们雇用了一位新大副和三名舱面水手。大副是来自旧金山的一位丹麦人，名叫阿斯加德。水手是古巴人，看得出，他们经验丰富。那天下午的晚些时候，他们把所需补给装上了船。此行，名册上的船长是特里斯坦，而他爷爷在名单上被列为一名乘客，前往法尔茅斯。天一黑，他们便从锚地起航，主帆前悬挂着一面美国国旗，用一本崭新的航行日志簿来记录他们的航行路线。第二天上午，他们在一阵强大的东北风里，绕过了古巴的圣安东尼奥海角，继续向西南行进，穿过尤卡坦海峡，前往巴兰基亚，去装运一批红木和黄檀木等中性货物。并非偶然，他们还要接一个重要的英国人上船。随后，他们朝东航行，驶过开曼群岛南部，穿过向风海峡，驶出凯科斯海峡，然后向北转向，以赶上墨西哥湾流，因为湾流的水流会在他们驶向英格兰的航行中助他们一臂之力。

在他的舱室隔间里，老头子不时地厉声向上方的阿斯加德发号施令，并继续在严格培训特里斯坦。他们两人一组值班看守，靠喝牙买加咖啡来保持清醒状态。在这一个月里，除了汲取他爷爷六十年里积累的经验之外，其他的一切事情似乎都从他的头脑里抹去了：他在睡觉时经常梦见线飑，梦见磨损的锚绳，梦见裂开的船桅，还有冬季在马达加斯加沿海偶尔看到的奇异巨浪。他们在抵近英格兰南部海岸的航程中，没有发现有任何迹象表明该海域遭到了德军的封锁。夜间，他们悄然驶入了法尔茅斯，在那里，他们受到了英国情报部门的迎接。那次航行是老人一生中的最后一次抵港。那天夜里，在特里斯坦和老夫人的搀扶下，他爷爷上床歇息，从此就在家颐养天年了。其实，半个多世纪以来，老夫人一直记录着她丈夫的回家次数。当他拉住她的手时，他快活极了，并且说，他要永远待在家里陪老伴了。

第二天，特里斯坦接受了一位军官的接见，给他介绍和分配新任务。该军官先前曾经是英格兰中部地区的一名工厂经理。他恭敬客气，一边紧张地翻阅卷宗，一边给特里斯坦倒了一杯茶。接着，他问特里斯坦，是否介意向他演示一下他是如何活剥人的头皮的；年轻时，他看过许多美国西部小说，但是，没有一个作家详细描写过具体技巧，因此，他非常好奇。特里斯坦在额头上的 V 字形发尖中间默默地用手做了一个切割动作，接着，又做了一个飞快的撕拉动作。演示动作中还激发出了他难得一见的幽默感。他说，要等到人死了或者几近死亡时才能动手，具体情况要视你对那人的仇恨程度而定。他还说，你无法剥去一个被斩首的头颅的头皮，因为你需要他的身体作为支撑来得到一个支点。听后，那个英国军官赏识地点了点头，然后才言归正传。第二天上午，根据计划，那条双桅帆船要装载一批装在木箱子里的货物，箱子上面都写着听装牛肉，而事实上，里面却装着一批某种先进武器。那批货物将运往肯尼亚沿海的马林迪港，以帮助在坦桑尼亚的坦噶尼喀地区的英军，因为德国在易酷魔堡①建有军事堡垒，英军与德军遭遇时可能遇到麻烦。在这场世界大战的相对初期阶段，他们应该不会与德军有什么麻烦，因为，他们的船只悬挂着美国国旗。不过，形势随时都可能发生转变。假如特里斯坦受到炮火袭击，他必须凿沉帆船。假如他们已经抵近肯尼亚，而且冲突属于小规模的话，那么，他们就可以使用那一箱原计划将交给内罗毕的猎枪和火枪进行防御。他应该训练他的船员，为可能发生的不测做好最充分准备。

整个下午，特里斯坦都坐在他爷爷的床铺旁边，等待半夜出发。在那老人睡觉期间，他分别给苏珊娜和他父亲写了一封简短的家信，信中说，他正在为政府执行一项重要任务，然而，他并没有意识到，他的信件会受到审查，也没有意识到，那天他所到之处他都受到了一名伪装成康沃尔渔民的情报官员的跟踪。写那两封家信使得一阵强烈的情感袭上心头，仿佛刹那间他的命运不再如此不可剥夺地属于他个人，不再深深埋藏在他的内心深处。往日的一幕幕在他的脑海里浮现出来：他父亲和戴克就配种方式问题而争论不休，他妈妈在客厅里欣赏唱机里播放的《乡村骑士》。他眼前浮现

① Port Ikomo，位于坦桑尼亚境内，毗邻 Robanda 和 Nabati 山。

出苏珊娜，她天一亮就起床，伸了个懒腰，他看到了身材纤细的她如何走到窗前，去看那环绕群山的天气状况，又看见她如何回到床上，长时间地看着他，一语不发。

我们最奇怪的举动中，其中一些举动也是最能体现我们内心的欲望：心底的欲望只有渗透到某个坚强意志里，使这一意志足够强大能够使欲望一一变为现实，否则，这些欲望始终是虚弱的幻想而已。当然，没有谁曾经亲眼目睹过那个“意志”，也许，它是人们为方便起见而杜撰的一个抽象概念，是一个需要一千个修饰语加以修饰的含糊词语。那天一大早，特里斯坦与他奶奶一起在油灯下吃完早饭，奶奶给了他一本《圣经》，用她亲手编织的一件用未加工过的羔羊毛编织的羊毛衫包裹着。饭后，他便扬帆起航，前往非洲。在他起航的那一刻，他便开始一一实现他的一些夙愿了。他在一所乡村小学上六年级时，在一堂地理课上他就对非洲产生了好奇，对地图如痴如醉。从那时起，他就一直梦想去非洲，目的并不是为了狩猎，因为“一刀”已经传授给了他一套狩猎常识，远比那种为了满足自我欲望而射杀动物的狩猎方式高尚和实用。他的唯一目的就是去见识非洲，去亲眼目睹、去感受、去了解非洲，去看看真实的非洲与他儿时的千万个梦中的非洲有多大契合。他的另一个夙愿源自他父亲给他讲述的有关他父亲年轻时期的故事，关于他父亲小时候与他自己的父亲一起共度的几次短期旅行：一次是到瑞典哥德堡的夏季之旅，还有一次是波尔多之旅，那次，他看到了一头鲸鱼在北海跃出水面的情景。作为一贯的老练骑手，有一次，特里斯坦在睡梦中梦见双桅帆船变成了一匹在大海上疾驰的高头大马，跃过海浪泡沫，迎着起伏不定的浪涌，疾速奔腾。此外，他还有那种未曾表白过、未曾思考过，也未曾感受过的意识，觉得时间和距离将会向他揭示为何塞缪尔死去了。

清新凉爽的海风持续了一个星期，帮助他们绕过了圣文森特海角，然后，他们朝东南方向航行，前往直布罗陀。阿斯加德计算了一下，他们一直在以平均每天一百五十海里的速度航行，一个了不起的速度。不过，当他们进入地中海时，航行速度将会减缓一些。航行中，他们两次收起船帆，练习射击。特里斯坦在打开箱子时，发现里面装有四杆火枪，还有七杆“荷氏与荷氏”公司制造的运动步枪，口径大小各异，还有一杆捕象猎枪。对这一发现，他乐不可支。然而，海面上波涛滚滚，在起伏不定的涌浪上航行，你几乎无法瞄准，很难击中放在船尾的那个酒瓶。在射击训练中，唯有特里斯坦和其中一个古巴人成功击中了目标。后来才发现，那位古巴人其实是一位被流放的墨西哥人。阿斯加德，即那位平和的丹麦人，他在扣动扳机时，紧张得闭住了双眼；另外两个古巴人中，一个忍不住咯咯傻笑，另一个虽然认真严肃，却缺乏经验。

进入地中海航行一天半之后，在经过西班牙的阿尔沃兰海时，一艘德军驱逐舰在傍晚时分向他们发出警告信号，叫他们收起船帆，按照他们的命令航行。然而，突如其来的一场狂飑袭来，再加上夜幕渐渐降临了，他们借助风势和夜色，顺利从虎口脱险。为了安全起见，阿斯加德认为，明智之举是沿着阿尔及利亚和突尼斯的沿海航行，至少说，在他们抵达印度洋之前，该沿线应该是安全的。结果证明，这一决定正确英明，尽管在利比亚沿海地区因为无风而停航了三天，特里斯坦感到疲惫乏力又连续失眠。他们违反先前规定，在希腊依拉佩特拉的克里特停留了相当长时间，补充淡水，以替换掉他们船上剩余的略带咸味的供给。在码头上，一个显然是德国人的店主鬼鬼祟祟地打量着他们，那位墨西哥人向特里斯坦主动请缨，要割断那个德国佬的喉咙。尽管船员们并未被告知他们此次航行的使命，但是，他们中没有一个人相信，货舱装载的箱子里装的是牛肉。而且，令阿斯加德沮丧的是，特里斯坦完全摒弃了在船上用于区别船长与船员的各种礼数，那些他在军队里时就憎恶和蔑视的礼数。他与船员们一同就餐，偶尔还露一手他的厨艺，与他们一起打牌，还开始从那位特别害羞而寡言少语的古巴人那里学起了弹奏吉他。那位古巴人叫他“绅士”，而不叫他“船长”。酒也不再按照由来已久的一天两盎司的定量实行配给制：储藏酒的舱室都不再上锁，但是，也没有谁去私自滥用。然而，离开法尔茅斯两天后，特里斯坦在晚饭时宣布，谁不卖力，谁就会被抛入大海。这一规定宣布之后，阿斯加德感到满意了。然而，船员们之所以士气高涨，个个都身手敏捷高效，部分原因是他们在朝南方航行，即将驶入他们喜爱的较温暖海域。

一天黎明时分，他们的双桅帆船驶抵了赛义德港口，然后又有惊无险地通过苏伊士运河。只有特里斯坦和阿斯加德两人对红海的极端炎热天气感到不适。当他们到达曼德海峡，进入亚丁湾地区的印度洋海域时，在微微南风的吹拂下，炎热大幅度缓解了。两周后，他们抵达了马林迪港，结果却发现，交货地点已经临时换到了蒙巴萨，还要向南航行两天时间。特里斯坦再度陷入悲伤之中，他伤心极了，他甚至暗自希望他们能邂逅一艘德军军舰。然而，在蒙巴萨的交货过程没有遇到任何麻烦。那位英国军官说，由于远航途中危险重重，作为奖励的一部分，特里斯坦他们一行暂且不再执行新的任务。那位军官说，他正在提议为他们颁发一枚勋章。听到这里，特里斯坦变得很沮丧，一怒之下，走出了房间。在海上航行一个多月之后，看到这位爱发号施令又极其自负的军官，令他厌恶至极。阿斯加德先前到过蒙巴萨，这次，他正准备与一位法国寡妇一起到海滨休假，于是，特里斯坦带着那两位古巴船员和那位墨西哥船员，乘上刚刚开通的列车，前往内罗毕。在那里，他们花了三天时间纵情于饮酒作乐，寻花问柳。特里斯坦达成了一笔交易，要运送一批货物到新加坡，包括象牙制品和象牙，还有用犀牛角制成的假冒象牙制品，后者被一些华裔当成是一种春药。在内罗毕，他吸食了一些鸦片，还相当喜欢毒品所具有的那种令人精神轻松的特性。在返回港口的途中，特里斯坦在一家加油站拍了一张照片，大腿上放着一个死犀牛的头颅。他付给一位脾气暴躁、醉醺醺的英国摄影师二十美元，要求他把那张照片寄到"美国蒙大拿州肖托市威廉·拉德洛，转交'一刀'"，照片上面写着："这是一头犀牛，仅仅因为它导致火车停驶了几分钟而被击毙。"

视线再转回到蒙大拿。秋天又到了。自从孩子们前去参战以来，至今仅仅才一年时间，却是决定命运的一年。苏珊娜在一次长时间雨中散步后，受了风寒，罹患了一场肺炎。病愈后，伊莎贝尔和苏珊娜离开蒙大拿，前往波士顿。那一年，蒙大拿仅仅经历了三天真正的印第安夏季。一天下午，拉德洛在门廊里摆弄着晶体检波收音机，而"一刀"和小伊莎贝尔在一旁仔细地观看。当从大瀑布城的电台发射的电波中传来第一声音乐旋律时，他们三人都被吓了一跳。正在门廊里熟睡的猎犬们也都急忙站起身，吼叫起来，那只雄犬竖起了肩胛上的皮毛，以示威胁。拉德洛被吓得差一点把收音机扔到了地上。他花了两天时间才好不容易地把它组装起来。接着，小伊莎贝尔哈哈大笑起来，一边拍手叫好，一边跳起圆圈舞来。拉德洛向“一刀”解释他的观点，认为世间万物都具有独特的声音。在他解释过程中，“一刀”渐渐陷入了一种冥思状态。在不到一个钟头的冥思里，“一刀”就认为，那晶体检波收音机同那台留声机一样，根本就是一无是处。

苏珊娜在波士顿过冬，住在伊莎贝尔在路易斯堡广场购买的寓所里。由于她依旧在自己的婚姻问题上与父母存在隔阂，她倒觉得伊莎贝尔是一个好同伴。她俩之间从婆媳关系逐渐发展到了朋友关系。伊莎贝尔已经决定，这一年她不再找任何情人了，相反，除了去听交响乐和歌剧，她把所有精力都投入到了学习法语和意大利语上，投入到了女权主义与争取女性选举权的运动之中。她为一个远亲表妹、女诗人艾米·洛厄尔举办了一场晚宴。由于艾米习惯在公众场合抽雪茄，因此，在某种程度上说，她是一名丑闻人物。苏珊娜虽然身体虚弱，但是，与这位身材高大、声音高亢的女诗人相处在一起时，她感到非常愉快。晚宴后，艾米要了一杯白兰地，点上一支雪茄，开始朗诵她自己创作的诗歌。匪夷所思的是，她的诗短小精悍、柔情绵绵，与诗人本人的形象形成了如此强烈的反差。

苏珊娜从未收到过特里斯坦从法尔茅斯寄来的那封信，仅仅收到了英国政府部门寄来的一封短信。信中写道：由于特里斯坦的那封信涉及敏感信息，因此，待到它不会危及战事时，才会寄出。这一点令她困惑，令她忧伤，她差一点就跟她父亲取得联系，恳求他帮忙了。此时，她父亲已经得知了有关特里斯坦的消息，而且还是相当可喜可贺的喜讯。驻波士顿的英国领事已经通知他说，由于特里斯坦成功执行了一次极度危险的任务，他将获得“维多利亚十字勋章”，不过，至于那项任务的确切性质，尚且不宜透露。虽然那则消息是在一个“哈佛俱乐部”的一次午宴上发布的，苏珊娜的父亲也因为有了一位如此高贵的女婿而受到在场所有人的祝贺，但是，他得知这一消息时，还是情不自禁喃喃而语说：“不要命的冒失鬼。”某种意义上讲，苏珊娜的父亲与J·P·摩根和杰伊·古尔德一样，是从同一块布料上剪裁下来的，当然，毫无疑问，他是从较小的一块图案上裁剪下来的。显然，欧洲正在进行的战争将会给他提供一个绝佳的飞黄腾达的发财机遇。他以采矿业和制造业为基业，把大笔资金投资到了肉牛和谷物领域。他提携艾尔弗雷德，在海伦娜为他成立了一个事务所，鼓励他进入政坛，并且要求他全力以赴，每周都要及时把他所能收集到的所有经济情报寄送给他。凭借艾尔弗雷德提供的信息，苏珊娜的父亲已经在一笔小麦生意上赚得了丰厚利润，可谓是暴利。苏珊娜的父亲不无遗憾地承认，艾尔弗雷德原本可以成为多么优秀的女婿啊。亚瑟已经把大量资金投资到了标准石油公司，该公司已经从巨蟒枪械公司手里买下了其持有的蒙大拿铜矿的股份，成立了“铜矿联合集团”。艾尔弗雷德心里非常清楚拥有大笔资本的那些富人们所享有的特权和优势，而拉德洛则不同，他这个人有一种倾向，爱针砭时弊，关心矿工们的工资待遇和居住条件，并为此打抱不平。在蒙大拿的比尤特，一群破坏罢工的治安会会员把一名世界产业工会会员吊死在一座大桥上。对此，亚瑟竟然向他们致以敬意。

冬去春来，艾尔弗雷德赶到东部，一是向亚瑟进行咨询，以谋划他的个人政治蓝图，二则顺便去看望一下他母亲。此外，当然并非是巧合，他还要特意去见见他朝思暮想的苏珊娜。与特里斯坦和塞缪尔相比，艾尔弗雷德有点儿木讷，但是，他却一贯赏识两个弟弟，而且确确实实真心实意地爱护他们，对他俩忠诚厚道，始终如一。一天晚上，他上床睡觉时，竟然下意识地希望特里斯坦永远不要再回来了，那样的话，说不定苏珊娜就会爱上他。想到这里，他禁不住失声痛哭起来。事实上，艾尔弗雷德过于缺少心计，不过，他的政治仕途将迅速改变这一点。在波士顿举行的家庭团聚庆祝宴上，艾尔弗雷德特意坐在苏珊娜的对面，可是，苏珊娜仿佛根本没有注意到他的存在，这令他极度伤心。在随后的几天里，在四月份，他俩几次在穿过波士顿公园散步时邂逅。她显得很友好，却始终保持一定距离，这似乎令他的心都要爆炸成碎片了。有一次分别时，她送给他一本艾米·洛厄尔的诗集，里面还留有她的赠言，赠言写道：

至亲的艾尔弗雷德：

你是如此优秀、如此有风度的男子汉。

爱你的，苏珊娜

艾尔弗雷德生性古板，对诗歌一窍不通，但是，诗集内的赠言燃起了他的热情。他欣喜若狂，就在乘长途火车回家途中，他在他那私密的车厢里打开了诗集的护封，嗅了嗅苏珊娜亲笔留下的赠言，心想他闻到了她的香味，便嘚瑟起来。

在达累斯萨拉姆，他们把一批象牙装上了船。船只几乎尚未完全离开港口时，特里斯坦就突发了急性痢疾。病毒来势汹汹，他在掌舵时就晕倒了。患病的第一阶段，他就被折腾得卧床不起，一个星期里，他高烧烧到了一百零五华氏度之高。在此期间，大海上风急浪高，阿斯加德既担心船长的性命，又担心船只的安全。倘若不是因为特里斯坦拥有近乎超自然的身体素质，倘若不是那双桅帆船拥有超凡的坚固性能，两者早就葬身于印度洋的洋底了。第一周周末时，高烧依然没有停止，不过，症状已经有所缓解，特里斯坦足以能够在热带海域里懵懵懂懂地下床活动了。在他似梦似醒的状态中，他已经看到了地狱的大门，想一一闯进去。一天半夜时分，他赤身裸体，蹲坐在船艄的斜桁上，宛如一个屋檐滴水兽，温暖的浪花飞溅到他身上，略微使他感到一丝凉意。后来，那位墨西哥船员用一个系索栓使他无力反抗，才把他放回床上。只有上天知道，当时究竟是什么力量阻拦了他。

对特里斯坦而言，已故的亲人就在甲板上。在他的舱室里。尽管他发着高烧，他依然喝酒，他听得见他们的脚步声。塞缪尔在开怀大笑，谈论着植物学，但是，他的头发上有积雪，当他们抵近锡兰[①]的科伦坡时，他的白发在海风中飘扬。苏珊娜长着一对蓝色翅膀出现在他眼前，“一刀”在远离船头尾浪那边嚎叫。他听到了他们的声音，甚至透过柚木和白橡木甲板看到了他们。他分不清什么是神志失常性睡梦，也弄不明什么是神志失常性清醒，结果，他不论是半梦半醒状态还是睡梦状态都是灵魂追逐者。有一天，黎明时

① 今称斯里兰卡。

分，阿斯加德发现特里斯坦待在下面货舱里，一丝不挂，紧紧搂抱着一根巨大的象牙，在仔细查看血淋淋的牙根，牙根已经发黑，还散发着臭味。特里斯坦艰难地爬到甲板上，试图把那根象牙扔到船外，抛进大海。就在此时，阿斯加德及时制止了他，把他关进了他的舱室，让那位墨西哥船员在一旁看守着。

在他发高烧期间，特里斯坦陷入到了神秘主义者所渴望达到的那种状态，但是，他并没有心理准备：世上万物，无论是活着的还是死去的，都与他同在，并且具有同等重要性。他的光脚伸在床的另一端，可是，他辨别不出它是什么。他也认不出那大海是什么，盖子似的海面之下总是一片黑夜，即使在正午时分也是如此；那根巨型象牙末端的血并不属于那艘双桅帆船，把它扔进大海也许能把它归还给那头大象，再回到大象的头上。苏珊娜以一个苍白粉红的性感幽灵模样出现在他眼前，她的子宫包裹着他，咸咸的，像船头斜桁边海浪的味道。最终，他也变成了一个幽灵，而他是大海，苏珊娜自己，是他身下骑着的腾空跃起的那匹马，是那匹海中之马的木鞍，大风撕扯着船帆，撕扯着船帆上空的月亮，也撕扯着船帆与月亮之间的黑暗。

等到他们进入马六甲海峡入口，在和风中朝新加坡航行时，他的病情已经大有好转。经过在船上商谈之后，没有举行任何仪式，那批象牙被卸下船。赚得的利润倒是不菲，因为那些华裔商人害怕那些在一旁监督谈价的杀手们。一场大病过后，特里斯坦消瘦了许多，仿佛是一根缆索被拉长拉细了，即将超过弹性限度，却依然处于完全掌控之下。他同意以高昂价格承运一箱高纯度鸦片到旧金山，由其中一位鸦片商押运。对此，阿斯加德闹起情绪，闪烁其词，故意推辞。吃晚饭时，特里斯坦按照平均分配原则给船员们分发了运送象牙所赚取的利润，也为他爷爷留出一份，因为他是船的主人。分发完毕后，他接着又说，鸦片利润也将按照同样方式进行分配。听到此话，阿斯加德顿时喜形于色，陷入遐想之中，梦想着丹麦沿海的一个小农场，他不久就可以唾手而得了。两位古巴人也开始庆贺，心想，有了这笔刚刚到手的财富之后，他们的家人该会是何等的激动与欣喜。唯有特里斯坦和那位墨西哥人是无所归属。他俩对眼前的那摞钱几乎是视而不见，因为他们并不想要得到可以用金钱换来的任何东西。可以想象得到，那位墨西哥人思念他那遥远而美丽的祖国，然而，倘若返回到墨西哥，他必死无疑。天知道，特里斯坦除了想要逝者复活之外，他还会有别的什么祈求呢？他的大脑是大屠杀留下的残局，是一座焚毁的城市或者被焚毁的森林，是冷冰冰的伤疤组织。

双桅帆船向北穿越南中国海，在马尼拉停靠下来，以增加补给和补充淡水。鸦片押运员对那个臭名昭著的港口感到惶恐不安，于是，特里斯坦安排阿斯加德和两位古巴船员手持猎枪，在甲板上警戒。然后，他走下船舱来到他的舱室，给苏珊娜写了一封简短的绝笔信，信中写道：你的丈夫已经与世长辞，请你改嫁。他与一位蒸汽快船的船长一起外出时，把那封信寄走了。那位船长是他与墨西哥员工在马尼拉寻欢作乐时邂逅相识的。就在黎明前夕，在他们回到船上的途中，他俩在码头附近遭到了四个流氓的突然袭击。在特里斯坦攻击其中那位身材最高大的流氓时，要不是那位墨西哥船员夺下了其中一名袭击者的武器，他们两人早就毙命了。墨西哥船员用那人的大刀干净利落地砍掉了一个流氓的头颅，另外几个流氓，除了特里斯坦正在掐死的那个，都仓皇逃窜了。不过，他们在逃跑之前，其中一人朝特里斯坦一条腿的膝盖外侧猛砍了一刀，露出一道深深的裂口，伤及了肌腱，伤势极其严重。那位墨西哥船员给他敷上止血带，之后，他俩一边唱，一边朝那条敞篷小船走去，准备返回。他们醉醺醺地划着小船，到达了停泊地。阿斯加德为特里斯坦清洗好伤口，用肠线缝合上伤口，在肌腱周围即兴打上结头。等他们抵达夏威夷时，特里斯坦的伤口就痊愈了，不过，从那以后，他走路时就有点儿瘸腿。

时至今日，除了他那几个远在天涯的船员们，除了个别细节，谁都不甚了解接下来的六年时间里有关特里斯坦的情况。而正因为这些细节不完整，才更加诱发人们的好奇。我们仅仅知道，他到达了旧金山，然后向南航行，前往巴拿马，希望穿越那条新建的运河，然而，盖特兰岸一带的山体发生了滑坡，暂时堵住了那个新开辟的通道。无奈之下，他只好绕行合恩角。到达里约后，他让人给船只安装了一台小型蒸汽辅助设备。接下来，他在加勒比地区度过了相对稳定的三年时光，他的双桅帆船被用作海岛商船，穿梭于百慕大、马丁尼克，甚至墨西哥的卡塔赫纳。他在古巴的皮诺斯岛购买了一座小型农场，而后，在战争进行的最后一年，他起航前往达卡，为英国政府执行又一次高风险任务。他绕过好望角，回到了蒙巴萨。在那里，他把一个北非盖拉族妇女带上船，同居了一周，然而，她经受不起帆船的颠簸，于是，在坦桑尼亚的桑给巴尔港，特里斯坦就把她送到岸上，送给了她一小袋黄金。1921 年底，他再次到东方，先后到达新加坡、马尼拉、夏威夷和旧金山，然后，穿过已经开放的巴拿马运河，他又重操旧业，走私象牙和鸦片。后来，他回到哈瓦那之后，除了那位墨西哥人之外，阿斯加德和其他船员都离他而去。他在自己的农场里生活了几个月。当他再次回到哈瓦那时，他得知，他爷爷五年前就去世了，还得知，他父亲拉德洛已经中风，正盼望他回家，以便在临终之前父子俩还能见上一面。特里斯坦和那位墨西哥船员重新雇用了一名船员，然后，扬帆起航，前往墨西哥东部港口韦拉克鲁斯。到达那里之后，此时的那位墨西哥船员已经具有足够资金和势力，足以保障他的生活了。特里斯坦则离开了他的那艘双桅帆船，让那位墨西哥船员负责照管，一个人北上，踏上了回家之路。他一路上有火车则乘火车，无火车就骑马，日夜兼程，于 1922 年 4 月回到家乡。此时，他依然晒得黝黑，依然瘸着腿，内心的创伤依然没有抚平，依然以世上最冷峻的目光审视着这个世界。

一天下午，拉德洛和“一刀”坐在门廊里，正在收听收音机里播放的交响乐。突然，他们看见了特里斯坦出现在眼前。他骑在马背上，那匹马小心翼翼地绕过正在消融的一个个雪堆，跨入了牧场的大门。此时此刻，拉德洛万分欣喜，无法用语言表达，其欣喜程度非咱们常人所能体会。他从门廊处奔跑过去，去迎接特里斯坦，特里斯坦从马背上一跃而下，抱住了扑向他怀中的父亲。他一连喊了几声“爸爸”，可是，那老人由于中风，完全失去了言语能力。“一刀”仰天长叹，感到他平生头一次流出的热泪竟如此难以抑制，如同拉德洛的兴奋一样令人难以体会。紧接着，“一刀”开始吟唱起来。戴克从畜栏处跑过来迎候特里斯坦，他与特里斯坦都激动不已，同时试图把对方抱起来。佩特听到喧闹声后，也从厨房里跑了出来。当特里斯坦上前拥抱她时，她还试图像往日那样向他鞠躬。一个十六岁的姑娘也从拐角处走过来。她留着一个长长的发辫，一身男式服饰，手里提着一个马辔头。由于受风吹的缘故，她满脸是风吹性皮肤伤，但是，尽管她皮肤黝黑，却不太像印第安人。她盯着特里斯坦看，他看到了她的眼神，但是，紧接着她就离开了。戴克说，那是他的女儿伊莎贝尔，不过，她挺害臊。

佩特杀了一只春季生的羔羊，经过去毛开膛处理之后，在厨房后面生起了一堆火，开始烤羊肉。他们坐在门廊里，喝着酒，但是，大都默默不语。拉德洛在一个书写板上用粉笔书写着他的问题。他已经是白发苍苍，但是，他坐在那里依然是昂首挺胸。戴克转过脸，朝远处看着，解释说，特里斯坦的母亲目前正在罗马，接着，他停顿了片刻，假装他又想起了一件事，于是就补充说，艾尔弗雷德和苏珊娜已经在一年前结婚了，他俩的蜜月假一直拖到了现在，目前正在欧洲度蜜月，而且假期还延长了，之后，他俩将在卡普昂蒂布过暑天。看到特里斯坦显得似乎漠不在意时，戴克这才如释重负，便开始畅饮起来。特里斯坦在草坪上走动，脚下踩出了一个圆圈，接着，他说，他想离开片刻，骑马出去一趟，希望他们到晚饭前不要喝得酩酊大醉。

他骑着马，沿着小溪一路飞奔，到达了匣状峡谷里的那眼山泉旁。塞缪尔的坟墓上还覆盖着一堆残雪。他抵近那座坟墓，跳下马。一只喜鹊从墓碑上倏地飞走了，一直飞到他头顶上方峡谷的高处。他跟踪着那只喜鹊在空中留下的无影、无形的轨迹观看着。看到他脚下的坟墓处只是积雪、泥土和一块被风吹日晒而褪了色的石碑，他不得不承认，他并不擅长修筑坟墓。在回家的路上，他看见伊莎贝尔在阳光下，正在给三匹春季生的小马驹梳理鬃毛。戴克叫她老二，目的是为了避免把她与特里斯坦的母亲混淆起来。他走上前向她询问，他先前送给她的小獾在哪儿，她说，它失踪了，不过，它生的幼崽依然活着，就在果园后面。她带着他走进谷仓，给他看了看一只艾尔谷犬，是拉德洛给她买的生日礼物。虽然那小狗只有十周大，却很凶猛。一见到特里斯坦，它就冲上前，对着他吼叫起来。他一把把它抱起来，渐渐让它冷静了下来，最终，它亲昵地咬起了他的耳朵玩耍。接下来，他紧紧盯着她看，看得她脸都红了，羞涩地低头看着自己的双脚。

晚餐时，拉德洛像是在举行重大仪式似的考究地为大家切分那只烤羊。然后，他在写字板上写下“给我们讲讲你的故事”九个大字，递给特里斯坦。奇怪的是，特里斯坦并不认为他在过去七年里经历过什么特别不平凡的事。像许多人一样，他也是不想冒险却被迫走上冒险之路的，对冒险并不感兴趣，只是身体与灵魂的不安分使然。但是，对所有在座的人想听些什么，他再了解不过了。于是，为了父亲，他就滔滔不绝地打开了话匣子。他讲到了他在菲律宾痛杀流氓的奇遇，讲到了在马歇尔群岛沿海遭遇的一场台风，讲到了他在累西腓港醉酒后购买的一条蟒蛇，它紧紧缠绕在桅杆上，直到他们给它拿出一头小猪作为诱饵，才最终把它从桅杆上取了下来。他还讲到，他留给在古巴的船员所照看的马匹是如何漂亮。他还讲到，一些新加坡人怎么吃狗肉。听到这故事，除了“一刀”之外，整桌人都惊呆了。“一刀”还向特里斯坦询问了有关非洲的情况。吃完晚餐后，特里斯坦从鞍囊里取出一些礼物，一一分发给大家。其中包括一根狮牙项链，他亲手把它戴在了“一刀”的脖子上。几天后，“一刀”前往本顿堡，骑马行了三天的路程，去给“鹰眼”看那根项链。一时冲动之下，特里斯坦把原本打算送给他妈妈的一个红宝石戒指送给了二伊莎贝尔，把它戴在她左手的无名指上，亲吻了她的额头。整桌人都沉默不语，而佩特开始干预，但是，戴克叫她冷静了下来。

那天夜里晚些时候，大家都就寝后，特里斯坦独自走到月光下散步，一直走到辽阔的草原上：一堆堆残雪幽灵般的苍白，远望西边，他能看见落基山脉上一座座白雪皑皑的山峰。他听见草原狼在追逐中，时而嗥叫，时而发出唧唧声，偶尔还发出短短一声嚎叫。返回途中经过谷仓时，他听见小狗在叫，于是他走进去，把它抱在怀里。他把它带到房屋里，一直带到楼上他的房间里，把它放在一张黑尾鹿鹿皮上。为了抵御夜间的寒冷，他在鹿皮上用一条盖被围成了一个狗窝。特里斯坦睡到半夜时，小狗汪汪地叫起来，把他吵醒了。从窗子透过的朦胧月光里，他依稀看见二伊莎贝尔站在他床边。他伸手拉住她的手。不一会儿，她便与他一起进入了酣畅而甜美的梦乡，两人紧紧地拥抱在一起，所有孤独终于从地球上黯然消失了。

特里斯坦的人生似乎是以七年为一个阶段向前推进的。从现在开始，他将体验和享受七年的天伦之乐。这七年时间是他一生中无与伦比的黄金岁月，即使在他遥远的未来，他还会留恋这段日子。那些日子就像日记中的一个个微小细节，像一本圣僧的记录册，值得慢慢回味，让他每天都带着某种期待翻开新的一页。没有一种天恩是孤立的。在更大程度上讲，是那些他所爱的人把他引向光明和温暖。不过，当年他离家时，他几乎无法真正理解他们的良苦用心。然而，第二天清晨，当二伊莎贝尔匆匆穿上睡衣，与他吻别，离开他房间后，他却从窗子中清晰地看到了那些疼他爱他的人。他先是听到远方牧场传来的一阵难以辨明的巨大声响。原来，那竟是一辆福特牌轻便小汽车在岩石路上颠簸时发出的响声。汽车在泥泞的小路上绕来绕去地行驶着，“一刀”在驾驶，拉德洛身上穿着他那件野牛皮长袍，笔直地坐在他旁边。戴克头上戴着一顶爱尔兰羊毛帽，倚靠在谷仓旁，在一片暖阳下享受着新一天里烟斗里第一锅烟。在一头赫里福公牛把头探到栅栏的板条外面时，他亲切地挠了挠牛的鼻子。佩特在抛撒谷物，给一大群鸡和几只鹅喂食。那只小狗也赶来帮倒忙，去追赶鸡群。佩特连忙发出“嘘声”，挥挥手把它赶走了。当特里斯坦走下来吃早饭时，木制的厨灶暖烘烘的，阳光从南面那扇窗子倾泻而入，窗外的山谷一览无遗。二伊莎贝尔给他倒了一杯咖啡，他朝罗斯柯·戴克面前的陶器碗里看了看，里面盛的是戴克嗜好成瘾的鲱鱼。特里斯坦从中拿了一片鱼，上面夹带一些腌制洋葱。二伊莎贝尔又为他端上了煎炸鳜鱼，那鱼是“一刀”天刚蒙蒙亮就出去到河里捕到的。早餐后，二伊莎贝尔在洗碗时，特里斯坦紧盯着她的背影和她身后那一根又黑又亮的发辫。他闭上双眼，一时间，踩在他脚下的地板宛如大海一样在翻腾不息，他能在鲱鱼里闻到北部低潮时清新的海上空气。他睁开眼睛，面带着微笑，问二伊莎贝尔，她是否愿意马上就嫁给他，那样的话，就可避免因夜间偷偷幽会而遭人说闲话。她擦干双手，小心翼翼地从窗台上取回她的红宝石戒指，好像她手里捧着一个大圣爵似的，然后回答说：如果他自己打定了主意，她当然愿意；如果他还没有打定主意，她也愿意。

十月初，举行了一个盛大的婚礼。婚礼之所以一直推迟到这个时候，一方面是为了等伊莎贝尔能从欧洲赶回来，另一方面因为佩特的一再坚持，她担心特里斯坦万一心血来潮就会抛下她女儿而去。其实，特里斯坦压根都没有过这种想法。夏季里，特里斯坦在匣状峡谷里建造了一座印第安人特色的圆锥形棚屋作为婚房。那棚屋俯瞰着那眼清泉。建造棚屋的一伙挪威木匠来自斯波坎市，三位意大利泥瓦匠来自比尤特。那棚屋设计简单，一端是一间宽敞的主卧室，一端是一间厨房和壁炉；另一端是一个墙面大小、用石头砌成的壁炉。还建了两排厢房，各有三间卧室。二伊莎贝尔见到那房屋占地面积如此之大时，内心还感到受之有愧。“一刀”和拉德洛每天都开着那辆车，前去为工人们送午饭。此时的拉德洛已经迷上了写又长又动情的书信，特里斯坦每天吃过晚饭便坐在火炉旁给他回信。

在蒙大拿，大萧条提前十年就来临了。在东部平原地区，曾经受战争的刺激而繁荣的谷物市场，彻底崩溃了，接连两年的严重旱灾更是雪上加霜。银行纷纷倒闭，肉牛市场也随着军队需求量的不断萎缩而引起了供过于求。戴克逐渐把存栏量缩减，只饲养纯种赫里福牛。然而，牧场里唯一的收入来源是那匹种马和经它配种后产下的幼崽。那匹种马依然被大家称为“亚瑟狗食”，戴克把它与牧场里的纯种马交配，产下的幼崽别具一格。这些后代虽然并不具备短程赛马的力量和韧劲，但是，它们却堪称是上乘牧马和顶级的游乐场用马匹，脸型漂亮，性格活泼。它们跑四分之一英里短程比赛时，爆发力强，速度惊人。特里斯坦和戴克在蒙大拿、爱达荷、华盛顿和俄勒冈这些州的集市上让他们的马进行比赛。特里斯坦用博彩赢得的钱，给拉德洛买了一辆帕卡德牌观光车。“一刀”驾驶着那辆车，一脸自豪和谨慎，脖子上依然戴着特里斯坦送给他的那串狮牙项链。商人们甚至千里迢迢从得克萨斯州的圣安东尼奥和金斯维尔慕名前来，高价购买这种马匹。那价格，就连戴克和拉德洛都觉得高得离谱，但是，特里斯坦非常精明，坚决拒绝让价。

那场在秋季举行的婚礼已经变成了记忆，但是，特里斯坦始终还没有见到过艾尔弗雷德和苏珊娜。事实上，直到四年之后，在一次礼貌但节日气氛浓厚的圣诞晚宴上，特里斯坦才得以见到苏珊娜。艾尔弗雷德在该地区为竞选美国参议院议员造势时，时不时到达那里。他的岳父及时给予了资金支持，再加上他的影响，对艾尔弗雷德的帮助非同小可。最终，他如愿赢得了选举。那个圣诞节，除了二伊莎贝尔和佩特，谁都没有看到过苏珊娜显露出忧伤。不过，她依然没有子嗣，因此，当特里斯坦的一对儿女塞缪尔·戴克和小伊莎贝尔在客厅里抚摸她的金发时，她竟泣不成声。

那时的经济形势变得更加令人捉摸不定。在亚瑟的忠告下，拉德洛渐渐把他的资金从海伦娜银行支取了出来。然而，由于没有更好的主意，他就把黄金拿到特里斯坦的住处，埋藏在壁炉上的一块大石头下面。特里斯坦带着与生俱来却富有魅力的高傲，坚持主张牧场要自给自足。他依然给苏珊娜和她父亲寄去商业信函和一笔笔钱款，支付他们共同持有的土地的租金。

第三章

厄运再次降临到特里斯坦的头上。几乎没有什么快乐可谈——

快乐只是快乐本身，是内心平静、情感处于休眠的状态，是带着一颗轻松的心和烦恼的大脑而采取的一种心态。事情发生在去大瀑布城的一次旅途中。他带着妻子二伊莎贝尔和牧场上的几个帮工，把一群秋季上市的肉用牛赶到铁路终点站去售卖。他们一行中，除了特里斯坦和二伊莎贝尔，还有戴克和那位有一半黑人血统的克里族人，还有一个挪威人，是多年前木工队里留下来的。那是一次令人愉快的旅行，那种快乐并没有因为旅行任务的那种几乎古老的传统性质而减少分毫。当时正值十月份，尽管股票市场曾经经历过何等辉煌，它却轰然崩溃了。然而，特里斯坦靠出售那批肉牛，赚得了一小笔现款。为了犒劳大家整个炎炎夏季付出的辛苦，他们全部都在镇上住下来一起庆祝。他们在镇上最好的一家餐馆里美餐了一顿，还开怀畅饮。然而，他们却被邻家牧场的一伙帮工弄得扫兴。那帮人个个都衣着华丽，腰缠万贯。原来，他们公然违反《沃尔斯特德法案》，凭借从加拿大走私烈性酒而大发横财。

第二天，“一刀”驾驶着帕卡德轿车，前去接回二伊莎贝尔和她在秋季购物季购买的货物。趁此机会，特里斯坦告诉走私团伙的头目说，他要购买十箱威士忌，一部分用于自己喝，一部分卖给乡邻们。他告诉他的手下伙计们说，他会跟大家一起平均分配利润。想到那即将唾手可得的一大笔钱，帮工们都兴奋得陶醉了，他们还额外购买了更多威士忌，放在马背上的驮篮里驮运回去。

他们沿着一条狭长的峡谷向肖托附近的一个山谷行进，一路上形成了一个奇怪的队形。那辆帕卡德轿车行驶在最前面，但是，那些驮马并没有被落下太远，只是十月份的一场降雨导致道路泥泞，减缓了马匹的行进速度。他们走到峡谷入口处时，在道路朝北折向肖托方向的转弯附近，地方治安官带领着两名武装警察，用一辆双门厢式福特警车挡住了他们的去路。联邦警察按照他们平常所接受的训练那样，漫无目的地朝天鸣枪警示。听到枪响，依然情绪高涨的行进队伍即刻停下了脚步。那位联邦警官说，他们已经得知那批货的情报，特里斯坦必须交出那批威士忌。他们一眼就认出了特里斯坦，带着遗憾的口吻说，十一月份，他将在海伦娜面临指控，不过，他们必须首先销毁那批酒。说话间，特里斯坦突然听见“一刀”失声恸哭，便立即从那几个警察面前转过身，一看究竟。他走到帕卡德车旁，看到“一刀”已大惊失色，接着赶忙去看二伊莎贝尔。她坐在车的后排，与购买的生活用品和礼品待在一起。她端坐在那里，宛若一尊石雕，一颗从峡谷岩壁反弹过来的子弹径直穿过了她的额头，伤口看上去像一枚染红的一毛钱硬币。

见此情形，特里斯坦怒不可遏，伸手便去拔枪，可是，他那天压根儿就没有随身携带枪支。于是，他疯狂地把那帮警官挨个痛揍了一顿。结果，其中一名警察被他打成了重伤，导致他一连几个月都在死亡线上挣扎。他把二伊莎贝尔的遗体从帕卡德车上拉下，双手抱着她，朝峡谷下方奔去。他淋着冷冷的秋雨，抱着她的遗体，一口气跑了好几英里路，随行队伍默默地跟随在他身后。他抱着她的遗体，不时地哀嚎着，那言语地球上无人能懂。

三天后，警察局长来到拉德洛家。他说，由于其中一名警官的颅骨严重性粉碎，特里斯坦必须在海伦娜监狱里服刑三十天。量刑之所以从轻，缘于艾尔弗雷德在蒙大拿政界的巨大影响力。佩特打断他们的话语，急匆匆地插话说，小伊莎贝尔不见了。特里斯坦夺门而出，跨上马，疾驰了十几英里的路程，最终在清泉附近的树林里找到了她。“一刀”在吟唱他那夏延族的传统安魂曲，小伊莎贝尔在跟着他一起唱。她的声音如此洪亮，如此忧伤，特里斯坦原本已经破碎的心更是痛如刀绞。他抱起她那娇小的身体，把她放到马鞍上，带她回家。

如今，当地的老人们依然争论不休，究竟是什么导致特里斯坦变成了一名亡命之徒？酒精？牢狱？悲伤？还是贪婪本身？不过，这只是退休老人们茶余饭后的谈资而已。有意思的是，四十年后，特里斯坦依然是人们关注的对象，某种意义上讲，他是最后一位亡命徒，而非恶棍。

事实上，自从他在山泉上方找到六岁大的小伊莎贝尔在与“一刀”一起唱安魂曲之后，一连好几个月里，他除了跟他的两个孩子在一起时，始终沉默不语。在监狱里，他默默不语，拒绝会见所有来访者。就连艾尔弗雷德前去向他表示慰唁并转交苏珊娜写的慰唁信时，他也同样拒绝了。海伦娜的地方报纸还报道了那次会面，标题是：《参议员狱中探访丧妻的弟弟》。

其实，艾尔弗雷德去探监的目的是希望从特里斯坦那里得到某种谅解，并希望他能出面调解他与父亲的僵持关系。原来，早在葬礼后的第二天，警察局长就把特里斯坦押送到了监狱。仅仅几个小时后，艾尔弗雷德就回到了老家的牧场。拉德洛待在自己的房间里，不愿跟这个大儿子见面。他派佩特出去到客厅里传信。她手上捧着拉德洛的书写板，上面写着：只要艾尔弗雷德代表美国政府及其卑劣行径，我就不会理睬他。

其实，拉德洛一直把二伊莎贝尔视为自己的亲生女儿，而且就像爱亲生女儿一样，无微不至地关心着她。多年前，他曾经因为教她读书写字而倍感欣喜，而且，他经常给她买许多礼物，这一点还时常令佩特和戴克忧心忡忡，因为他俩都担心拉德洛把她宠坏了。当初给远在波士顿的妻子伊莎贝尔写信，叫她从波士顿给二伊莎贝尔购买最华丽、最昂贵的结婚礼服，就是拉德洛出的主意。此时，当他与“一刀”一起驾驶着轻便小汽车来到她的墓地的途中，他的脑海里浮现出了那年十月他送别三个儿子去参战的情景，然后又想到了七年前那个十月的一个美丽午后：在一片秋色中，在褪色的草地和金黄色大齿杨的衬托下，太阳照射在那白色结婚礼服上，礼服晶莹闪亮，特里斯坦和二伊莎贝尔在一片棉白杨树林里举行了结婚仪式。此时，他坐在车上，感受到的远远超出他自己七十五年来的人生经历。对世间而言，在十四年的时间里失去两位亲人并非是什么不寻常之事，可是，对于一位像拉德洛这样的丧亲者个人就非同寻常了。他极度忧伤，失去了理智，深深沉浸在对残局的思索中，思索着倘若悲剧没有发生一切会是怎样一种情况。

艾尔弗雷德乘长途火车回到了华盛顿。在火车上，他心事重重，思绪万千，一路上无法入眠。他认为，作为一个政治问题，禁酒法案，即《沃尔斯特德法案》，是一种愚蠢的意淫，它仅仅对犯罪行为起到了推波助澜作用，在该法案的实施临近尾声的那几年，情况尤为突出。他父亲一直是他心目中的英雄。在给国会的一次次演讲中，他喜欢引用那位文质彬彬的边疆拓荒老人的话语，尽管拉德洛说实话并没有以英雄自居。诸如“牛仔”、“拓荒者”或者禁酒令本身，这些同样愚蠢至极的名词概念，都是在事实发生之后在沾沾自喜的历史阶段才杜撰出来的，在人们热衷于贴标签和大谈社会秩序时的历史阶段出现的。

然而，艾尔弗雷德所面临的问题，与其说是政治和被父亲疏远之痛，不如说是一个更深层次的问题，即他的本性。事实上，苏珊娜的病情已经恶化，已经发展到了相当严重的地步，她一直处于一种安静、非显性患病状态。而身居华盛顿，再加上她作为一名参议员的夫人这一身份，社交活动的种种需要更进一步加剧了她的病情。艾尔弗雷德远在马里兰州购买了一座乡间别墅，还购买了一些马厩，把他岳父购买的一批又一批赛马临时圈养在那里。大多数时间里，她都住在别墅里，来自约翰·霍普金斯的司法精神病教授每周两次登门问诊。他是一位法籍犹太人，他做出承诺，严守秘密，保证对苏珊娜患精神病一事守口如瓶，因为一名患上了精神病的夫人对一位政客的政治前途而言向来是一个不利因素。在他盲目的恩爱中，艾尔弗雷德拒绝承认这一问题的严重性。几年前的一天下午，司机送他们夫妇俩从瓦洛里斯前往尼斯去乘船回家，途中，苏珊娜坚持要求司机停车，然后，他俩走到远处一个树林茂密的小山坡上做爱。一连几个星期里，尽管有间歇性的阵阵哭泣，她却似乎非常快乐。尽管如此，艾尔弗雷德认为，自己从未如此自豪和快活过。然而，紧接着，苏珊娜又陷入了她那种特有的极度痛苦状态之中，在返回纽约整整两周的旅途中，她始终待在那特等舱里，从不迈出一步。住在那乡间别墅，同时又摆脱了来自华盛顿的种种压力，两者似乎对减轻她的病情有所帮助。

然而，在他俩结婚的九个年头里，她的精神疾病每一年都会发作一段时间，即所谓的精神失常，只是严重程度不同而已。在过去几年里，虽然那位精神病医生倾心为苏珊娜进行治疗，但是，他的作用并未令人鼓舞。他鼓励她在赛马的马厩里活动，因为凭借以往的经验，他明白：专注于动物通常对精神病患者具有镇静作用，他明白那些赛马似乎有益于驱除毒素，至少是暂时如此。

艾尔弗雷德从蒙大拿返回后，在接下来的几个星期里，他完全像是生活在地狱里一般。苏珊娜的精神病发展到了巅峰阶段。在这个阶段里，人世间的万物都变得太形象生动，而令人难以承受：她能透过马的皮毛、肌肉和骨骼看见它的心脏；月亮就在窗外，近在咫尺；花瓶里插的鲜花看上去都是死的，令人望而生畏；某些法国油画必须翻转过去，正面对着墙壁。她声称，她缺乏一个假想中的孩子，不论她费多大劲进行想象，怎么也想象不出一个孩子来。特里斯坦拒绝回复她的慰唁信一事成为了她利用的一个杠杆，她以此为由，情绪再次陷入低迷状态。

四月，艾尔弗雷德以走访他的选区为幌子，回到了西部。他在海伦娜购买了一座大型房产，心想：假如苏珊娜开始每年夏天到蒙大拿避暑，那也许有益于她的健康。伊莎贝尔会在那里陪她，特里斯坦和佩特也许会准许苏珊娜帮忙照看小伊莎贝尔和小塞缪尔。他驾车驶入肖托附近的那个泥泞的庭院，心里想着他的计划。当他看到眼前那牧场的美丽景色时，他那一向乐观的心情顿时又振奋起来。

特里斯坦和戴克正在畜棚外制作驮鞍的框架，而拉德洛和“一刀”两人则在旁观，嘴里都叼着烟斗。当艾尔弗雷德从车里走出来时，拉德洛迅速穿过栅栏，向偌大草场的远端走去，想竭力回避这个儿子。“一刀”紧跟在他身后。特里斯坦、戴克和艾尔弗雷德看着拉德洛绕过一个又一个雪堆朝前行走，仿佛他打算要走到世界的尽头。见到父亲如此激烈的反应，艾尔弗雷德情不自禁，两行热泪从脸颊上滚落下来。见此情景，特里斯坦握住了哥哥的手臂。艾尔弗雷德请求弟弟原谅他，而特里斯坦却实事求是，只是安慰他说：“原谅你什么？又不是你枪杀了我老婆。”戴克坐在一个锯木架上，看着特里斯坦和艾尔弗雷德随着渐行渐远的拉德洛和“一刀”的身影向草场里走去。说起戴克，他的个人悲伤具有北欧人的特点，含而不露。他卧薪尝胆，足足等待了三年，终于等到了为女儿复仇的机会。在博兹曼举行的一次肉牛拍卖会期间，他守候在博兹曼通向利文斯顿的公路边，去伏击联邦警察中的一员，因为那是他每天的必经之路。他坐在火炬松树林上方的一块岩石上，一杆点二七口径的猎枪放在大腿上。那位警察出现时，戴克先是一发子弹打爆了警车的一个轮胎，紧接着，当那人从警车里出来查看究竟时，他连续向他开了十枪，非常解恨。由于另一名联邦警官已经被调离，前往东部履职，戴克只好对杀死两人中的其中一人而感到满足了。

在草场上行走途中，艾尔弗雷德半路上停住脚步，带着急促的语气解释说，特里斯坦必须给苏珊娜写封信，以消除她内心的纠结与愧疚。特里斯坦点了点头，表示对哥哥的理解。当兄弟俩追赶上了拉德洛时，拉德洛已经精疲力竭，倚靠在一块大圆石上。此时，“一刀”走到了听力范围之外，以规避偷听之嫌。特里斯坦上前拉住父亲的手，恳求他原谅艾尔弗雷德，因为他是他的儿子，不是政府。拉德洛在一阵寒风中打了个寒噤，盯着艾尔弗雷德，目光犀利，眼眶却湿润了。他向特里斯坦点了点头，便转过脸去。他没有随身携带他的书写板，因此，他只是拥抱了艾尔弗雷德，然后，开始往回走。

第二天上午艾尔弗雷德离开时，尽管天上下着雨，他却感到一身轻松，心情爽快。他终于得到了父亲的原谅，而且，头天晚上，他与特里斯坦的两个孩子在一起，过得非常愉快。孩子们坐在他的大腿上，他给他们讲一连串故事，讲起了东部大城市的生活。在通往主干道的途中，他礼貌地停下车，先让一大群驮马和骡子穿过马路。赶马人是他家牧场上的两个帮工，他都认识，一个是有黑人血统的克里族人，另一个是那位挪威裔木匠。看到此景，他不禁心生疑虑：特里斯坦弄那么多驮马要干吗?

到五月初，春天终于结束了，山区里即使下大雨，也将是短暂的暴雨。此时，“鹰眼”远道从本顿堡来到了肖托。他带领着特里斯坦、戴克、那位挪威人、克里人帮工，向北经过瓦利尔和陡岸，到达了艾伯塔省的卡斯顿。在那里，他们给每匹马装载了四箱威士忌，抄近路经过希尔比和康拉德返回，抵达大瀑布城，特里斯坦就地以六千美元的价格处理掉了那批威士忌。他们之所以能获取丰厚的利润，其一是因为那批货是上等加拿大原装威士忌，他们并没有像那些利欲熏心的走私贩们那样，把普通低档酒勾兑其中。利润丰厚的另一个原因是，蒙大拿北部地区道路稀少，交通不便，警方的防控相对容易，风险极高。然而，“鹰眼”神通广大，把在这一地区的烈酒走私变成了一个有保障的生意。“一刀”本想跟大家一道做生意，可是，特里斯坦坚决要求他留在家里照料拉德洛和看管牧场，因此，他感到遗憾。

不料，特里斯坦并不满足。在他的潜意识里，他早就希望遭遇警方的阻击，寻机报复。后来，戴克奉劝他要为他的孩子们着想，并规劝说，蒙大拿地区地广人稀，这最终会导致他们被警方擒获。戴克尽管生气，但是始终和颜悦色，他也只是在佩特的一再要求下才向特里斯坦表达了这些内心隐藏已久的忧虑。佩特担心她的两个外孙。特里斯坦最终顺从了他们的建议。盛夏时，特里斯坦一行又跑了一趟生意。当他们回到家时，“一刀”说佩特带着两个孩子一起不见了。“一刀”解释说，他原本会跟着他们，但是，拉德洛病了，脱不开身。话音刚落，戴克和特里斯坦立即驾驶着帕卡德车，直奔本顿堡，车后座的那个弹孔依然清晰可见。最终，他们把佩特和孩子们接回了家。

此后，特里斯坦给韦拉克鲁斯的那位墨西哥人发去电报，叫他在来年春季把那艘双桅帆船驶到旧金山，之后，他就决定洗手不干贩酒生意了。在旧金山也有钱可赚。伊莎贝尔回到了西部来避暑，帮助苏珊娜在海伦娜的一栋符合参议员身份的别墅里安顿了下来。伊莎贝尔邀请她的孙儿孙女和佩特到那里住了一个月。苏珊娜喜欢小伊莎贝尔和小塞缪尔，两个孩子也以爱相报，因而她不稳定的健康状况大有起色。可是，谁都不知道，苏珊娜在表面上表现出来的这种健康是建立在一个最脆弱的误解之上。原来，当特里斯坦在艾尔弗雷德的一再坚持下给苏珊娜回信时，他过分强调说，是命运把他俩拆散了，既然一切已经发生了，他俩都必须体面地去承受。那封信很绝情，然而，意想不到的是，在某种意义上讲，它却使苏珊娜看到了一线重逢的希望。她再一次进入了一个亢奋期。其间，她的世界好像是被剥去了外衣，变得生动逼真，致使她误以为，她每天看到的都是一系列事物的本质。艾尔弗雷德当时正在计划为他在蒙大拿的政界友好人士和社交圈的朋友们举办一场盛大的晚宴和舞会。作为料理这类事务的行家，伊莎贝尔积极参与其中。在她的帮助下，苏珊娜相当狂热地投入到了紧张的筹备中。

特里斯坦南下来到海伦娜。他此行的目的是去会见一家加拿大酿酒公司的一位代表。他俩曾经在卡斯顿见过面。那人与特里斯坦讨论了所遇到的麻烦。一个号称为“爱尔兰帮”的黑帮给他们带来了麻烦。该黑帮组织的基地设在西雅图。会谈期间，特里斯坦和酒商代表还谈到了该黑帮垄断了在西北部地区和加利福尼亚州在烈酒方面的销售问题。因此，旧金山的一些苛求的商户抱怨，无法弄到他们的客户所偏爱的上等威士忌。两人初步商定：特里斯坦将从温哥华岛到旧金山驾双桅帆船做一趟生意，而且，特里斯坦打算当天在海伦娜这个阳光灿烂的日子里达成一笔暴利交易。尽管他已经谢绝去参见艾尔弗雷德举办的那场盛大晚宴，他还是顺便带了五箱海格牌威士忌，作为礼物，送给艾尔弗雷德。他一向受到艾尔弗雷德的那些貌似地位显赫的朋友们的排斥。每逢狩猎季，他们就被艾尔弗雷德带到牧场来游玩狩猎：他们整夜玩纸牌、饮酒，起床很晚，鲜有例外。那位克里人为他们填写打猎证，允许猎杀赤鹿和驯鹿。有一年，一位男装商人在一个小山坡上射杀了一只熟睡的灰熊。从那以后，特里斯坦就拒绝再与他们合作。

特里斯坦与那人会面结束后，他开着车，一路沿着艾尔弗雷德拥有的维多利亚式豪华别墅绕行，费了好一番周折，才找到别墅的后门。他打算进去问候他母亲，送去威士忌，想法尽量避开苏珊娜，然后就返回牧场。海伦娜这鬼地方不自然得令他感到心虚。那些所谓的公务员在四处巡视，更别提他在那里入狱服刑的一个月所经历的地狱般煎熬。当时在狱中，一想起二伊莎贝尔的一幕幕，他就喉咙哽噎，胸口憋闷，几近令他窒息而亡。别看二伊莎贝尔生过两个孩子，她依然无需使用马镫就能飞身一跃，骑到马背上。当她骑着那匹阉过的马匹疾速奔驰时，她的长发就会随风飘扬，宛若一匹野马的马鬃。不过，他早就没有了复仇这个念头，也许，悲伤已经无情地消磨和毒死了这个念头，他终于明白，人生在世永远不可能与尘世了结所有恩怨，因为即使他能够做到这一点，那也无法再造就出那个女人，无法再造就出那天雨点拍打着的那个女人，她的长发飘荡到了他的双膝。

因此，对于这个小伙子而言，仅仅由于命运的捉弄，他竟然走进了他哥哥的厨房，发现苏珊娜在那里与小塞缪尔和小伊莎贝尔谈笑风生。他问候并拥抱了两个孩子，之后，两个孩子就跑开了，去帮他们的奶奶指挥如何悬挂为晚会准备的装饰物。苏珊娜和特里斯坦坐在那里，极其不自在，仿佛那厨房时刻会爆炸似的。苏珊娜半真半假地说，她在梦中梦见自己变成了小塞缪尔和小伊莎贝尔的妈妈，但是，特里斯坦摇了摇头，说了声“不”。她站在那里，紧扣双手，仿佛要把她的双肩拉到一起似的。她离开餐桌，走到食品储藏室。特里斯坦坐在餐桌旁，在八月天的炎热中汗流不止。接着，她以温柔、清晰的声音呼喊起他的名字。他双手紧紧挤压着脸颊，走到储藏室。特里斯坦发现，她赤身裸体站在那里，两眼闪闪发亮，发髻已经解开，长发披在肩上，衣服滑落到了脚踝处。他关上储藏室的门，试图让她冷静下来。然而，她说，如果他不跟她做爱，她就开始尖叫，尖叫到她死去为止。无奈之下，他果断放弃了让她冷静的念头。他俩深深地陷入到对方的怀抱里，两人的肌肤黏糊糊地贴在凉凉的地砖上。

特里斯坦离开后不久，苏珊娜用裁缝剪刀把披肩长发剪掉了。在整个宴会进行期间，她被限制在自己的房间里活动，由一位医生和几名护士看护着。第二天一大早，苏珊娜被司机开车送到北部的肖托，随行的还有医生、伊莎贝尔、佩特和两个孩子。他们分别坐在两辆车上，艾尔弗雷德心烦意乱，茫然不知所措，不过还很友好。他们到达后，特里斯坦把孩子们带到十几英里外的山上，来到他搭建的一间狩猎小屋，在那里住了几天。

然而，当特里斯坦返回到那别墅时，苏珊娜又幸福起来，举止优雅。见此情形，大家的心里都如释重负。于是，几天后，艾尔弗雷德就离开了肖托，返回海伦娜去处理政务。再过一个星期，特里斯坦就将动身前往旧金山，去迎接那位墨西哥搭档和双桅帆船。他将裁减船员人数，只带上那位克里人和那位挪威船员，因为他信任他们两人。

此时已是九月初，一波寒流袭来，短暂持续了两天时间，山麓的小山丘上覆盖了薄薄一层积雪。到中午时分，大齿杨上的积雪已经融化，在纷纷掉落。“一刀”和拉德洛开车过来接孩子们，带他们下山，去和伊莎贝尔一起共进午餐。孩子们离开之后，特里斯坦独自坐在那间狩猎小木屋里。壁炉里的圆木在闷燃，他在炉旁冥思苦想，黯然神伤，认为自己背叛了哥哥，尽管那只是逢场作戏而已。他丝毫不责怪苏珊娜，因为他明白她会周期性发病，而且，在发病期间，她的行为责任能力尚不及一个年幼的孩子。想到他在这世界上所招致的混乱与痛苦，他心如刀绞。他倒了一杯威士忌，并且开始及早为旧金山之行打点行装，因为他心里明白：如果苏珊娜再度崩溃，他的最佳选择就是离开她，远走他乡。

特里斯坦迅速打点好行装，写下便条，告诉戴克他的钱款存放在什么地方，以防万一他没命回来。不料，当他返回到客厅时，苏珊娜却在炉火前的沙发上坐着。他呼叫了一声她的名字，但是，她并没有理睬。他走到沙发前，看了看壁炉里的火，低头看着她被大雨淋湿的短发和衣裙。她低声而清晰地对他说，请求他原谅，原谅她的所作所为。她只是情不自禁而已，因为她深深地爱着他，而且知道，他也曾经爱过她，那不公平，因此，仅仅为了能在人世间再一次跟他在一起，那天她情绪失控了。她身体状况欠佳，对大家而言都是一种无意义的折磨和痛苦，因此，当一切安排妥当之后，她就将跟艾尔弗雷德一起回到东部去，然后，她将了却此生。她安慰特里斯坦说，个中没有什么自我怜悯可言，只是她无法再承受周期性的精神失常和他的又一次别离。

特里斯坦惊慌失措，在绞尽脑汁想办法。在她讲话停歇之际，他试图抓住短暂的时机，安慰她几句。他急促地一口气说出了他想说的话和想法，感觉到他的心脏沉重，好像在不停地坠落似的。他劝导她说，千万不能自寻短见，因为人生是如此难料而复杂，说不定哪一天他俩还会重逢。他至少在一年之后就回来，那样的话，当他俩心情舒畅了，头脑冷静了，他俩就会再次相见。到那时，两人就可以平心静气地交谈了。

说完，他就走了，而她又有了希望。她牢记着他的那个谎言，牢记着那个挽救她生命的谎言。与他多年前离别时相比，她有了更多期待，因为她认为她知道他是多么迫不及待地想再次与她重逢。因此，她的病情迅速好转，恢复了健康，夫妇俩一同回到了华盛顿。在接下来的十个月里，艾尔弗雷德和精神病医生对她的表现感到非常欣喜，而且满怀信心和期待。不过，那种期待与苏珊娜的期待一样，虚无缥缈。

一到旧金山，特里斯坦、克里人和挪威人就迅即与那位墨西哥人取得了联系。他们乘上那艘双桅帆船，在夜幕的掩护下，起航了。根据酒商代表的建议，那位墨西哥人在码头上制造出一种假象，好像他们的船只要开往夏威夷，去莫伊岛送货。他们在寒冷的暴风雪天气里沿着海岸线向北航行，经过一周的快速航行后，抵达了温哥华岛上的彻奇波因特的那个小海湾。他们在昏暗的夜色里装卸货物，连夜返航，朝着旧金山北部位于博林纳斯湾的约定地点驶去。

在博林纳斯湾，他们的好运延续着。无论是卸货，还是全额支付钱款，一切都平安无事。特里斯坦和那位墨西哥人由一个男子驾车带领他们南下，前去旧金山。那男子正在协助安排下一船货物，买主是一伙饭店老板。他们到了北滩的一家非法经营的酒店，在楼上的一间公寓内会面。之后，那男子载着他们返回，朝金门方向驶去。途中，他违反命令，在一家码头饭店停下车，想吃顿便餐。那位墨西哥船员回想起当天下午早些时候他认出了一辆布满尘土的A型轿车，顿时便紧张起来。当他们从停车区出来时，四个彪形大汉出其不意，以迅雷不及掩耳之势将他们包围起来，用警棍把特里斯坦和那位墨西哥船员击昏，不省人事，然后，又把他俩塞进他们乘坐的车内，割断了驾车男子的喉管。在击打他们之前，袭击者中衣着最体面的那个家伙警告说，特里斯坦他们一伙人最好远离沿海一带的贩酒生意。半夜过后，特里斯坦在车里苏醒时，他记得那人穿一套灰色西装，一对眯缝眼，操一口爱尔兰口音。特里斯坦设法使那位墨西哥人从昏迷中苏醒过来，他俩一道把那位断喉的男子拖出小汽车，然后开车又返回那家非法经营的酒店，去询问那笔交易是否依然继续。他们得到的回答是：按原计划执行。

他们从加拿大返回到加利福尼亚。与上次不同，他们这一次停靠在雷斯岬附近的托马莱斯湾。黎明时分，一艘大型汽艇正向他们的锚地靠近。不过，这次他们早已有了防备。汽艇里的那些家伙并不知晓，特里斯坦在海岸北部几英里远的地方就把货物卸下了。在汽艇向双桅帆船靠近时，特里斯坦和那位墨西哥船员趴在潮湿的帆布下方监视着，那挪威人和克里人待在下面，准备在必要时发动第二波攻击。然而，那汽艇欲先发制人，用机枪向帆船的主操纵室猛烈扫射了一阵。特里斯坦和那墨西哥人用猎象枪和点三七五口径的猎枪予以坚决还击，弹无虚发。他认出了曾经打过他的其中两个男子，那两个家伙首先挨了原本为地球上最大的哺乳动物设计的五百格令的子弹，炸得他俩皮开肉绽，血肉横飞。那位墨西哥船员负责汽艇的吃水线区域，他发现剩下的两个家伙在涨潮中像落水狗似的在水中拼命挣扎，企图狼狈逃跑。他果断连开两枪，一一击中了他们的头部。

接下来，他们扬帆南行，朝恩塞纳达港口驶去，因为特里斯坦意识到，虽然他赢得了那场战斗，却赢不了整场战争。他度过了一个孤独、消沉的冬季。那位墨西哥人回到了韦拉克鲁斯，钱袋满满的，但是，他明白，游戏就此结束了。一个月后，特里斯坦叫那位克里人和那位挪威人回到牧场，让他们捎带上了他写给孩子们的一封长信，还给拉德洛和戴克捎回口信，说：等他在萨拉托加的赛马季期间拜访完艾尔弗雷德和苏珊娜之后，他就会回家。他雇用了一位墨西哥老渔夫及其夫人，让他们看护他的船只，另外还给他做饭。他借酒浇愁，想着苏珊娜，想着他本无什么可告诉她，六月份见面时他该告诉她些什么好。他开始想念自己的两个孩子。老渔夫有三个孙子，当他孙子的母亲把他们遗弃时，特里斯坦便允许渔夫夫妇俩把三个孙子接到船上住。白天，他饮酒，与老渔夫一起乘着一艘小型帆船，用手工鱼线钓鱼。五月初，他冷静了些许，但是，并非完全恢复理智，只是意识到他太想念孩子们了。于是，他把双桅帆船留给老渔夫两口子看管，自己毅然踏上了北方返乡之路。他对如何能规劝苏珊娜继续活下去这一问题一无所知，但是，在去东部萨拉托加看望她之前，他将回家一趟。

特里斯坦回到蒙大拿的牧场时，已是六月天，他并没有能够享受到几个钟头的轻松。经过一个严冬之后，显然，拉德洛的身体状况在每况愈下，不过，所有其他人都很好。伊莎贝尔担心拉德洛的身体，因此，在五月中旬就从东部回来了。吃晚饭时，戴克提起了特里斯坦的两个老朋友曾经来访一事。他说，那两个朋友是从加利福尼亚来的爱尔兰人，一天前顺路来拜访他，不过，不巧的是，他已经告诉那两个朋友，说特里斯坦已经前往萨拉托加了。听到这里，特里斯坦顿时感到一股寒气侵袭上脊椎，同时也感到愤怒，因为他知道，他的所有亲人都已经处于极度危险的境地。

第二天破晓时分，戴克和“一刀”已经开车送特里斯坦到达了大瀑布城的火车站。戴克放心不下，想陪特里斯坦一同前往萨拉托加，但是，特里斯坦拒绝了，解释说，他必须留在家里看管牧场。在他们深夜离家之前，那位克里人和那位挪威帮工已经被安排在门廊外站岗放哨，并被告知：一旦发现陌生人，格杀勿论。由于自己连一套西装也没有，特里斯坦穿上了塞缪尔生前遗留下的一套旧西装，身背一个鼓鼓的行囊，里面装有现金和内衣，还有一支他爷爷曾经使用的比斯利手枪和“一刀”送给他的那把尖刀。

特里斯坦到达纽约后，匆匆购买了一些新衣服和一辆小汽车，极速向北，驶往萨拉托加的斯普林斯。尽管处于大萧条时期，赛马季却依然在热火朝天地进行着，所有宾馆的客房都已满，他无法找到地方住宿。无奈，他只好将就，在格伦斯福尔斯附近的一间度假小木屋里暂住了下来。他刮掉了满脸胡须，第二天上午，他还从一位马匹饲养员那里购买了一些饲养员工作服。就在看台下方，他换上饲养员工作服，耳朵里能听见他上方的人群在喧闹，震耳欲聋。在两场赛马比赛之间的间歇时段，他提着一桶水，拿着一把马梳，观察着主看台后面那修剪齐整的草坪，下一场比赛的马匹正在那里优雅地列队，准备比赛。他仔细打量着那人群，认出了艾尔弗雷德和他的岳父，看见苏珊娜打着一把遮阳伞，与一群时髦的马匹主人站在一起，其中包括少数几个惠特尼人、范德比尔特人、盖斯特人和怀特纳人。接着，他突然瞧见一个熟悉面孔，肯定是那帮爱尔兰人中的一个，站在一个装点一新的花坛附近，衣着时髦新潮，但是，依然清晰可辨。特里斯坦朝着畜棚附近的那个小围场走去，途中经过一个身材高大、面色红润的男子，那人正在跟一位赛马骑师进行交谈。当他经过他们时，他辨别出了那人的声音，他正是在北滩袭击他的第三个歹徒。特里斯坦并没有转身，而是走进了马厩。在那里，他接到吩咐，要抓紧时间清扫所有厕所隔间。接着，那男子来到畜棚，畏首畏尾地环视四周。他走进一间厕所间去小便。特里斯坦尾随其后，用一把大粪叉的两个尖齿夹住他的头，狠狠地往墙上撞击。特里斯坦把他掩埋在那间马棚的角落里，上面覆盖上干草和马粪，然后回到大看台的洗手间处，换上衣服。他找到了第二个爱尔兰人的所在位置。那人四处环视，在寻找他的同伴，但是，直到赛马结束，场内几乎是空无一人时，他仍然没有找到。无奈之下，他独自一人回到一家游客之家。由于没有机会下手，特里斯坦便一直尾随着那男子。深夜时分，那男子在游客之家附近的一条林荫小道上酒足饭饱之后，踏上回家的路。特里斯坦折断了那人的脖子，倒空一只垃圾桶，把他塞了进去，轻轻地盖上盖子。

在威士忌的作用下，特里斯坦酣睡了一夜。第二天上午，他穿上在纽约购买的一套高档西装，驱车返回萨拉托加。他希望离开苏珊娜一阵子，并想法使她相信他爱她，足以让她继续活下去。午饭过后，他终于觅得良机。此时，她独自站立着，眼睛紧盯着第一场比赛被看好的一匹栗色种马。他在她身旁站了许久之后，她才注意到他，但是，看到他之后，她并没有表现出什么惊讶，只是说，她知道他会来的。

他俩匆匆离开了赛马场，走到了几个街区外的一幢房屋里。那幢房屋是她父亲专门为赛马季看比赛而购置的。特里斯坦踌躇满志，但是，她说，至少再过一个小时甚至更长时间，她周围的人才会想到她。然而，不巧的是，由于苏珊娜患有精神疾病，艾尔弗雷德早已派他的其中一位参议院助手，严密监视着苏珊娜的一举一动。那位助手看到苏珊娜与一位陌生男子一起进入那幢房子之后，便急忙跑回赛马场，向艾尔弗雷德通风报信。

为了避免用人们莽撞闯入，苏珊娜把特里斯坦领到了主卧室。一开始时，她很冷静，向特里斯坦提出，要求他在九月中旬时在巴黎迎接她。他拒绝了她的请求，说那时间还不合适。她顿时就变得歇斯底里起来。作为妥协，他主动提出等到来年春天，早于这个时间他都不能答应。接下来，是长时间令人难以承受的痛苦的沉默，他再次从种种迹象中及时看出，她即将失态。他把她拉到怀里，向她保证，到来年五月份他就准备好了。她在他怀里不停颤抖，而当他透过她肩膀向外张望时，艾尔弗雷德走进了房间。苏珊娜感觉到特里斯坦的双手在她背部突然紧缩一下，听见房门被关上了。她猜想，出事了。同时，想到一切终于结束了，她就可以跟特里斯坦远走高飞了，她的心情便放松了下来。

他们依然像花园里的大理石雕像似的，耳畔听得见自己的呼吸和远处传来的赛马场的嘈杂声。“我想杀了你。”艾尔弗雷德仅仅对特里斯坦说。特里斯坦从怀中松开了苏珊娜，把自己的手枪递给艾尔弗雷德。艾尔弗雷德盯着那把手枪看了看，接着，便把枪口顶住特里斯坦的脑袋。他俩相互对视，苏珊娜向他俩走来，仿佛是在梦游。艾尔弗雷德把手枪掉转方向，顶在他自己的太阳穴上，特里斯坦迅速从艾尔弗雷德手中击落手枪。艾尔弗雷德扑通一声趴在地上，放声大哭起来。见状，苏珊娜在艾尔弗雷德身旁弯下腰，用冷静、超然的语调说，那是一场误会，并且说她会永远跟他在一起，不离不弃。听到这番话，艾尔弗雷德站了起来。他与特里斯坦相互交流了一个奇怪的眼神，那种眼神超乎了任何他们当时能用言语表达的会心理解。但是，艾尔弗雷德的眼神里没有丝毫愤恨。苏珊娜跟随特里斯坦走进大厅，亲吻了他，大笑起来，说：也许他俩有朝一日会在地狱相见，也许是在天堂，无论如何，只要人死后有什么地方可去，他俩就要在什么地方相见。

在回家的旅途中，特里斯坦在酒精的作用下，在沉思冥想中，情绪始终很低落。只是在芝加哥他才大笑了一次。当时，他在那里换乘火车，在消息牌上看到：《沃尔斯特德法案》已经被废除，禁酒法案从此寿终正寝。回到家后，他卖力地养马，与他的孩子们嬉戏，与“一刀”一起狩猎。“一刀”像上了年纪的老人们一样，尽管身体日渐衰微，但是，他从不服老。

临近九月底，特里斯坦收到一封艾尔弗雷德的电报，是从北卡罗来纳州的阿什威尔发来的，上面写着：“你赢得了她。我正送她回家……”收到电报后，他立即跨上马，直奔肖托，通过电话核对了电报的回复地址。然而，令他不安的是，他发现，那是一家私人精神病院的地址。他借了一辆福特牌卡车，一路开到大瀑布城，前去火车站迎接，心里有一点迷惑不解，但是，不知怎的，他还在想象着他将用余生照顾好苏珊娜，而且，展望未来，她也许最终会在牧场完全康复。他接到了那趟火车，感觉胃部寒冷，但是却置之度外。在站台上，艾尔弗雷德的一位政界朋友走近特里斯坦，把他领到了那节行李车厢。搬运工卸下一具十分精致锃亮的红木棺材，还递给特里斯坦一张殡葬指示单。

接下来的事就无需赘言了。苏珊娜被安葬在塞缪尔和二伊莎贝尔的坟墓旁。亲爱的读者，倘若你是一位天真的信徒，也许会威胁上帝，说别去管他，或者说些类似的轻浮之辞。谁都弄不明白亵渎上帝与命运的联姻是多么偶合。唯独相当守旧的神学家才可能会预测到特里斯坦的命运，许多年前，他与诺埃尔在法国把塞缪尔的心脏用煤油浸在弹药筒里时，他谴责过上帝。尽管当今人类已经对太平洋的最深最远区域的水体了如指掌，但是，当代思想却仍认为此类事情难以捉摸。

葬礼举行之后过了几周，在十月中的一个温暖的星期天上午，小塞缪尔和小伊莎贝尔正在门廊里的秋千上玩耍，他们的小马驹配好了马鞍，拴在扶手栏杆上。伊莎贝尔已经把早饭端到楼上给拉德洛，因为他身体感觉不适。她正在给他朗读赫尔曼·麦尔维尔的《皮埃尔》。拉德洛喜爱麦尔维尔，而伊莎贝尔却觉得该作家讨人厌。

厨房里，佩特为特里斯坦和孩子们的远足所准备的午餐已经打包完毕。她仔细地听着戴克与特里斯坦的谈话。他俩正试图想办法摆脱困局：那帮爱尔兰人很可能仅仅出于报复，会杀个回马枪。特里斯坦伸了个懒腰，走到佩特身旁，征求她的意见。她说，他们大家最关心的是两个孩子，对她而言，唯一要紧的事是保证孩子们平安无事。说话间，小伊莎贝尔跑进了屋子里，拽了拽她爸爸的胳膊，催促他该出发了。特里斯坦亲了她一下，叫他们再等十分钟。于是，她一路跑过客厅，向小塞缪尔大喊道，再等十分钟。

戴克建议去古巴，特里斯坦在那里拥有一个小牧场。那是他几年前购买的，目前由他先前的两位古巴籍船员经营着，他俩头年春天曾运来两匹母马配种。特里斯坦特别担心孩子们的教育问题，但是，戴克说，他们父亲的性命比孩子们读书上学更要紧。突然间，佩特首先听到有小汽车的声响，一下子愣住了，但是，小塞缪尔呼喊着说，警察来了。她这才松了一口气。戴克跟随着特里斯坦出去，走到门廊处，与他的外孙外孙女停下脚步。特里斯坦朝那两名州警察走去，他们正站在福特牌双门警车旁。

特里斯坦向两位警察点头施礼。此时，他很平静，几乎感到厌倦。可是，紧接着，他发现，其中一位警察其实是来自旧金山的那位风度翩翩的爱尔兰人，另一位是一个流氓，身穿警服，看上去笨手笨脚。此时，他的心咚咚直跳，几乎要跳到嗓子眼儿了。他们相互打量了一番。

“我已经失去了两个兄弟。咱们最好是血债血还。”那男子说。

特里斯坦转过头，扫视了一下门廊。那里，戴克正站在塞缪尔、三伊莎贝尔和“一刀”身旁。特里斯坦深知，他已经大难临头。看到他的孩子们站在门廊的阳光下，他心疼难舍。

“我跟你们二位一起走一遭，如何？我不想让孩子们看到。”特里斯坦说。

那位爱尔兰人点头表示同意，接着，他俩被拉德洛吓了一跳。拉德洛穿着一件睡衣，身上裹着那件野牛皮长袍，光着脚，蹒跚地穿过干燥枯黄的草地。特里斯坦礼貌地向对方介绍说，那人是他父亲，但是，白发苍苍的拉德洛摇了摇头，拿着他的写字板，他在上面写着：“你们这是什么意思？”

那位爱尔兰人与同伙开始私下交流了一番，然后摆出一副歉意的模样，说，很遗憾，特里斯坦必须为他对社会造成的危害而付出代价，将被执行无期徒刑。拉德洛摇了摇头，他的身体猛然抽动一下，仿佛他是一只捕猎小鸡的苍鹰。他敏捷地从长袍的衣襟里沿着腿部拔出那杆十二号珀迪猎枪，连续扣动扳机，用两发子弹把那两个爱尔兰人送上了西天。

尾　声

讲到十月的那天上午，关于特里斯坦的故事就讲完了。惊恐之余，拉德洛昏倒了。不过，到晚餐时，他又苏醒了。特里斯坦紧紧拥抱了他的两个孩子。后来，佩特对孩子们说，那两个坏人的来意是想谋杀他们的爸爸。伊莎贝尔欣喜若狂，却保持着冷静。戴克、那位克里人和那位挪威帮工埋葬了那两具尸体，当天夜里，那位克里人把歹徒的那辆小汽车抛进了密苏里河上游的一个深潭里。然而，枪声的回响还没有完全消失，“一刀”就欣喜若狂。他绕着两具尸体，载歌载舞，拱着背，手舞足蹈，歌声低沉悠扬。紧接着，当拉德洛要晕倒时，他俯身上前，把他搂在怀里。特里斯坦明白，倘若不是拉德洛开的杀戒，“一刀”会在激动之下，剥了那两个家伙的头皮。

后来，特里斯坦驾驶着那条双桅帆船，把两个孩子带到了古巴。二十三年后，在古巴革命之初，他离开那里，前往加拿大的艾伯塔省，小伊莎贝尔和她丈夫在该省的麦克劳德附近经营着一座牧场。假如你路过肖托附近，开车沿着那牧场边的鹦鹉螺路行驶，未经许可，你不得入内。艾尔弗雷德的第二房妻子为他生了一个儿子，目前，他儿子就是那座牧场的主人。那是一座以现代化模式高效运作的牧场。然而，峡谷的另一边，是一片墓地。对在世的一些人而言，那些坟墓却意义非凡。那里安葬着塞缪尔、二伊莎贝尔、苏珊娜。稍远处，是拉德洛的坟墓，位于他的知心朋友“一刀”和妻子伊莎贝尔的坟墓中间；再远一点，是戴克和佩特的坟墓。一向独来独往、离群索居、孑然一身的特里斯坦被安葬在艾伯塔省。

死神唯独偷不走我们的故事

——译后记

《秋日传奇》（*Legends of the Fall*）是“中篇小说大师”吉姆·哈里森的代表作，是美国文学史上公认的中篇小说经典。这部中篇小说最初发表在著名的《时尚先生》（*Esquire*）杂志上，是该杂志历史上单期发表的篇幅最长的一部作品，而且一经发表，便引起轰动。它与《复仇》和《独舞男亨》作为中篇小说集出版后，立即被一家好莱坞电影公司买断版权，其中《复仇》和《秋日传奇》先后于 1990 年和 1994 年拍成了同名电影，并引起了不俗反响和赞誉，也深受中国影迷的钟爱。迄今为止，哈里森的这部中篇小说已经被翻译成了二十余种语言，然而，中译本却姗姗来迟。衷心希望这个中译本能让读者领略到文学作品文本所具有的独特魅力。

本书的书名采用了《秋日传奇》这一直译译法，主要基于两方面考虑。第一，根据同名小说改编的电影片名主要有《燃情岁月》、《真爱一世情》和《秋日传奇》三种译法，各具特色。《燃情岁月》和《真爱一世情》都能以“情”吸引观众，但是，前者在表现作品的内涵方面更胜一筹。《秋日传奇》能给人以丰富的想象空间，既能体现出作品中的浪漫色彩，更能暗示其悲情基调和历史厚重感，因此，表现力更强。第二，就小说而言，译为《秋日传奇》更贴近原著标题和内容。从标题上看，直译法基本遵循了翻译中的对等原则，尽管原作封面上的诗句也暗示“fall”一词还蕴含“堕落”或“失去”之义。从内容上看，原著是哈里森根据其妻子的祖爷爷生前遗留下的日记经过艺术加工而创作的一部“历史传奇”(historical saga)，其中涉及的不仅仅是爱情故事和家族变迁史，更涉及到战争、禁酒法案、印第安文明与美国主流文化间的冲突以及人与自然的关系等宏大问题，发人深思。

对标题的取舍也在一定程度上反映了译者在翻译这部作品的过程中所秉持的翻译原则，即最大程度在形式、语言、内容和风格等方面忠实于原作，尽可能传递出原作固有的内涵与神韵。文学翻译是一个力求对原著进行准确理解和再现的艰辛而复杂过程。哈里森的小说人物个性鲜明，语言具有诗歌的特质，叙事又具有跳跃性，在句法和语法方面不循规蹈矩。这些特点对理解和翻译都提出了一定挑战，但是，本译本尽可能忠实地反映出这些特点。

这部中篇小说集的翻译比预想的难度大，因此，花费了更多时间。遗憾的是，在翻译接近尾声之际，3 月 28 日中午，我在查看《纽约时报》的一封电子邮件时，看到了令人沉痛的消息：“自由精神作家吉姆 · 哈里森辞世，享年 78 岁”。他伏案创作时因突发心脏病而去世，手中还紧握着钢笔。得知他辞世的消息，我顿时感到一阵茫然，没能在他生前译完他的这部代表作，深感遗憾和愧疚。

然而，斯人虽逝，其作品永存。正如他在诗集《寻觅小小神灵》中所写，“死神能偷走一切，唯独偷不走我们的故事”。《秋日传奇》以及他的许多其他作品都会是传世佳作。

由于能力和时间所限，不当之处，敬请指正。

译者

2016 年 5 月 15 日于上海外国语大学

图书在版编目 (CIP) 数据
秋日传奇/(美)哈里森(Jim Harrison)著；殷书林译.
—上海：上海译文出版社，2020.1
书名原文：Legends of the Fall
ISBN 978-7-5327-7689-4

I. ①秋… II. ①哈… ②殷… III. ①中篇小说—小说集—美国—现代 IV. ① I712.44

中国版本图书馆 CIP 数据核字（2017）第 304995 号

图字：09-2014-120 号

秋日传奇
[美] 吉姆·哈里森 著 殷书林 译
责任编辑/宋玲 装帧设计/姚荣工作室

上海译文出版社有限公司出版、发行
网址：www.yiwen.com.cn
200001 上海福建中路 193 号
杭州宏雅印刷有限公司印刷

开本 890 × 1240 1/32 印张 8.75 插页 5 字数 169,000
2020 年 1 月第 1 版 2020 年 1 月第 1 次印刷
印数：0,001—8,000 册

ISBN 978-7-5327-7689-4/I・4716
定价：69. 00 元